Pôle fiction

Danielle Younge-Ullman

Toute la beauté du monde n'a pas disparu

Traduit de l'anglais (États-Unis)
par Laetitia Devaux

Gallimard

Titre original : *Everything beautiful is not ruined*

Édition originale publiée aux États-Unis par Viking,
une marque de Penguin Random House LLC, 2017
375 Hudson Street New York, New York 10014

Ce livre est dédié à ma merveilleusement généreuse, gentille, hilarante, intelligente, unique maman, Cindy Ullman… qui n'a rien en commun avec Margot-Sophia, même si, un jour, elle a bien failli m'envoyer dans un camp en pleine nature.

1. « VACANCES »
(Peak Wilderness, jour 1)

Chère maman,

Merci. Mille fois merci.

Je ne vais tout de même pas différer l'écriture de cette lettre sous le prétexte minable d'un avion qui décolle pour me conduire au milieu de nulle part, autrement dit le giron de mère Nature.

Au cas où tu te poserais la question : je suis ravie. Ce serait bien plus difficile de m'occuper de jeunes enfants ou de parcourir l'Asie sac au dos comme certaines de mes amies. Moi, je vais avoir droit à des arbres et des lacs : les grands espaces. Le bonheur.

Je sais qu'il y aura quand même des sacs à dos pour quelques treks hors du camp. Sans oublier des insectes et des plantes toxiques ; et puis des chants, des lits superposés, de la guimauve qu'on fait griller sur le feu, des bracelets d'amitié tissés avec des brindilles, des médailles pour récompenser ceux qui ont réussi à plonger dans le lac glacé, et puis aussi peut-être, à apprendre à pêcher, etc.

Tu t'imagines que ça va tellement me déplaire que je vais pleurer et ne pas tenir. Dans ce cas, tu considéreras que j'ai rompu mon engagement. Mais je te promets que tu sous-estimes ma détermination. Que tu me sous-estimes, en général. Je suis pleine d'optimisme. Je ne serai plus recroquevillée sur moi, contrairement à ces derniers mois. Tout ça, c'est du passé. Je vais vivre un moment merveilleux. Je vais me faire de nouveaux amis, comprendre qui je suis vraiment, accéder à la transcendance, m'endurcir en prévision de l'apocalypse, à savoir devenir adulte, ce genre de bêtises. Et surtout, je vais bien m'amuser.

Tu vas voir ce dont je suis capable, tu vas voir que je suis assez forte pour assumer l'avenir que j'ai choisi.

Mon avenir…

Après tout ce que nous avons vécu, je ne devrais pas avoir à faire mes preuves. Mais j'ai accepté, alors j'irai au bout de mon engagement. Et je vais tout raconter dans ce carnet que tu m'as offert, ton seul et unique geste pour m'aider à « prendre ma vie en main » : le cadeau de cent journaux intimes que tu m'as fait. De quoi écrire pendant longtemps, maman. Même si je n'ai pas envie d'être une pauvre fille qui se confie à son journal.

Après tout, ce ne sont que quelques lettres.

Et un camp d'été.

Ça va vraiment être si dur que ça ?

Certes, la journée a bien commencé.

Ces « vacances » s'annoncent intéressantes.

Si l'on considère que le mot « vacances » rime avec agrément, comment te raconter le début des miennes ?

Déjà, le trajet en avion. Qui m'a permis de prendre conscience que je suis mortelle. C'est sans doute pour ça qu'on a droit à un tout petit avion: pour sentir chaque nuage qu'on traverse et la moindre turbulence, si bien qu'on a juste envie de se convertir à la première religion qui passe, et de tout promettre à n'importe quel dieu, par exemple de devenir une meilleure personne – à condition de survivre.

Mission accomplie.

Quand on foule à nouveau la terre, elle a beau être très différente de ce qu'on connaît, on se sent tellement heureux qu'on a envie de fondre en larmes et de se rouler dans l'herbe. De pleurer des larmes de bonheur, bien sûr. Uniquement de bonheur.

Peut-être que c'est ça qui permet de créer des liens. Je n'en étais pas au point de vouloir me faire des amis, pourtant j'ai fini par adresser la parole à l'individu poilu et malodorant assis à côté de moi (non que ces deux caractéristiques soient forcément liées mais, en ce qui le concerne, ce n'est pas à exclure) lorsque les trous d'air sont devenus trop nombreux pour que je puisse continuer à écrire. Dans le seul but de distraire mon attention.

Mes premières impressions à son sujet n'étaient pas très bonnes, mais il faut toujours lutter contre les idées préconçues. Il est important d'aborder les gens l'esprit ouvert pour apprendre à les connaître.

N'est-ce pas?

La personnalité contenue dans ce type poilu s'est révélée quand, par inadvertance, au moment des pires trous d'air, j'ai saisi son bras à la place de notre accoudoir commun.

Je me suis exclamée: «Oh, je suis désolée!» en retirant ma main.

Il m'a répondu avec un sourire suivi d'un coup d'œil à son entrejambe: «Tu peux t'accrocher à n'importe quelle partie de mon corps. Te gêne surtout pas, ma chérie.»

Je déteste qu'un inconnu m'appelle «ma chérie» et j'ai été choquée par sa concupiscence. Même si ce type est dégoûtant, sale, pervers et poilu... je refuse de céder au découragement. Peut-être que ce n'est qu'une apparence.

Changeons de sujet.

Car j'ai autre chose à te raconter.

Ensuite, il a fallu que l'avion se pose.

On a réussi à atterrir dans le champ après trois tentatives.

Trois tentatives, maman.

Lors des deux premières, le Cessna a amorcé sa descente, a touché le sol puis a remis les gaz et frôlé la cime des arbres, arrachant quelques branches au passage. Je trouve ce premier contact avec la nature assez peu écologique, j'avoue, mais peut-être une petite dose de frissons était-elle incluse dans le tarif? Je me suis posé la question.

La troisième fois, le pilote nous a annoncé pardessus son épaule: «Le terrain n'est pas réglementaire, il est trop court, mais on va y arriver quand même. Accrochez-vous!» (Rassurant, n'est-ce pas?) Quand il a enfin roulé sur le sol, ça a été en rebondissant et en penchant dangereusement jusqu'à, je ne plaisante pas, presque percuter les arbres au bout du champ.

Ai-je mentionné plus haut qu'il n'y avait pas de piste ? Ni d'aéroport ?

Juste un champ plein de bosses.

Quand l'avion a fini par s'immobiliser, le pilote s'est écrié : « Je viens encore de triompher de la mort ! » avec un rire hystérique. J'étais blême, j'avais les jambes en coton, je tremblais de tout mon corps. Je suis descendue en titubant.

Et là, j'ai éprouvé un lien puissant avec la terre. Un lien profond. J'avais à peine relevé la tête que le matériel et nos bagages avaient été déchargés. Puis le pilote s'est remis aux commandes de sa motocyclette céleste. Avant qu'on ait le temps de s'inquiéter pour lui parce que, manifestement, il ne savait pas voler, il avait décollé. L'avion n'a bientôt plus été qu'un point noir dans le ciel bleu…

En nous laissant au milieu de nulle part. À savoir le nord de l'Ontario.

J'étais sous le choc d'une disparition si rapide. Sous le choc de l'immensité du ciel, de l'absence totale d'urbanisation, mais aussi tout simplement d'être à cet endroit, parce qu'une fois de plus dans ma vie, j'avais l'impression de ne pas vivre dans la réalité.

Et pourtant.

Un bon début, non ?

Je t'embrasse.

Ingrid

Assise sur mon sac marin, j'ai beau manquer d'entraînement, j'essaie d'établir un contact visuel avec mes compagnons (sauf le Poilu, dont j'évite le regard). Mais ils sont tous soit plongés dans leurs pensées, soit sous le choc du trajet en avion, si bien que personne ne me prête attention. C'est tellement étrange et décourageant que je renonce vite.

Et là, les moustiques débarquent.

Je ne parle pas d'une quantité raisonnable de moustiques, je parle d'une attaque de proportions bibliques.

Fort heureusement, après avoir passé des mois à refuser de m'intéresser à ce séjour, à faire comme s'il n'existait pas, j'ai fini par sortir la liste du tiroir où je l'avais glissée en janvier. Par la suite, je l'ai vérifiée de façon obsessionnelle pour être sûre de ne rien oublier, ajoutant même quelques articles et cherchant dans ma mémoire tout ce qu'Ella, la fille du patron de ma mère, avait raconté sur son expérience « hors du commun » à Peak Wilderness. (Ella avait fait une description dithyrambique de cette aventure « après laquelle votre vie n'est plus jamais la même » deux ans auparavant lors d'un dîner de bureau, en insistant bien sur « intense » et « mystique », ce qui avait sans doute séduit ma mère. C'est aussi à Peak Wilderness qu'Ella avait décidé d'entamer des études de droit.)

Tout ça pour dire que côté moustiques, j'étais parée. J'avais la solution.

Je plonge la main dans mon sac marin, je sors mon flacon d'huile essentielle naturellement répulsive et je l'applique sur mes points de compression.

Autour de moi, mes camarades m'imitent. Pourtant, je remarque aussitôt que je suis la seule à utiliser un produit bio. Tous les autres ont un truc qui a l'air aussi toxique que du malathion. Comme s'ils n'avaient pas lu le paragraphe disant que c'était un séjour écolo, avec préservation de l'environnement, etc.

Les responsables, le type et la fille qui se sont brièvement présentés à la descente de l'avion, ne vont sans doute pas tarder à les rappeler à l'ordre.

Deux minutes plus tard, les moustiques continuent à me piquer comme si de rien n'était, y compris à travers mes vêtements. Mon application sur mes points de compression était donc insuffisante. J'attrape à nouveau mon flacon.

Malheureusement, je me rends compte que j'ai affaire à des moustiques totalement immunisés contre mon répulsif naturel. Ils sont affamés, et moi, je suis leur proie.

Je décide donc de les tuer un par un.

J'en suis à ma neuvième victime quand je croise le regard du garçon assis en face de moi. Et là, je me réfugie en moi-même. L'espace d'une seconde, j'oublie de respirer.

On dirait Isaac. Non qu'il lui ressemble physiquement, même si leurs mâchoires ont des points communs, ainsi que leurs petits yeux au regard perçant. Bien entendu, je me rends vite compte qu'il est très différent de lui. Il est plus grand, et il porte des vêtements qu'Isaac ne mettrait jamais : un jean troué avec un T-shirt si moulant qu'il risque de craquer aux coutures. Il a des pectoraux impressionnants, aussi… Je cherche le nom des muscles que j'ai appris en cours de biologie, mais j'ai oublié. Il a le crâne rasé, et il a l'air tout sauf doux. Mais ses yeux noirs qui ressortent sur sa peau si pâle… Même si Isaac n'aurait un tel regard que si on l'obligeait à s'engager dans l'armée, ou à intégrer un gang.

Je suis stupide. De penser encore à lui. Chaque fois, je me sens triste et vulnérable.

Cher Isaac…

À lui aussi, je pourrais écrire dans mon petit carnet. Dieu seul sait combien de conversations imaginaires j'ai eues avec lui durant l'année et demie qui vient de s'écouler, alors que la distance entre nous grandissait et s'épaississait comme un brouillard qui ne se lève jamais. Et pourtant, rien n'était fini entre nous. Notre histoire était morte, mais pas enterrée. Ou bien enterrée, mais pas morte. Au choix.

Alors, pourquoi ne pas lui écrire ? De toute façon, je ne risque pas de poster ma lettre d'ici… J'en ai assez de commencer mes pages par « cher journal ».

Non. N'y pense plus. Pas plus qu'à tout le reste.

Tout le reste…

Mes mains descendent vers mon tibia où, trois semaines plus tôt, il y avait encore des points de suture. Il ne devrait plus me faire mal. Et pourtant il pulse et, parfois, il envoie une douleur brûlante le long de ma jambe. Je sais que ça n'est pas logique, il n'empêche, cette douleur est bien réelle.

Maintenant, par exemple.

Je m'immobilise quand un autre moustique tente de se poser sur mon nez. Je frappe dans mes mains, et le type qui ressemble à Isaac me lance, d'une voix qui n'est pas du tout celle d'Isaac :

– Ça va pas servir à grand-chose.

– Peut-être pas tout de suite, je réponds en frappant de nouveau, ce qui élève le compte des moustiques tués à onze.

Il lève un sourcil interrogateur. J'hésite à répondre. Chaque action, ou absence d'action, exige une décision de ma part. Or une décision, ça demande de l'énergie. Et chaque dose d'énergie consacrée à un sujet stupide me prive d'énergie pour des choses plus importantes. Parfois, je n'ai pas une once d'énergie à ma disposition. Mon champ de possibilités est restreint, alors je dois choisir. Sinon, je me sens mal. Douloureuse, même. Et pourtant, je décide de répondre à ce type parce qu'il a l'air décidé et que, du coup, ça pourrait exiger plus d'énergie de l'ignorer.

– Chaque femelle moustique pond environ cinq cents œufs. Si la moitié de la ponte est composée de femelles, celles-ci vont à leur tour pondre cinq cents œufs. Et si la moitié de cette ponte est composée de femelles qui pondent de nouveau cinq cents œufs, à l'arrivée… cela fait un nombre inimaginable de moustiques à naître. À partir d'une seule femelle moustique. Alors, à chaque moustique femelle que tu tues, tu en tues aussi des millions qui du coup n'existeront jamais.

La fille de la nature, c'est moi.

Le non-Isaac m'observe comme s'il allait éclater de rire ou lever les yeux au ciel, mais il se contente de détourner le regard.

Malheureusement, les moustiques m'attaquent de toutes parts, et je me rends compte que je vais devoir passer au répulsif pas du tout bio. Je suis déjà prête à me vautrer dans le malathion si ça peut éloigner ces saloperies.

Je m'apprête à supplier mes camarades de me rendre service en ce tout premier jour, et tant pis s'ils ont tous l'air timides/bizarres/antipathiques/vicieux. Je ne doute pas qu'il y ait une boutique au camp où je puisse acheter tout ce dont j'aurai besoin. Il me suffit de survivre jusque-là au milieu d'un fumet malodorant.

Il a beau faire terriblement chaud, je glisse mon pantalon dans mes chaussettes, je me rassieds sur mon sac marin, et je songe à enfiler le masque antimoustiques que maman m'a acheté. Mais j'ai parié avec Juno, ma meilleure amie, que je ne l'utiliserais pas. Elle n'en saura rien, pourtant... Alors je mets ma capuche que je serre si fort que seuls mon nez et mes yeux sont exposés.

– Pourquoi tu te couvres ? (Bien entendu, ça vient du Poilu.) C'est dommage, j'avais une belle vue.

– J'en doute pas, je grogne dans ma capuche en tirant encore plus sur le cordon.

Moustiques morts : trente-cinq.

Je veux bien être écolo, mais là, ça devient ridicule.

Chère maman,

On est toujours dans le champ.

On attend un type qui doit arriver avec un camion. Cela fait plus d'une heure qu'on a atterri, et j'ai envie de faire pipi.

Alors je vais voir les responsables. Bonnie est une incarnation de mère Nature avec ses cheveux longs teints au henné et ses grands yeux marron. Pat : quelques poils sur le caillou, la peau tannée, les yeux noirs et pensifs. Il porte un T-shirt usé par des milliers de lavages, un treillis très épais et une veste couverte de poches qu'il n'arrête pas de tapoter. C'est le genre de type à avoir toujours sur lui du fil de pêche, un ouvre-boîte et des barres protéinées.

– Euh, bonjour, je m'appelle Ingrid.

– Bonjour, Ingrid, répondent-ils en chœur.

Puis Pat dit à Bonnie :

– Je m'en occupe.

Bonnie s'éloigne.

– Je dois…

Mortifiée, je m'interromps. Tu m'as toujours dit qu'une dame ne doit jamais évoquer ses fonctions vitales.

– Oui ?

– Euh… est-ce qu'on aura bientôt accès à… des toilettes ?

– Des toilettes ? répète Pat.

– Oui. Des W.-C.

Il fronce les sourcils. J'ajoute :

– Même sèches ?

Rien qu'à cette idée, je grimace. Car à cet instant, j'espère encore qu'il y ait de vraies toilettes, même si je me prépare au pire. Je refuse d'imaginer le nuage de moustiques dans des toilettes sèches. Sans parler de l'odeur.

– Il n'y a pas de toilettes sèches ici, répond Pat.

– Ah... quelle crétine je fais..., dis-je en souriant pour la première fois.

– Il te suffit de...

Pat désigne les arbres. C'est à mon tour de froncer les sourcils.

– De?

– D'aller là-bas. Il te faut du papier?

Il fouille dans une grande poche de sa veste et en sort quelques feuilles.

– D'accord, je dis tout en croyant avoir compris: les toilettes ne sont pas toutes proches, mais au moins ce ne sont pas des toilettes sèches.

Je désigne la direction qu'il m'a indiquée.

– Donc elles sont par là?

– Désolé, de quoi tu parles?

– Les toilettes.

Il me regarde comme si j'étais débile. Depuis le début, il me désigne une rangée d'arbres d'un kilomètre de long comme si j'allais trouver des toilettes derrière.

– Quelles toilettes? demande-t-il.

– Les toilettes. Tu as dit qu'elles étaient...

Ma voix se meurt.

Oh, non. Non, non, non.

Je me gratte la gorge.

– Tu veux dire que...

– Que tu prends ton papier et que tu te trouves un coin dans les bois. Après, tu creuses un trou

pour le papier. On doit laisser la nature comme on l'a trouvée.

– Je suis désolée, je dois faire quoi après ?

– T'embête pas, Bonnie abordera tous ces sujets demain. Si t'as peur d'aller dans les bois, va dans le champ, là où l'herbe est haute.

– Où l'herbe est haute... Je répète ça d'un air incrédule en repartant. Je... D'accord. Je vais attendre.

Alors, j'attends/réfléchis. Et je me dis que le camp, si on considère qu'on va l'atteindre dans la journée, risque d'être un peu plus rustique que sur la brochure.

Il se pourrait, par exemple, que je ne puisse pas utiliser ma lampe-torche rechargeable. Heureusement, j'ai avec moi quelques autres objets réconfortants, alors je reste optimiste.

Je t'embrasse,

Ingrid

Quand j'en suis à cent moustiques morts, les mouches débarquent. Du coup, je capitule et j'enfile mon masque antimoustiques. Tout le monde en porte un, sauf les responsables, le Poilu, et une fille qui n'arrête pas de fumer des cigarettes à l'odeur bizarre, si bien qu'elle ne peut pas mettre de masque. Et une autre, qui a une tonne de maquillage sur le visage et fait des selfies le bras tendu vers le ciel (pour qu'on voie mieux son décolleté, j'imagine) avec un téléphone dont je sais déjà qu'elle ne va pas pouvoir le garder.

Je finis par entendre un bruit au loin. De

moteur. Un véhicule se rapproche et finit par apparaître dans une trouée entre les arbres. Il s'arrête juste devant nous.

Un pick-up. Merci, mon Dieu.

Neuf campeurs et deux responsables ; on va être plutôt serrés là-dedans, mais je suis tellement soulagée que je suis prête à sauter au cou du chauffeur.

Un grand type costaud et roux quitte le volant, s'approche de nous et s'immobilise, jambes écartées, mains sur les hanches, comme si on l'avait tiré de son sommeil ou qu'on venait de lui piquer son café.

– Je m'appelle Duncan, déclare-t-il, et je dois vérifier que vous êtes prêts à partir avec tout le nécessaire.

Il attrape un bout de papier, le déplie et se met à gueuler nos noms :

– Seth !

Un type mignon, les cheveux sur les yeux, qui a visiblement retouché son pantalon de randonnée pour qu'il soit plus serré, répond :

– Euh, oui ?

Duncan fait un signe de tête à Seth, et crie :

– Jin !

La fille qui n'arrête pas de fumer, une Asiat avec des mèches bleues, rouges et jaunes dans ses cheveux courts, fait un signe sans enthousiasme.

– Melissa !

La grande fille sportive avec de beaux yeux lève prudemment la main.

– Bob !

– En fait, je m'appelle Paix, annonce le Poilu.

Silence. Puis :

– Sur ta fiche, il y a écrit Bob.

– Je me suis fait rebaptiser Paix. C'est une part importante de mon itinéraire personnel. Je ne répondrai qu'au nom de Paix.

Duncan pousse un grognement, et reprend :

– Paix… Qu'est-ce qu'il ne faut pas entendre…

Puis :

– Ingrid !

– Oui, c'est moi.

– Pas de nouveau nom pour toi ?

– Euh, non.

Je souris, prête à rire de sa blague, mais Duncan me fixe jusqu'à ce que je détourne les yeux.

– Tavik !

Le non-Isaac avec des pectoraux à faire éclater son T-shirt lâche :

– Yo.

Les deux suivants sont les garçons qui, depuis le début, se chamaillent comme des gosses de six ans. Ils répondent aux noms de Harvey et Henry, et ils ont l'air d'être frères. Jumeaux, même.

Et pour finir, il y a Ally, la fille très maquillée qui a arrêté les selfies et se tamponne le visage et la poitrine avec un bandana.

– T'es en retard, dit Duncan en se dirigeant vers moi. Toi, Ingrid.

– Moi ?

– Tes affaires sont pas prêtes.

– Mais si.

Je me raidis en désignant mon sac marin.

– Tes affaires doivent être dans un sac à dos, dit-il en désignant une pile de sacs que je n'avais pas remarquée.

– Mais personne ne m'a dit que…

– Personne ne m'a dit que…, il répète d'une voix plaintive. Vous êtes des gamins ou quoi ?

La plupart d'entre nous se ratatinent tandis que Duncan promène son regard sur le groupe d'un air désapprobateur.

– Fifille, va te chercher un sac à dos, me lance-t-il.

Il est grand, mal embouché et il a les clefs du pick-up, alors je décide de lui obéir.

Je renifle quelques vieux sacs à dos pour choisir celui qui sent le moins mauvais, puis je me dirige vers mon sac marin…

Et là, je m'arrête net en voyant Duncan fouiller dans mes affaires, toucher mes chaussettes, mes T-shirts, ma trousse de toilette, mes sous-vêtements… Il les montre aux autres, puis… il les jette par terre.

– Qu'est-ce que tu fais ? je proteste en accourant.

Il est en train d'exhiber mon exemplaire de *Guerre et Paix*. Dans ses mains, on dirait un objet de contrebande.

– Tu mets pas ça dans ton sac à dos.

– Mais…

– Vous allez chacun devoir transporter une partie de la nourriture, déclare-t-il.

Peut-être que les répulsifs toxiques, la cigarette, les gaz d'échappement du pick-up et l'odeur des sacs à dos combinés à la chaleur me troublent, pourtant, j'ai bien cru entendre « nourriture » et « transporter ».

« Transporter une partie de la nourriture », c'est bien ça.

– Mon boulot, c'est de m'assurer que vous avez tout ce qu'il vous faut ! me crie-t-il alors que je demeure bouche bée. Et rien que ce qu'il vous faut ! D'ici cinq jours, quand t'auras marché toute la journée et que tu devras préparer le dîner, tes petits camarades ne seront pas contents si tu leur dis que t'as préféré emporter un livre.

– Évidemment que je n'allais pas le prendre en randonnée. C'est juste pour le soir…

Il s'esclaffe, jette mon livre par terre et attrape autre chose.

Le pull à capuche couleur sauge en microfibre, un cadeau de maman.

– Ne touche pas à ça ! je m'écrie.

Il ricane, marmonne que je suis « un cas » mais me laisse mon pull, en échange de quoi il continue à inspecter le contenu de mon sac.

Oui, j'ai étudié la liste. Et oui, j'ai apporté trois pantalons et pas seulement deux, si on compte celui que je porte, et six T-shirts au lieu de quatre, deux paires de chaussettes et des sous-vêtements supplémentaires, plus un bikini. Et mon journal intime, celui avec la couverture en cuir et le ruban, ainsi que mon livre, qui figure sur ma liste de lectures pour la rentrée. Dans l'école que j'espère intégrer. Vu les conditions de mon contrat avec maman, je n'ai pas de temps à perdre.

Et puis… quelques petites affaires qui ne figuraient pas sur la liste, laquelle était si courte que j'en ai déduit qu'elle ne concernait que les articles de base. En pensant aux soirées dans la nature (le groupe d'Ella avait passé trois nuits sous la tente), j'ai eu peur de me perdre, ou de devoir survivre en plein orage, ou encore que quelqu'un se blesse. Alors j'ai ajouté une boussole, un poncho imperméable avec des bandes fluo, des bougies, des fusées de détresse, une trousse de premiers secours, quelques sachets de café instantané, et… d'autres petites choses. Rien de déraisonnable. J'ai pris tout ça parce que, n'ayant pas d'expérience, je voulais être parée.

Si bien qu'en cinq minutes, je suis délestée des trois quarts de mes biens, y compris mon shampooing biodégradable et mon démêlant, qui certes figuraient sur la liste, mais qu'il fallait apparemment prendre en dose échantillon.

Le petit tas que je suis autorisée à garder intègre le sac à dos puant, et le reste part dans mon sac marin. Si et quand je vais le retrouver, rien n'est clair. Je pince les lèvres, je déglutis et j'essaie de ne pas céder à la panique.

Duncan fouille tous les sacs. À mesure que la pile d'objets confisqués s'enrichit d'alcool, de sachets d'herbe et même d'ecstasy, je comprends mieux sa mission.

Je suis surprise que les gens aient voulu prendre des substances pour ce genre de séjour. Et pourtant, mis à part les remarques caustiques de Duncan, personne n'est inquiété.

Quand c'est le tour de Jin, et qu'il essaie de lui confisquer ses cigarettes, elle s'énerve et sort une lettre.

– De mon médecin, elle crache, comme si c'était du venin. C'est des cigarettes à base de plantes, sans nicotine, et j'en ai besoin.

Duncan lit la lettre, puis échange un long regard avec Pat. Pat acquiesce, et Duncan hausse les épaules.

Pour finir, il nous distribue du matériel, à savoir des piquets en métal, des baluchons en toile et des paquets très denses qui semblent contenir de la nourriture. À l'arrivée, nos sacs sont pleins à craquer. Puis il nous donne l'ordre de mettre nos bagages personnels dans le pick-up.

À cet instant, je souhaite sa mort, et même si, certes, il a découvert quantité de substances illégales, je considère qu'il prend son boulot un peu trop au sérieux.

Mais c'est lui qui va nous transporter jusqu'au camp.

Alors je me tais. De toute façon, je n'ai pas besoin de tout ça pendant le trajet.

Guerre et Paix, c'était légèrement ambitieux, vu mon récent état d'esprit.

Et puis, quel soulagement d'être débarrassée de ces objets ridicules que sont des vêtements propres.

Ce n'est que pour trois semaines… Deux culottes, ça devrait suffire à la fille Nature que je suis déjà. Pas besoin de jouer les hystériques pour ça.

Je soulève mon sac à dos en grimaçant pour aller le mettre dans le pick-up près de mon sac marin.

On va être serrés comme des sardines là-dedans, et je ne parle même pas de la législation par rapport aux ceintures de sécurité. Mais au moins, il n'y aura pas de moustiques. Et avec un peu de chance, le trajet sera court et sans trop de cahots, parce que, tout de même, je serais mortifiée de faire pipi dans mon pantalon.

Alors que je soulève mon sac à dos, qui est vraiment lourd, j'entends les portières du pick-up se refermer puis, le temps que je me retourne, Duncan saute au volant, claque sa portière, démarre et…

Il

S'en

Va.

Sans

Moi.

Sans

Nous.

Non.

Mes oreilles bourdonnent, sans doute à cause du cri que je réprime. J'ai l'impression d'être sur le point de plonger du haut d'un grand 8 ou d'une falaise. J'ai le souffle coupé, je suis incapable de réfléchir ou de me calmer, je sais que ma réaction est exagérée, mais je n'y peux rien.

Je n'aime pas du tout ce genre de surprises, je n'aime pas me sentir abandonnée… Après le pilote qui nous a laissés dans le champ sans explication, c'est la deuxième fois de la journée.

Trois, si on compte le fait que j'ai été déposée à l'aéroport ce matin même.

Comme si je n'avais pas assez de problèmes d'abandon comme ça.

2. *SOLEIL ET LUNE*
(entre six ans et dix ans)

Peut-être parce que j'étais petite.

Peut-être parce que c'était ma mère.

Mais surtout parce que Margot-Sophia Lalonde était une personne incroyable, truculente, fascinante, passionnante et tellement étonnante.

Malgré toutes ces années et tout ce qui s'est passé, je continue à penser à elle en ces termes.

Sur scène, en représentation ou en répétition, dans n'importe quel salon de réception de l'une des nombreuses villes européennes où nous avions brièvement vécu, dès que Margot-Sophia ouvrait la bouche, le mot ou la musique qui s'en échappait donnait une tout autre tonalité aux choses.

La voix de ma mère ouvrait en moi la porte à de nombreuses sensations que je reste incapable de nommer, que je ne parviendrai peut-être jamais à nommer. C'était une impression merveilleuse, surprenante, magnifique.

Et il n'y avait pas que moi. Les coaches vocaux et les musiciens qui fréquentaient nos demeures temporaires avaient du mal à dissimuler leur admiration. Les soins destinés à entretenir cette voix, ce corps, cette âme, étaient constants. Il y avait des infusions, des degrés d'humidité et des températures à respecter, des humidificateurs programmés pour chaque pièce, des consultations ORL (oreille, nez, gorge) dans chaque ville, des professeurs particuliers de yoga, de pilates, de technique Alexander. Ma mère était exclusive et appliquée, alors, autour d'elle, tout le monde était exclusif et appliqué, entièrement dévoué… à sa magnificence.

Je jouais du piano et du violon. Je vivais en musique. Moi aussi, je deviendrais cantatrice, me disais-je, ou bien musicienne, en tout cas, artiste. Cela ne faisait aucun doute. Notre vie avait un sens, une importance, une grandeur.

J'ai tant de souvenirs agréables. Des souvenirs chaleureux, tactiles. Toujours liés à la musique. Maman qui me chantait des chansons les soirs où elle était à la maison, ou bien qui me surprenait en pleine nuit en pénétrant dans ma chambre après un spectacle pour me caresser les cheveux puis déposer de petits baisers sur mes joues, mon front et mon nez. « Ne te réveille pas », murmurait-elle. Mais je tenais à me réveiller.

Ma main dans la sienne partout où nous allions : les musées, les concerts, les librairies, les halls de gare, d'hôtel et d'opéra, les entrées des artistes et les loges – sa main. Je sens encore le soyeux de ses doigts, la chaleur de ses paumes.

Je me souviens qu'elle me paraissait immense, qu'elle sentait si bon, que j'étais choyée. Elle me disait que je pourrais faire ce que je voulais, à condition de travailler dur. Je la croyais. Je voulais être comme elle.

Pourtant, de temps à autre, cette magie disparaissait. Pendant des jours, voire des semaines, souvent entre deux contrats, quand on rentrait au Canada pour entretenir la maison que ses parents lui avaient léguée, elle était triste. Trop triste pour faire autre chose que pleurer et dormir. L'épisode finissait toujours par passer, mais il me terrifiait.

À part ça, notre vie était tellement agréable.

À Vienne, on acheta toutes les deux le même manteau en laine rouge.

À Prague, on alla voir le pont Charles dans l'aube brumeuse, puis boire un chocolat chaud en guise de petit déjeuner.

À Anvers, on donna un petit concert pour les amis de maman. Elle avait chanté, moi, j'avais joué du violon et du piano. Il y avait même eu un article dans le journal.

Mon éducation était étrange et intéressante. Maman se procurait les programmes scolaires anglais et américains, puis choisissait ce qu'elle jugeait important et délaissait le reste, mais s'assurait toujours que j'aie les bases nécessaires. Elle me faisait cours elle-même, ou bien elle engageait des tuteurs pour les sujets qu'elle n'aimait pas. Sans oublier les leçons de musique, d'histoire de l'art, et même de tennis dans certains pays, selon la saison.

Dans la plupart des villes, je rencontrais d'autres enfants, la progéniture d'autres chanteurs d'opéra avec laquelle je jouais, apprenais à fabriquer des chapeaux, à danser ou à faire de l'escrime avec les costumiers, les chorégraphes, les professeurs d'arts martiaux rattachés aux opéras où travaillait ma mère. Nous traînions dans les coulisses et les réserves, traversions en courant la salle des costumes quand il n'y avait personne, nous autres petits garnements d'opéra, nous rendions insupportables jusqu'à ce que quelqu'un nous fasse taire. J'aimais certains enfants plus que d'autres, mais nous ne restions jamais plus de quelques mois au même endroit, alors, si quelques-unes de mes amitiés furent intenses, elles furent également brèves.

J'échangeai avec deux amies pendant un moment. Parfois, je retrouvais une connaissance dans un opéra. Mais j'entamais chaque amitié en sachant que, tôt ou tard, j'allais devoir faire mes adieux.

Ma mère me tenait compagnie, donc ce n'était pas un problème.

Un jour, alors que j'avais neuf ans, elle m'avait tendu un Rubik's Cube en me disant que ça serait tout mon travail scolaire jusqu'à ce que j'en vienne à bout. Au début, j'avais trouvé l'idée géniale.

– Et toi, maman, tu arrives à le faire ? lui avais-je demandé, énervée, quelques heures plus tard.

– Non, avait-elle répondu en levant la tête de son pupitre.

– Mais… pourquoi tu me le demandes, alors ?

– Pour que tu apprennes à faire des choses par toi-même. Pour que tu découvres la persévérance.

Pour que tu ne saches pas faire qu'une seule chose.

Je ne comprenais pas. Faire une seule chose, quand on la faisait aussi bien que maman, me semblait plus que suffisant. Mais lorsque quelques jours plus tard, je lui présentai le Rubik's Cube reconstitué, ses yeux brillèrent, et ce soir-là, elle me permit de rester dans sa loge pendant le spectacle. Puis, le lendemain, on alla prendre un thé à la russe, avec un vrai samovar, dans un joli petit café où on était assises côte à côte.

Quelques mois plus tard, c'était Londres. Covent Garden.

Je connaissais bien les opéras, mais Covent Garden, avec son hall et ses colonnes corinthiennes, son atrium en verre et sa salle pour deux mille spectateurs, c'était une tout autre échelle. Intimidant, car tellement plus grand que tous les opéras où maman avait chanté jusque-là.

J'étais fière et folle de joie.

– C'est pour des endroits comme ça qu'on a inventé la musique ! m'écriai-je un jour à la fin d'une répétition en contemplant les trois balcons, et encore plus haut, à des kilomètres, me semblait-il, le dôme bleu ciel et doré.

– En effet, répondit maman en m'observant d'un air songeur. Ce bâtiment… va savoir qui l'a conçu, respire la musique, et la musique respire ce bâtiment.

Je soupirai d'aise, glissai ma main au creux de son bras, et elle me serra contre elle.

– Tu as peur ? Quand tu entres en scène ? demandai-je.

– Toujours. Mais c'est normal. Il faut avoir confiance.

– En soi.

– Pas seulement en soi. J'ai également confiance dans les heures passées à travailler, dans mon talent, dans la magie qu'il crée après tant de labeur.

Elle n'avait pas besoin de m'expliquer cette magie. Je la ressentais quand elle était au meilleur de ses performances, au-delà de la perfection technique, si bien que le public retenait son souffle. Cette magie me donnait l'impression que je pouvais m'envoler rien qu'en l'écoutant.

Nous croyions au travail, mais nous croyions aussi à la magie.

Covent Garden, c'était la combinaison des deux.

Grâce à Covent Garden, il y avait aussi un disque en projet, le premier, qui nous assurerait des revenus pendant l'année à venir. Et puis une tournée, ce qui ferait davantage connaître maman, et lui apporterait de nouveaux contrats.

Nous avions trouvé un logement, acheté un piano et quelques meubles. L'appartement contenait un mélange d'antiquités et de décors de théâtre proposés par des opéras lors de dîners de charité. Étourdie par son tout nouveau succès, et peut-être aussi par une ou deux coupes de champagne, maman avait enchéri très haut pour un lit à baldaquin, deux armoires, une horloge coucou qui ne fonctionnait pas, ainsi que deux trônes. « Jamais nous ne serons mieux installées que ça », me disais-je. Je m'étais même fait une amie dans l'immeuble, une fille de mon âge qui s'appelait Emily, habitait au même étage, et dont la vie et les parents « normaux » me paraissaient très exotiques.

À cette époque, je savais déjà que je n'avais pas de père. J'étais, comme disait maman, « le fruit miraculeux d'une folle nuit dans le sud de l'Espagne ». Mon père avait disparu depuis longtemps, il ne m'avait jamais manqué, et elle ne l'avait jamais recherché, tout simplement parce qu'elle ne connaissait même pas son nom. « Mais il était beau, disait-elle avec un sourire, gentil, et il dansait si bien le flamenco. Je lui suis reconnaissante chaque jour, de ma précieuse fille, mais nous nous suffisons à nous-mêmes. »

Je la croyais. Et puis, j'aimais notre appartement londonien. On continuerait à voyager, m'avait dit maman, mais on pouvait maintenant se permettre de conserver un pied-à-terre européen.

Le soir de la première, vêtue de soie bordeaux, incapable de respirer tellement j'avais peur, m'accrochant à chacune de ses notes, j'étais assise dans le public.

Je n'avais aucune raison de m'inquiéter. Margot-Sophia, sculpturale, mélodramatique avec son immense chevelure noire et ses yeux couleur expresso, était éblouissante, captivante, parfaite, magique. Il y eut une *standing ovation* et des fleurs. Les critiques furent excellentes. Après des années de travail et tant de prestations dans des opéras moins célèbres en Europe, Margot-Sophia Lalonde connaissait enfin la gloire.

Ce fut une époque formidable. Dans mon souvenir, à l'exception de quelques « journées tristes », toutes les années qui y avaient mené étaient magnifiques aussi. Ma mère était à la fois ma lune et mon soleil, je baignais dans la musique, le luxe, l'amour et une magie qui ressemblait à du velours.

Ce qui ne facilite pas la transition avec le présent.

3. À LA DURE

(Peak Wilderness, jour 1, suite)

Chère maman,

Nous avons atteint le « camp ».

Pour qu'il n'y ait aucune ambiguïté : après une marche de trois heures, essentiellement en montée, nous avons atteint un lac.

Cela faisait sept heures que je me retenais de faire pipi.

J'avais tué deux cent cinquante-cinq moustiques.

Tu te souviens du récit d'Ella, de son amitié avec les filles qui partageaient sa cabane ? De la nuit tellement chaude où celles qui occupaient les couchettes supérieures avaient préféré dormir par terre ?

Tu te souviens des charmantes cabanes en rondins sur la brochure que tu m'as montrée la première fois où tu m'as parlé de ce camp ? Des tables de pique-nique et des petits bâtiments avec des lunes et des étoiles sur les portes ?

Je trouvais ça un peu rustique pour une première expérience, mais aujourd'hui, plus on marchait, plus cette photo s'embellissait dans mon esprit. Alors, je me suis dit que tout ça était fait exprès, qu'en fin de compte, nous serions tellement épuisés que nous serions ravis d'avoir un toit et un coin à nous à la fin de la journée.

J'étais impatiente d'arriver. Je rêvais de faire pipi, même dans des toilettes sèches, ainsi que de me réfugier dans un endroit clos pour échapper aux moustiques.

Mais maman, tu sais quoi ?

Il n'y a pas de toilettes.

Même pas sèches.

ET

IL

N'Y

A

PAS

DE

CAMP.

Ce qu'ils appellent « camp », c'est une clairière au bord d'un lac.

Le lac est joli, c'est vrai. Mais il n'y a pas de camp. Pas la moindre cabane. Il n'y a pas de salle à manger commune ni de jolie petite boutique de souvenirs. Ni de casiers de rangement pour les kayaks. Pendant trois semaines, il n'y aura rien d'autre que le camp que nous construirons chaque soir.

Toi aussi, tu n'en reviens pas ?

Tu te dis que je suis fatiguée, que je perds la tête.

Vraiment ?

Je sais que ces derniers mois, j'ai été triste et en colère et que je n'ai pas... prêté attention à certains détails, mais je suis presque sûre que le plan initial n'était pas celui-là, maman.

Aurait-il changé et aurais-tu oublié de m'en parler ?

Aurais-tu essayé de me le dire sans que j'écoute ?

Savais-tu que je n'écoutais pas ? As-tu décidé de me laisser partir sans que je sache à quoi m'attendre ?

Autrefois, je ne t'en aurais pas cru capable, mais là, je ne sais plus.

As-tu imaginé mon état de sidération, d'autant que je suis supposée être « fragile », ces derniers temps ?

Il faut croire que non.

Alors, maintenant que je sais ce qui m'attend, je cherche à me convaincre que ça va être excitant.

Excitant d'avoir l'opportunité de découvrir mon moi intérieur.

Je ne doute pas d'être plus forte à mon retour, maman.

Je t'embrasse.

Ingrid

Après avoir pris la mesure de la situation, je me résous à demander un répulsif à un camarade. Malgré mes efforts, j'ai les mains, le cou et le visage couverts de piqûres, j'en ai même sur les jambes et le ventre. Je ne suis qu'une boule de démangeaison.

Mon choix se porte sur Ally. Elle a l'air jeune, alors avec un peu de chance, elle se moquera moins de moi.

– Pas de problème, je peux te filer un flacon, me dit-elle avec un sourire timide. J'en ai quatre.

– Duncan ne te les a pas confisqués ?

– Quand j'ai vu comment ça se passait pour toi, j'en ai caché deux ici, explique-t-elle en remontant son T-shirt, où je découvre, entre ses gros seins, deux petites bouteilles.

– Ouah ! Ça sert, une belle poitrine !

– Maman dit qu'on pourrait servir le thé dessus. (Puis elle tapote sa clavicule et attrape un flacon.) Je peux planquer tout ce que je veux là-dedans. J'ai déjà réussi à y cacher mon portefeuille, mon téléphone et mon rouge à lèvres. Et mes seins sont très populaires sur Instagram.

– Je... Ça ne m'étonne pas, dis-je en hochant la tête et en attrapant le flacon.

Il est chaud et un peu moite, mais je lui suis tellement reconnaissante...

– Bien sûr, j'aurais eu des ennuis si ce tyran d'Écossais avait voulu me fouiller, reprend-elle, et ses grands yeux ronds pétillent comme si cela lui aurait plu.

– Ça, c'est sûr, dis-je.

– À quoi je ressemble ? me demande-t-elle. Sans mon téléphone, je n'ai aucun moyen de le savoir.

En examinant son visage, je vois que son maquillage a coulé. Le mascara s'est étalé, son fond de teint fait des paquets, et elle n'a presque plus de rouge sur les lèvres. Je me demande si elle a réussi à cacher du maquillage aussi, et si elle va réapparaître chaque jour affublée de ses peintures de guerre. Moi, je n'ai que du baume à lèvres et de la crème solaire.

– C'est impeccable, je déclare, et comme je la vois se faner légèrement, j'ajoute aussitôt : Tu es très jolie.

– Merci.

Elle fait un petit sourire, descend son T-shirt et se comprime la taille, comme si elle voulait faire ressortir sa poitrine.

– J'ai sans arrêt besoin qu'on me fasse des compliments.

Je suis supposée répondre : « Mais pourquoi ? Tu es la fille la plus sexy naturellement que j'aie jamais vue ! J'aimerais tellement que mes seins soient populaires sur Instagram ! » Des choses rassurantes comme ça, mais il y a quelque chose de si triste en elle que je me sens… anéantie. J'ai la gorge qui se serre, je me sens stupide, et tout ce que je réussis à dire, c'est :

– Oui, je sais, je veux dire, non, tu n'es pas…

Il y a deux minutes, j'allais bien (même si mon corps me démangeait et que j'étais au désespoir) mais, tout à coup, je me rends compte que je ne peux pas avoir une conversation normale sans être débordée par les émotions.

Je me raccroche à mon flacon de répulsif.

– Je vais aller m'asperger, dis-je. Merci encore.

Elle acquiesce.

Je viens juste de terminer l'opération anti-moustiques quand Bonnie nous réunit pour nous annoncer :

– Voici votre premier challenge… (Comme si

la journée n'avait pas déjà été une longue série de challenges.) Chacun d'entre vous a des parties de tente dans son sac. (Les piquets en métal… Je me disais, aussi.) Rassemblez-les, triez-les et montez vos tentes. C'est parti.

On échange des regards, puis on tourne la tête vers Bonnie. Seth, le petit gars branchouille, dit :

– Bonnie ?

– Oui, Seth.

– Je n'ai jamais monté de tente. Il y a un mode d'emploi ?

– Non.

– C'est pas dur, ricane Paix/Bob.

– Et tu vas nous aider ? demande Seth sans quitter Bonnie des yeux.

Laquelle se contente de s'éloigner.

Je ne suis donc pas la seule à ne jamais avoir campé, et encore moins monté une tente. Les nuages s'amoncellent à l'horizon.

En inventoriant les différentes parties, on finit par comprendre qu'il y a trois tentes (quelques informations auraient été les bienvenues). Neuf personnes grognons attaquées par des moustiques ont la débrouillardise d'un enfant de six ans… Malgré tout, on parvient à cette conclusion. Puis on comprend dans la douleur que chaque tente est légèrement différente des autres, et que les pièces ne sont pas interchangeables.

Assise à l'écart, Jin fume en roulant des yeux, une attitude que je ne comprends pas. Je ne suis pas là par choix, mais il me semble que, cette fois, j'ai encore moins le choix. C'est le genre d'expérience qu'on fait « une fois dans sa vie », le truc que tous les gens normaux adorent. Mais visiblement, Jin n'est pas de cet avis. Pendant ce temps, j'essaie de tenir ma panique à distance. Et pour ça, d'avoir l'air indifférente. Du coup, on dégage la même impression : celle de s'en foutre.

Melissa, la fille blonde et sportive, s'active. Elle range les piquets et les différentes parties par tailles et par couleurs. C'est la Gwyneth Paltrow du camping. Ally l'aide, l'air perdue, mais volontaire. Henry et Harvey trouvent ça drôle de leur piquer des pièces puis de partir en courant, espérant sans doute qu'une fille se lancera à leur poursuite. Melissa devient toute pâle. Ally veut leur courir après, mais elle est bientôt à bout de souffle, elle se tient la poitrine, et murmure quelque chose sur le fait que pour ça, il lui faut deux soutiens-gorge.

Je plante les piquets pendant que Tavik règle leur sort à Harvey et Henry, puis Paix et Tavik s'engueulent parce qu'ils ont chacun leur vision des choses, et qu'aucun des deux ne veut écouter l'autre.

Entre-temps, après avoir monté leur tente en cinq minutes, Pat et Bonnie discutent au bord de l'eau en nous surveillant du coin de l'œil sans se soucier davantage de nous.

Il nous faut une heure pour monter nos tentes, qui sont de travers et instables.

– On dirait une parodie de tentes, je déclare. Des caricatures.

– Parle anglais, s'il te plaît, connasse, me lance Jin.

Je me retourne, à la fois inquiète et furieuse. J'ai déjà eu affaire à ce genre de personne, et il n'y a qu'une marge étroite entre ne pas se laisser marcher sur les pieds et ne pas aggraver la situation.

– Peut-être que tu pourrais les parfumer un peu avec ton truc, elle ajoute en ricanant.

– Dans la mesure où tu n'aides pas, je ne vois pas comment tu te permets de critiquer, je rétorque, avec un air plus solide que je ne le suis en réalité.

– Je fais ce que je veux, putain.

– Bien sûr, dis-je, tout à coup saisie de faiblesse. Je m'en fous.

Elle observe les tentes.

Je fais un rapide petit calcul mental.

On est neuf. Cinq garçons : Paix, Tavik, Seth, Harvey, Henry, et quatre filles : Jin, Ally, Melissa et moi.

Il y a trois tentes de trois places.

Les autres vont chercher leur sac.

Jin se lève, écrase sa cigarette et se place à l'entrée de la tente la plus solide, attrapant au passage Melissa par le bras.

Je les rejoins.

Ally vient aussi.

On se regarde. J'exprime l'évidence :

– On ne va pas toutes tenir là-dedans.

– Sans déc', fait Jin.

– C'est pas possible ! s'exclame Melissa. Il doit bien y avoir… une autre tente quelque part ?

– Ça m'étonnerait, dit Ally en jetant un coup d'œil nerveux tout autour d'elle.

Pat choisit ce moment pour venir voir où on en est.

– Pat, on a un problème, je déclare.

– Je vois que les tentes sont montées, dit-il en hochant la tête.

– C'est pas ça le problème, dit Melissa, qui a repris courage.

Elle explique la situation.

– Bon, fait Pat en tapotant les poches de sa veste, c'est un camp mixte.

– Tu es en train de dire que l'une de nous va devoir partager une tente… avec eux ? reprend Melissa d'une voix de plus en plus aiguë à mesure que son inquiétude croît. Je ne…

Pat reprend :

– À Peak Wilderness, on renonce à tous ses préjugés, par conséquent, séparer les garçons des filles, ça n'a pas de sens. D'autant qu'il y a une règle stricte d'abstinence sexuelle. La briser reviendrait à être aussitôt exclu du programme. La taille du camp implique que les tentes soient proches, et la règle de trois personnes par tente est destinée à ce que deux personnes ne se retrouvent pas seules dans une situation ambiguë.

Le sexe ! Je n'y avais pas pensé. J'en étais encore à espérer un peu d'intimité. Or, les garçons sont connus pour ronfler, péter et sentir mauvais. J'en ai la nausée d'avance.

Pendant ce temps, Jin murmure :

– Mec, un truc à trois, ça t'est jamais venu à l'esprit ?

Ouille.

– De plus, continue Pat comme s'il n'avait pas entendu, vous devez vous respecter les uns les autres, et aussi utiliser votre jugeote.

Puis il s'éloigne pour aller voir les garçons.

Trop cool.

– Pierre-feuille-ciseaux ? propose Ally.

– Non, lâche Melissa en se serrant le ventre avec ses bras. (Elle a l'air prête à s'évanouir.) Je vous en supplie. Je ne peux pas.

– Et si on faisait deux et deux ? je propose. Deux filles et Seth, les deux autres avec…

Melissa entre en hyperventilation.

– Je ne peux pas, je ne peux pas, elle souffle.

Je suis mortifiée, mais à nouveau, je ne montre pas mes émotions. Pourtant, cette fois, je ressens la même chose que Melissa. Mais, de toute évidence, je suis plus habituée qu'elle à les dissimuler.

– D'accord, dis-je en posant la main sur son bras. Ne t'inquiète pas, on va trouver une solution…

– Trouver une solution ? La seule solution, c'est que l'une de nous dorme avec… deux garçons inconnus, murmure Ally, les yeux écarquillés, le visage écarlate.

Elle fait la tête de la fille qui vient enfin de comprendre. Vu mes premières observations, j'aurais cru que ça lui plairait, en tout cas, qu'elle le ferait croire mais, en fait, elle est terrorisée.

Ce commentaire est suivi d'un long silence gêné où chacune attend qu'une solution miraculeuse surgisse ou, dans mon cas, que le problème disparaisse, tout simplement.

C'est une solution qui marche toujours.

– C'est pas juste, dit Ally.

– La vie n'est pas juste, je réplique, douloureusement surprise d'entendre dans ma bouche les paroles préférées de maman.

La vie n'est pas juste.

Ce séjour est destiné à graver à jamais cette phrase en moi. La vie n'est pas juste, et pourtant, elle offre une infinité de solutions. Par exemple, votre propre mère qui considère que vous êtes trop rêveuse et mal préparée à la vie que vous voulez mener passe un contrat avec vous, puis en change les termes sans vous le dire. Tire le tapis sous vos pieds uniquement parce que vous avez osé vouloir quelque chose assez intensément pour la défier. Et tire une nouvelle fois le tapis sous vos pieds, au cas où les fois précédentes n'auraient pas suffi. Ou peut-être pour s'assurer que vous êtes prête à affronter toute l'injustice que contient une vie. Comme si je ne le savais pas déjà, comme si je n'étais pas déjà/encore en train de tomber des nues.

Peut-être qu'elle a choisi ce camp en toute connaissance de cause. Eh bien, elle n'aurait pas dû.

J'observe Melissa et Ally, qui sont toutes deux en train de se liquéfier. Melissa est blême, on a l'impression qu'elle va s'effondrer. Ally est toute rouge et a les larmes aux yeux. Entre-temps, Jin a fermement posé les pieds à l'entrée de la tente.

Pourtant, ça n'a pas l'air de la gêner de dormir avec des garçons. Ce qui l'intéresse, elle, c'est de gagner. Or, elle est arrivée la première.

Mon esprit dérive de nouveau vers maman. Je suis sûre d'une chose : peut-être qu'elle m'a inscrite, volontairement ou par erreur, à un séjour différent de celui d'Ella, peut-être qu'elle m'a trahie. Mais jamais, au grand jamais, elle ne m'aurait envoyée dans un lieu où je doive partager ma tente avec des garçons. Voire des hommes.

Je sais qu'elle n'aurait pas supporté l'idée.

Alors ?

– Moi, je m'en fous, je déclare. J'y vais.

Et je me retrouve dans la même tente que Tavik et Paix/Bob.

Génial.

4. *RIDEAU*

(Âge : dix ans)

Les chanteurs de pop ou de rock finissent tous par avoir des nodules un jour ou l'autre, autrement dit des callosités sur les cordes vocales, en général parce qu'ils les sollicitent trop, ne font pas attention, s'imaginent qu'ils feront avec. Les chanteurs d'opéra ne s'imaginent pas qu'ils feront avec.

Ils savent qu'à moins d'être une immense star, ils sont susceptibles d'être remplacés en deux secondes. Alors, ils consultent régulièrement afin de vérifier qu'un nodule ou un polype n'est pas en train de se développer car, à la moindre suspicion, ils doivent tout arrêter. De chanter, de parler. D'où les humidificateurs, les différents thés, les coaches vocaux.

Les chanteurs d'opéra travaillent dur, ils travaillent sans relâche mais, quand il s'agit de leur voix, ils ne sont jamais négligents.

Sauf…

Peut-être…

Lorsqu'ils sont en train de percer à Covent Garden, qu'ils sont juste un peu enroués, à peine enroués.

Parce que, au milieu d'une saison aussi importante, ils ne peuvent se permettre de prendre du repos, ils se disent que ce n'est qu'un coup de froid, et ils ne vont pas voir l'ORL, ils continuent à chanter parce qu'une absence à une seule représentation peut tout remettre en question – des jours, des mois, des années de travail –, et les faire dégringoler tout en bas de l'échelle.

Le soir où cela se produisit, je me trouvais dans le public. D'abord, ce ne fut qu'un silence là où il n'aurait pas dû y en avoir. Mais seul quelqu'un ayant assisté à des dizaines de répétitions pouvait le remarquer. Je me tortillai sur mon siège.

Puis il y eut deux notes bizarres. Alors j'attrapai mes jumelles de spectacle. Elle semblait… bien, mais elle aurait dû avoir l'air mieux que ça. Je fus prise de sueurs froides, et mon cœur se mit à battre très vite. Rien que pour ça, elle pouvait se faire huer. Les amateurs d'opéra sont des passionnés qui ne tolèrent pas la moindre faiblesse.

Au cours de la deuxième aria, sa voix dérailla. Cette fois, c'étaient de vraies fausses notes. Des notes grinçantes, chacune pire que la précédente.

La dernière fois où elle ouvrit la bouche, aucun son n'en sortit.

J'étais paralysée. Anéantie. Ce n'était que sa voix qui mourait, mais moi, j'avais l'impression que ma mère était en train de mourir sur scène.

Il y eut quelques instants terrifiants où le public retint son souffle. Même l'orchestre s'était tu. Margot-Sophia Lalonde, écarlate, les yeux brillants des larmes qu'elle retenait, lui fit un geste dramatique, et le chef donna l'ordre aux musiciens de reprendre. La musique s'éleva, plus rapide, maman se plaça à l'endroit marqué au sol sur la scène et poursuivit son rôle en mimant chaque son. Elle finit à genoux, comme à l'agonie.

Puis le rideau rouge sang au liseré d'or retomba.

Les amis de maman vinrent tous nous rendre visite à Londres.

Ils avaient eu vent de l'histoire : Margot-Sophia Lalonde qui perdait sa voix en pleine représentation. C'était même paru dans les journaux. Sa doublure l'avait remplacée dans le quart d'heure, comme spécifié sur le contrat (à l'opéra, voilà la vitesse à laquelle on peut vous faire disparaître : un quart d'heure). Elle avait chanté depuis les coulisses tandis que maman mimait le rôle sur scène. Incapable de demeurer sur mon siège, mais tout autant incapable de m'en aller, j'avais regardé la fin du spectacle depuis les mêmes coulisses avec angoisse.

Notre appartement était constamment rempli de médecins et de visiteurs qui arrivaient avec des cadeaux tels que des thés rares, des gâteaux au miel, des bouquets de fleurs sans parfum, quelques ragots. Maman communiquait par signes, ou bien en écrivant dans un joli petit carnet en soie qu'on lui avait offert.

Il y eut des visites à l'hôpital, des examens, des consultations. Maman me promettait que tout allait s'arranger, qu'elle avait juste besoin de repos. Elle ne sombra pas dans la tristesse, elle ne se mit pas au lit. Elle continua à prendre soin d'elle de façon obsessionnelle, et à garder le moral.

Les représentations à Covent Garden prirent fin.

Et la tournée commença… sans nous.

Néanmoins, maman garda le moral.

Mais quand les semaines devinrent des mois, de moins en moins de gens nous rendaient visite, et ceux qui venaient encore avaient une attitude bizarre, comme s'ils se sentaient coupables. Puis, les seuls visiteurs furent les thérapeutes vocaux, le prof de yoga et l'ORL.

J'hésitais entre rester au chevet de ma mère et me réfugier chez mon amie Emily.

Pour finir, elle subit une opération. Elle avait espéré y échapper à cause du coût, de la durée de la convalescence, et parce que le résultat n'était pas garanti. Mais c'était à présent le seul espoir. Elle ne me le dit pas, mais je l'avais bien compris : il s'agissait de l'opération de la dernière chance.

Sa convalescence fut longue, des jours et des semaines s'écoulèrent, puis vint le moment d'éprouver sa voix, d'abord sous le contrôle du médecin. Les notes graves étaient bonnes, parfaites, même. Mais dans le registre des aigus, elle n'était pas juste.

Et malgré les tentatives répétées, ça n'alla pas en s'améliorant.

Je n'oublierai jamais le regard peiné de l'ORL,

un bel homme, quand il nous annonça ce que nous craignions : la voix de cantatrice de maman était détruite à jamais. Tout était fini.

– La bonne nouvelle, dit-il, c'est que vous pouvez parler normalement, et que la partie grave de votre voix est intacte. Vous pouvez l'utiliser sans restriction.

– Merci.

Maman resta très digne, sa voix garda toute sa richesse et ses nuances, son élocution demeura limpide grâce à toutes ces années d'exercices.

Il peut se tromper, me dis-je. La réalité était trop douloureuse. *On va refaire des tentatives. On réessaiera demain*.

Mais le lendemain, Margot-Sophia Lalonde, sans se départir de sa dignité, quoique le visage fermé, mit notre mobilier en vente.

Elle ne pleura jamais et, par conséquent, moi non plus.

Le rideau retombait. Il était déjà retombé.

La magie nous avait quittées.

5. À RISQUE
(Peak Wilderness, jour 1, suite)

Chère maman,

Je suis sûre que l'anecdote va te plaire : quand on cuisine dans l'obscurité au feu de bois, des insectes, de nombreux insectes, essentiellement des moustiques, se précipitent sur la nourriture. Et quand arrive l'heure de dîner, il fait si sombre qu'on ne les voit pas, alors on les mange aussi.

Mais il faut croire que ce n'est pas un problème, puisqu'ils sont cuits.

C'est aussi une excellente source de protéines.

Les insectes ont beau être frais, et certainement d'origine locale, je n'ai pas été la seule à être dégoûtée. Ally en a pleuré. Seth et moi, on a à peine mangé car on voulait tous les retirer de notre bol, si bien qu'à l'arrivée, il ne restait plus grand-chose. En revanche, Melissa m'a épatée, car elle a tout mangé, et Paix s'est délecté en racontant que dans le futur, on se nourrira d'insectes parce que la filière du bœuf est vouée à disparaître.

(Moustiques morts : quatre cent trente-huit, plus ceux que j'ai mangés sans le savoir.)

Je t'embrasse.

Ingrid

Après le dîner aux moustiques, on a droit au « tour de table ». Je croyais que ça consisterait à chanter une vieille ballade irlandaise en se tenant la main, ou un truc dans le genre.

Mais on se regroupe sur un rocher qui surplombe le lac, à la lueur de la lune et de nos lampes torches. Pat nous souhaite la bienvenue, ainsi que Bonnie, puis ils nous demandent de nous présenter et d'expliquer pourquoi on a décidé de faire ce séjour. Quel est le but qu'on s'est fixé.

« Pourquoi on a décidé de faire ce séjour ». J'ai hâte que ça soit mon tour.

On commence par Bonnie et Pat. Pat est travailleur social, Bonnie psychothérapeute.

– Je vois ici une occasion de conjuguer mes deux passions, explique Pat, celle des grands espaces et celle des jeunes, surtout les jeunes à risque. Je cherche à faire de vous des individus plus forts, à vous faire entrer en connexion avec vous-mêmes et avec la terre.

J'en serais presque émue.

Mais ça me donne aussi envie de vomir.

Et puis, je m'interroge sur l'expression « à risque ».

Bonnie prend ensuite la parole. Elle dit plus ou moins la même chose : nature et prendre sa vie en main, jeunes en difficulté, apprendre à vivre en groupe, bla, bla, bla.

Si je n'étais pas déjà troublée, maintenant, je le suis vraiment.

Seth, dont j'ai un instant espéré partager la tente, puisque je dois dormir avec des garçons, se lance :

– Je viens d'une famille très… traditionnelle. Je suis ici pour m'endurcir. Mentalement, physiquement et spirituellement. Pour me rapprocher de Dieu afin d'acquérir des forces pour lutter contre… la tentation et le péché.

Il prononce « tentation » et « péché » comme s'il avait envie d'écrabouiller ces mots.

– Quelle sorte de péché ? demande Bonnie d'un ton badin.

– Tous, répond Seth en baissant les yeux et en voûtant les épaules. Mon père… dit que pour l'instant, je ne suis pas digne de me présenter devant Dieu. Et que, si ça ne change pas, je n'aurai plus de famille, alors que ma famille est très importante pour moi. Alors… je dois agir. J'ai vingt et un jours pour changer. Voilà mon but.

Je vois le tableau. Il est gay/bi/trans, et il vient d'une famille de connards religieux qui veulent le renier. Je regrette encore plus de ne pas partager ma tente avec lui. Et j'ai envie d'étrangler ses parents.

Harvey et Henry, des faux jumeaux qui se ressemblent beaucoup, s'expriment ensuite. Techniquement, c'est d'abord Harvey, puis Henry, mais en fait, ils parlent en même temps. Ils sont venus

« vivre un truc extrême » et cherchent à se mettre au défi en pleine nature sauvage.

– Et puis…, ajoute Harvey.

– Mec, non, fait Henry.

– Qu'est-ce que ça peut foutre ? rétorque-t-il en nous faisant face. Lors d'une fête chez nous, on a… saccagé la maison.

– La moitié de la maison.

– Ouais, juste la moitié, corrige Harvey. On l'a pas fait exprès, et c'était pas vraiment nous. Mais un type a foncé en voiture dans la baie vitrée du salon.

– Alors nos parents… ont failli annuler le séjour, tellement ils étaient vénères, mais en fait, ils sont assez contents de ne pas nous avoir sur le dos pendant trois semaines.

– Ouais, c'était le moment d'aller prendre l'air.

– Et voilà, conclut Henry.

– Henry, ce genre d'expérience t'était-il déjà arrivé ? demande Bonnie.

– Euh, non, pas vraiment, répond-il, tandis que Harvey lance :

– Grave !

– C'est à Henry que j'ai posé la question, fait remarquer Bonnie en fusillant Harvey du regard.

– C'est pareil, réplique celui-ci.

– Pourtant, vous n'êtes pas une seule personne, dit Bonnie.

– OK, OK, dit Harvey. À toi, bro.

Henry, dont les cheveux bruns sont coupés plus court que ceux de Harvey, a l'air gêné. Je ne sais pas si c'est à cause de Bonnie ou de son frère.

– Oui, on a déjà fait des conneries, dit-il. Mais jamais très graves.

– Non mais tu déconnes, mec ? crie presque Harvey. On est des héros ! On est légendaires !

– Ouais, ouais, dit Henry, qui n'assume pas aussi bien la légende que son frère. Mais c'était juste pour s'amuser.

– Et les lance-patates ! Et les fumigènes ! Et le jour où on a piqué son téléphone au proviseur ! Et…

– Ta gueule ! crache Henry en mettant un coup de poing dans l'épaule de son frère. Tu te calmes, OK ?

– D'accord, d'accord, dit Harvey. On est scouts. Solidaires.

– Bien, on en reparlera, fait Bonnie en les observant. Et toi, Jin ?

Jin jette sa cigarette dans le feu et nous regarde l'un après l'autre d'un air de défi.

– Je me promenais dans la rue. Je marchais tranquillement un soir, il y a quelques semaines, quand j'ai été arrêtée pour…

– Pour ? fait Pat au bout de quelques instants, car Jin s'est tue.

Tout à coup, j'ai l'impression qu'en fait, il connaît la réponse.

– Racolage, lâche Jin en lui décochant un regard noir.

Il se contente de hocher la tête.

– Mes parents ont refusé de venir me chercher au commissariat. Je leur faisais trop honte. Alors, ils ont envoyé ma tante. Comme elle est plus riche qu'eux, elle craint moins l'opinion de la communauté. Ils ne veulent plus dépenser un *centime* pour moi, je suis devenue un investissement à risque. (On la sent pleine d'amertume.) Ma tante m'a proposé de venir habiter chez elle. J'étais… épuisée. Alors, j'ai accepté. Mais elle a posé ses conditions : pas de drogue, et c'est exagéré parce que je suis juste une consommatrice occasionnelle, rattraper mon retard scolaire, et faire ce séjour. Pour me soustraire à mes « mauvaises influences ». Apparemment, ça va pas être simple de trouver un dealer dans le coin. (Harvey éclate de rire. Bonnie et Pat regardent Jin d'un air terriblement sérieux, et Harvey se tait.) Je me suis dit que si j'avais réussi à survivre dans la rue, ici, ça ne pouvait être qu'une grosse blague, affirme-t-elle en haussant les épaules.

– Et depuis combien de temps tu es *clean* ? lui demande Pat.

– Je suis pas accro. J'aime bien m'amuser, c'est tout. Alors, techniquement, je suis *clean*. À part quelques moments de faiblesse, je suis *clean* depuis…, dit-elle, en désignant ses cigarettes aux plantes. Deux mois.

Quelques moments de faiblesse dans les deux derniers mois, pour moi, ce n'est pas ça être *clean*, mais qui suis-je pour juger ? Tout à coup, ses cigarettes aux plantes me dérangent beaucoup moins.

– OK, tant mieux pour toi, conclut Pat.

– Et toi, Paix ? lance Bonnie.

Paix/Bob tend les jambes et regarde tout autour de lui.

– Je rejette notre mode de vie, déclare-t-il. (On y est.) Je rejette le mercantilisme, le gâchis, l'égoïsme. La vision occidentale, la religion, la guerre. Tout ce que j'ai été. (Je sais, ce n'est pas tout à fait dans l'esprit, mais moi, je rejette ce qu'il est.) Mon but dans la vie, qui commence avec ce séjour, c'est de trouver la paix, de ne faire qu'un avec la nature, d'être authentique. J'espère trouver ensuite des gens comme moi pour partir vivre loin de…

Je fais des efforts pour ne pas lever les yeux au ciel.

Au bout d'un moment, Bonnie le presse gentiment de finir, et on passe à Melissa. À part son insistance à ne pas partager sa tente avec un garçon, elle a été plutôt discrète jusque-là. Vu sa forme physique, je m'attends à ce qu'elle soit là pour préparer l'ascension de l'Everest, ou un truc du genre.

– Je viens de m'enfuir d'une secte, déclare-t-elle.

Ouah. Pas vraiment l'Everest.

– Je n'ai pas vu le soleil pendant un an. J'ai passé tout ce temps à ne pas être moi-même. Après ça, c'est dur de renouer avec sa famille et ses anciens amis. Personne ne sait comment me parler, et moi, je ne fais plus confiance à personne. Et surtout pas à moi-même. Alors, quand mes parents m'ont proposé ce séjour, je me suis dit que ça pouvait m'aider. Mon but, c'est de devenir plus forte, et peut-être aussi de… comprendre ce qui m'est arrivé.

On garde tous le silence un moment. De nouveau, j'ai le sentiment que ni Bonnie ni Pat ne sont surpris. Ni choqués.

– C'est tout pour moi, conclut-elle d'une voix tout à coup brisée.

– Ally ?

Ally chouine toujours à cause des insectes, mais elle finit par se reprendre et raconte qu'elle est inscrite dans un lycée « spécial », où certaines matières seront validées grâce à ce séjour. Elle veut aussi perdre du poids. Et récupérer la garde de sa fille de un an, qui vit actuellement en orphelinat parce qu'Ally ne peut lui offrir d'environnement stable. Ses parents sont des délinquants. Ils foutent sans cesse le bordel dans leur quartier, parce qu'ils s'engueulent ou qu'ils s'amusent, et les voisins passent leur temps à appeler la police.

Le séjour d'Ally est plus ou moins payé par une bourse gouvernementale.

Ce qui signifie qu'elle a moins de seize ans.

J'ai mal au tibia, et je commence à me demander où sont les participants venus là par amour de la nature (je refuse d'inclure Paix/Bob dans ce lot), ce qui est supposé être le motif de ce séjour. C'est le genre de personnes qu'Ella avait rencontrées à Peak Wilderness : des amoureux de la nature.

Tavik (avec qui je vais partager ma tente) parle à son tour, et même si ça n'a pas l'air d'être son cas, j'espère que lui, il aime vraiment la nature. Faites que ce soit un amateur de kitesurf, de VTT, d'escalade, ou je ne sais quoi.

Il annonce :

– Je sors de prison.

Je n'ai pas dit un mot jusque-là, mais cette fois, c'est plus fort que moi :

– Quoi ?

– Ingrid, tu parleras quand ce sera ton tour, me lance Bonnie.

– Désolée, je marmonne.

– Oui, j'ai été incarcéré récemment, reprend Tavik, les yeux fixés sur moi. Non que ça regarde quiconque. Mes parents sont morts. Je suis en liberté conditionnelle. Un travailleur social a jugé que ça serait bon pour ma réinsertion que je vienne ici.

– Et quel est ton but personnel, Tavik ? demande Bonnie, pas le moins du monde décontenancée.

J'ai l'impression que rien ne perturbe ni Pat ni Bonnie. Tout comme Duncan qui n'a pas été surpris de trouver de l'alcool et de la drogue dans nos affaires. Peut-être que les responsables ont été briefés quant aux antécédents judiciaires des participants ? Dans ce cas, qu'est-ce qu'on leur a dit sur moi ? Que je suis une fille ayant toujours vécu en ville qui a besoin de se retrouver en pleine nature pour… quoi ? Se forger le caractère ? Mon histoire n'arrive pas à la cheville de celle des autres. Pas officiellement, en tout cas. Mais il se peut que Bonnie et Pat sachent que j'ai vécu un sale truc récemment.

Tavik regarde Bonnie, puis il éclate de rire. Pas un rire méchant ni amer, il a l'air sincèrement amusé. L'espace d'un instant, il me fait de nouveau penser à Isaac.

– Qu'est-ce qu'il y a de drôle ? lui demande Bonnie. Tu dois bien avoir un but. Des rêves ?

– Une barrière blanche, une usine qui fabrique du chocolat, et une jolie petite femme qui aime se faire prendre par tous les trous.

Je sursaute, et un bruit étouffé s'élève de l'autre côté du feu. Melissa, je crois.

Bonnie ne répond pas.

– Bon, ça va, j'ai compris, finit-il par dire. Quelque chose du genre me tenir à l'écart des ennuis et passer un peu de temps à contempler le ciel. Je l'ai pas beaucoup vu, ces derniers temps.

Le vent se lève. J'aspire une bouffée d'air frais en observant les étoiles incroyablement brillantes. J'essaie de me sortir de la tête la fin de sa phrase « qui aime se faire prendre par tous les trous ».

– À toi, me dit Tavik avec un regard insistant.

Je reviens à la réalité.

– Euh, désolée, mais… qu'est-ce qu'on fait là ? je demande.

– On est en train d'échanger, me répond Pat.

– Ça, j'ai bien compris, je réponds en essayant, sans doute en vain, d'avoir l'air normale. Ma question, c'était : c'est quoi, ce séjour ? Je suis sûre d'avoir eu entre les mains une brochure avec des photos de cabanes en rondins et d'adolescents souriants venus développer leurs « aptitudes au leadership ».

– Parce que, d'après toi, on n'a pas d'aptitudes au leadership ? me lance Tavik en éclatant à nouveau de rire.

– Je ne voulais pas… Ce n'est pas…, dis-je alors

que le rouge me monte aux joues. Je ne voulais blesser personne. C'est juste que… je m'attendais à tout autre chose.

Pat et Bonnie échangent un coup d'œil.

– Oui, il existe aussi des camps non itinérants à Peak Wilderness, annonce prudemment Pat. Mais ce n'est pas le cas de celui-ci. Ce séjour est axé sur la survie en pleine nature, la dynamique de groupe et, c'est vrai, le leadership.

– Est-ce que… Y a-t-il une chance que j'aie été aiguillée là par erreur ? Qu'on m'attende en fait dans un camp non itinérant ?

– En ce moment, il n'y a que ce séjour, me répond Bonnie.

– Ingrid, et si tu nous disais pourquoi tu es là ? me suggère Pat, genre main de fer dans un gant de velours.

Je promène mon regard sur le cercle tandis qu'une douleur brûlante pulse en moi. J'essaie d'admettre l'idée que maman m'a sciemment envoyée pour trois semaines en pleine nature avec des drogués, des délinquants et des fous.

Je me souviens avoir lu qu'il pouvait y avoir, au cours du séjour, quelques nuits sous la tente. J'imagine maman cocher le programme intense sans me prévenir, parce qu'elle est en colère contre moi, ou bien parce qu'elle pense sincèrement qu'il n'y aura pas grande différence. Ou bien pour me donner une leçon, parce qu'elle juge que je ne suis pas assez autonome.

Mais m'envoyer dans un groupe comme ça ? J'ai du mal à croire qu'elle l'ait fait exprès.

Il n'empêche, j'ai passé un accord avec elle. J'ai fait une promesse. J'ai dit que j'irais à Peak Wilderness, sans préciser dans quel programme. Et que, si je tenais jusqu'au bout, j'aurais le droit d'aller suivre ma terminale à Londres. Et de mener la vie que je souhaite.

Bonnie, Pat et le reste du groupe me regardent. Ils attendent ma réponse. Je me rends compte que je me frotte le bas de la jambe gauche. Je rassemble mes mains.

Je n'ai rien à faire ici.

Comparée à ces gens, je suis une citoyenne modèle et un parangon de stabilité.

Bon d'accord, il y a deux mois, je ne mangeais plus rien. Et puis, il y a eu l'incident avec la hache. Mais une seule personne est au courant, et elle a promis de ne rien dire. Maintenant, je vais mieux. Je suis presque guérie, apaisée. C'était un accident. Quand mon tibia me fait encore mal, c'est juste une douleur psychosomatique. De toute façon, rien de tout ça n'était arrivé quand maman m'a inscrite à ce séjour, et en toute honnêteté, elle ne peut pas être au courant. C'est impossible. Alors je ne parlerai jamais de ce qui s'est passé, ni de ma relation avec ma mère. Sauf si je voulais autoriser tous ces déséquilibrés à sonder ma psyché, ce qui est hors de question. Je n'ai rien à faire ici. Point final.

Bonnie et Pat savent sans doute quelque chose, mais ils ne peuvent pas m'obliger à en parler.

Pourtant, j'ai comme l'impression que mon histoire d'école de musique ne va pas bien passer auprès de ce groupe. Je dois trouver autre chose.

– J'ai eu… une année scolaire difficile, je finis par lâcher. (C'est en partie vrai. J'ai fait toute la fin de ma classe de première par correspondance.) J'ai eu… des soucis. (Assez vrai.) J'ai un peu séché les cours. (Vrai.) Alors, ma mère a décidé… pour moi… que pendant l'été… un changement de décor serait le bienvenu.

«A décidé qu'un changement de décor serait le bienvenu»…

C'est drôle, non?

6. ISAAC

Cher Isaac,

J'ai encore pensé à toi aujourd'hui. Et comme je suis loin de tout, et même si nous n'avons que des relations distantes depuis un moment… j'ai eu envie de t'écrire.

Je t'ai déjà dit que ma mère considère que la musique l'a sauvée ? Pas seulement psychologiquement. Sauvée, tout court. Sacrée ironie du sort, n'est-ce pas ?

Mais ce n'est pas pour ça que je t'écris. Je t'écris parce que sinon, je vais me contenter de couvrir la page blanche de bêtises. Or, raconter des bêtises à son journal intime, c'est vraiment pathétique.

Bon, je me jette à l'eau.

Toute cette tension entre nous, c'est ma faute. Surtout ma faute. Rien ne m'oblige à te le dire. Et pourtant, je suis en train de t'écrire. Alors que j'ignore où tu te trouves, et ce que nous allons devenir l'un et l'autre. Tu as sans doute remarqué que depuis les vacances de Noël, je ne suis pas retournée en cours. Il se peut que je ne revienne pas non plus à la rentrée, puisque je dois aller faire ma terminale dans une fabuleuse école de musique anglaise. C'est ce qui est prévu, en tout cas. Même si j'imagine que tu t'en moques. De toute façon, tu ne liras jamais cette lettre.

Depuis que je suis ici, je me rends compte que malgré notre rupture, ça me faisait du bien de te savoir non loin. Si on peut appeler ce qui s'est passé entre nous une rupture, puisque nous n'étions même pas officiellement ensemble. Même furieuse et malheureuse, c'était bon de te savoir dans la salle de cours voisine, ou dans mon champ de vision, même si je faisais mine de ne pas te voir, ou bien, pendant le week-end, à quelques stations de métro. Moi qui croyais avoir cessé de penser à toi... En fait, je pense toujours à toi. Mais avant, je pouvais toujours te voir, t'entendre, te sentir.

Il y a beaucoup de sujets que nous n'avons jamais abordés. C'est (en partie) ma faute. Il s'est passé beaucoup de choses chez moi dont je ne t'ai jamais parlé. J'ai pris l'habitude de me débrouiller seule, et même si j'avais eu envie de te raconter tout ça, je n'aurais pas réussi. Par conséquent, tu ignorais ma fragilité, et tu ignorais à quel point j'avais besoin d'avoir confiance en toi, même si, de fait, je te refusais ma confiance. Tu ignorais à quel point je suis pleine de contradictions. Sache qu'au moins, je t'ai épargné ça.

Ma mère dit que quand elle était petite, elle était lunatique. Il y a sans doute un terme médical pour ça aujourd'hui. De fait, elle était très sensible. Elle ne se sentait pas comme les autres. Ni à la maison, ni à l'école, nulle part.

Toi et moi, on connaît.

En tout cas, elle était toujours triste. Elle n'arrivait pas à se sentir heureuse. Ses parents, mes grands-parents, que je n'ai jamais connus, ne savaient pas quoi faire. Ils faisaient partie de cette génération où on ne parlait de rien.

Le soir, ma mère escaladait la fenêtre de sa chambre pour aller s'allonger sur le toit pentu en espérant que les étoiles viennent la chercher. Un jour, elle s'est assoupie, et a failli tomber. Suite à ça, pendant trois jours, elle s'est sentie pleine d'une énergie incroyable. Elle se sentait enfin heureuse. C'est ce qu'elle m'a raconté, en tout cas. Frôler la mort = bonheur.

Réaction étrange, non?

Puis, à l'âge de onze ans, elle a commencé le piano. C'est tard, par rapport à d'autres. Mais la musique lui a donné envie de vivre. Sinon, elle se sentait partir à la dérive.

Parfois, moi aussi, j'ai le sentiment de partir à la dérive.

Ses parents ne la comprenaient pas, mais la musique constituait une activité respectable pour une jeune fille. Elle dit que ça lui a sauvé la vie.

Une étoile serait-elle donc venue la cueillir, finalement?

J'ai passé la moitié de ma vie à guetter cette étoile. Pendant si longtemps, ma mère a été le centre de mon univers. Je devais sans cesse veiller sur elle. J'ai passé mon temps à vouloir la sauver. À chercher la personne qu'elle avait été un jour. Mais ce n'était pas seulement elle que je cherchais, c'était aussi mon enfance, avec toutes ses paillettes. Ces années de ma vie sont mon ancrage, comme la musique a été le sien.

Elle dit que la musique l'a sauvée, et c'est sans doute vrai.

Et moi, qu'est-ce qui va me sauver ?

Ingrid

7. *BOB À POIL*
(Peak Wilderness, jour 1, suite)

C'est l'heure d'aller dormir. Je vais passer la nuit avec un hippie écolo et un ex-détenu. La bonne nouvelle, c'est qu'il y a toutes les chances que ça fasse fuir les moustiques. La mauvaise, c'est que je ne sais pas comment je vais réussir à dormir en une telle compagnie.

Je respire un bon coup, je remonte la fermeture à glissière de la tente et j'entre.

Tavik est déjà couché. Il a pris un côté. Je me blottis de l'autre, ce qui laisse à peine soixante centimètres entre nous pour Paix/Bob.

Tavik a une minuscule lampe, et je n'en reviens pas de ce qu'il tient dans l'autre main : un livre, enveloppé dans une sorte de sac imperméable.

– Comment t'as réussi à le garder ? je lui demande.

– Contrairement à toi, je ne me suis pas laissé faire par ce type.

– Tu as pourtant dû renoncer à certains articles…

– Tu parles de la came ?

J'acquiesce. Duncan lui a confisqué un gros sachet d'herbe.

– C'était pour faire diversion.

– Hein ? Tu as fait ça pour cacher un livre ?

– T'es jalouse ? me lance-t-il sans cligner des yeux.

– Ça dépend du livre.

– C'est pas ton Dostoïevski, ça c'est sûr.

– Tolstoï.

– C'est pareil.

– L'écriture de Dostoïevski est bien plus symbolique, plus imprégnée d'idéologie, alors que Tolstoï te place tout de suite au centre de…

– Oh, ça va, l'intello. Lire des Russes morts pendant des vacances en pleine nature, c'est déjà assez prétentieux comme ça.

– Pas quand on aime les Russes morts.

Il pousse un grognement et se replonge dans son livre. J'insiste.

– Pour toi, c'est des vacances, ici ? Le terme est plutôt ironique, en ce qui me concerne. Tu t'attendais à ça, toi ?

– Plus ou moins.

– Tu ne m'as toujours pas dit ce que tu lisais.

– Un bouquin porno.

Je ne sais plus quoi dire. Il me fait un sourire narquois.

– Si t'es gentille avec moi, tu pourras me l'emprunter quand j'aurai fini.

Je doute jamais correspondre à sa définition d'« être gentille ». Je me contente de l'ignorer. Je déplie mon sac de couchage, je roule la housse en boule pour m'en faire un oreiller, puis je cherche comment me mettre en pyjama.

Le plus logique serait de demander à Tavik de sortir. Ai-je le courage de lui poser la question après son commentaire sur le porno ? La réponse est non. Et puis, alors qu'il est supposé lire, il me surveille du coin de l'œil avec un sourire narquois, comme s'il savait que je me sentais mal, que je n'ai jamais passé la nuit avec un garçon, encore moins avec deux.

Me déshabiller dehors n'est pas une option : c'est encore plus exposé, et je serais dévorée par les moustiques. Mais je suis trop gênée pour me changer en présence de Tavik, ou pour lui demander de sortir.

Pour finir, je me couche habillée sur mon sac de couchage et je regarde fixement la toile au-dessus de ma tête. Demain, je trouverai une solution. Qui impliquera d'atteindre la tente en premier pour avoir enfin un peu d'intimité.

Paix/Bob n'a pas ce genre de scrupules.

Il déboule, déploie ses affaires en un temps record et, avant que je puisse détourner les yeux, baisse d'un coup son pantalon et son caleçon, révélant son cul poilu juste au-dessus de ma tête.

(Ai-je déjà mentionné qu'il sent mauvais ?)

Ma gorge se serre. Je roule le plus loin possible de cette vision d'horreur, tout en faisant un bruit dégoûté au passage.

– Qu'est-ce qu'il y a ? me lance-t-il.

Tavik, ce connard, éclate de rire.

– Je n'ai… pas besoin de voir ton cul, dis-je en regardant de l'autre côté, même si l'image de ses fesses velues me reste en tête.

– Le corps, c'est naturel. Il n'y a pas à en avoir honte. Personnellement, j'adore me balader à poil.

Sur ce, je descends ma capuche sur mon visage et j'essaie d'oublier ce que je viens de voir.

8. *LE LIT DE LA DIVA*

(Onze ans)

Trois mois après notre départ de Londres, nous avions investi la maison d'enfance de maman, un charmant relais de poste situé dans une rue arborée de Toronto. Les parents de maman étaient morts depuis des années ; par la suite, la maison avait été louée, mais ses occupants venaient de partir. Nous avions fait envoyer toutes nos affaires, et j'étais inscrite dans mon premier collège « normal ». Où je figurais sous mon véritable patronyme : Burke. Lalonde était en fait le nom de scène de maman, sa façon de mettre ses parents à distance, car ils n'avaient jamais compris, ni approuvé, son choix de carrière.

Je préférais Lalonde. Je voulais garder ce nom. Quoi qu'il arrive, pour moi, maman serait toujours Margot-Sophia Lalonde, parce que c'était le nom qu'elle s'était choisi. Mais elle venait de changer d'avis, et il était inutile de discuter.

Un nouveau nom. Un nouveau départ. J'entrai en sixième, et j'étais ravie ; j'allais enfin pouvoir me faire des amis, pas de simples connaissances à qui on est obligé de dire adieu au bout de quelques semaines.

Pendant tout ce temps, maman avait été stoïque, elle avait tenu le coup.

Mais une fois installée dans la maison, elle se mit au lit.

Je crus d'abord qu'elle irait mieux au bout de quelques jours, comme par le passé, mais les jours se transformèrent en semaines.

Au collège, je découvris que j'en savais trop dans certains domaines et pas assez dans d'autres. Incapable de me faire des amis, je choisis de demeurer invisible. Chaque jour, en rentrant à la maison, j'espérais entendre du bruit. Puis je retirais mes chaussures et mon manteau, je montais les marches sur la pointe des pieds, j'allais jusqu'à sa chambre et j'écoutais, chaque partie de mon corps tendue vers elle, vers son cœur que je voulais voir battre, et ses poumons inspirer de l'air.

Parfois, le silence était tellement bruyant, comme celui d'un rideau qui tombe, qu'il semblait avoir un caractère définitif.

J'avançais avec prudence, mes pas étouffés par la moquette ivoire, et je m'introduisais dans la chambre.

Dans cet endroit qui sentait le renfermé se dressait l'immense lit à baldaquin acheté lors d'une vente aux enchères à Londres, l'un des rares objets qu'elle n'avait pu se résoudre à vendre, et donc expédié au Canada, malgré le coût et l'encombrement. Les colonnes étaient doré et bleu, les tentures en soie blanche avec des glands. Leur ciel était si haut qu'on avait dû le suspendre au plafond.

Une fois près d'elle, parfaitement immobile, je me mettais à guetter les subtils mouvements de sa poitrine sous le drap, et quand je la voyais enfin bouger, je me détendais. Je respirais en même temps qu'elle, ce qui me permettait de chasser la terreur que j'avais gardée en moi toute la journée au collège, puis sur le chemin du retour, et qui avait empiré alors que j'atteignais la rue, le perron puis la maison.

J'avais envie de la toucher, de grimper dans le lit et de me blottir contre elle. Mais j'aurais risqué de la réveiller, et je ne supportais pas ce qu'elle disait quand elle ouvrait les yeux, par exemple : « Je veux m'endormir et ne jamais me réveiller. »

Il fallait être stupide pour ne pas comprendre.

Le rideau qui retombe.

« Reste avec moi », je suppliais en silence en cherchant à insuffler ma volonté à cette silhouette dans le lit.

Je n'étais pas stupide.

Alors, comme l'année s'écoulait et que ma mère ne mourait toujours pas, je me mis à rêver qu'elle se lève et qu'elle vive.

Je ne lui reprochais rien. Je savais ce qu'elle avait vécu. Mais une fois mes premières inquiétudes passées, je me sentis orpheline. J'étais seule dans une nouvelle maison, dans une nouvelle ville, dans un nouveau pays, sans amis ni famille, et sans ma mère.

Je savais pourquoi elle allait si mal. Mais en moi, je commençais à bouillir. En la regardant dans son lit, j'avais envie de lui hurler : « DEBOUT ! »

« DEBOUT ! DEBOUT ! »

« J'ai besoin de toi ! »

Comment pouvait-elle me projeter dans cette nouvelle vie et m'abandonner à mon sort ? Je ne parvenais pas à le comprendre.

« DEBOUT ! »

Elle n'était plus qu'une enveloppe ratatinée, amaigrie, sans énergie. Moi, je voulais retrouver la mère que je connaissais, la maman dévouée, optimiste, magique. Je me reprochais ma colère, qui parfois confinait à la haine. Ce n'était pas un sentiment convenable, je le savais.

Mais moi aussi, j'avais tout perdu. Et pour couronner le tout, j'avais perdu ma mère. À onze ans, je n'étais pas censée faire les courses avec sa carte de crédit, ni encaisser les dividendes du modeste portefeuille d'actions que mes grands-parents nous avaient laissé, ni préparer mes repas et les siens, même si elle ne mangeait rien.

Et puis, je n'avais pas besoin d'être très douée en maths pour comprendre que ces dividendes n'allaient pas nous faire vivre longtemps.

« DEBOUT ! »

Certains jours, elle faisait des efforts. À mon retour du collège, je la trouvais dans la cuisine, où elle avait préparé la moitié d'un repas, ou bien au salon entourée de livres de psy.

– Je peux t'aider à quelque chose ? demandai-je un jour en désignant le livre dans ses mains.

Elle leva les yeux, m'observa, puis secoua la tête.

– Je n'arrive même pas à lire. Je lis les mots mais… rien ne rentre, dit-elle en montrant son crâne. Tout est tellement… difficile. Tellement lourd.

– Maman, tu dois aller voir un médecin.

– J'en ai assez vu comme ça, rétorqua-t-elle. J'ai juste besoin de me reposer.

– Et moi, maman ?

– Oh, ma chérie…

Des larmes se formèrent dans ses yeux.

– Maman, tu ne peux pas passer ta vie au lit comme ça, dis-je, alors que la colère grandissait en moi. Et tu ne peux pas passer ton temps à te lamenter sur ton sort. Tu as une fille, au cas où tu l'aurais oublié.

Un sanglot s'échappa de sa gorge, elle se leva et, en larmes, me prit dans ses bras. Je me blottis contre elle et finis par la ramener dans son lit, où elle pleura cinq heures d'affilée. Pleine de remords, je restai devant sa porte avec l'impression d'être inutile. Mais je n'en étais pas moins furieuse.

Le lendemain, elle se leva, prépara le petit déjeuner, puis un nombre de repas incalculable, et passa ensuite la nuit à faire les cent pas, à monter et descendre l'escalier, à pleurer et à parler toute seule. Elle avait pris du RedBull et plein de vitamines.

Ce qui n'arrangea rien. Car, le surlendemain, elle s'effondra de nouveau et passa le mois suivant au lit.

J'avais envie de mettre le feu à la maison, d'appeler la police, de hurler à la mort, juste pour la faire réagir. Mais j'étais terrifiée à l'idée de déclencher quelque chose, vu les conséquences de l'association RedBull/vitamines.

Un jour, une lettre arriva. Écrite par l'une de ses rares amies, une costumière de Vienne qui faisait des efforts pour garder le contact.

L'enveloppe contenait, en plus d'une longue lettre, un article sur une jeune et brillante soprano qui avait fait une prestation époustouflante. *Tant pis*, pensai-je en l'apportant à maman sur le joli plateau en bambou que j'utilisais pour ses repas.

– Tu veux que je te lise la lettre ? proposai-je.

– Je peux le faire, dit-elle en se redressant contre ses oreillers.

– D'accord…

– Quelle claque, murmura-t-elle quelques minutes plus tard en laissant tomber l'article par terre.

Puis elle se redressa un peu plus. Je m'apprêtais à lui tapoter le bras mais j'interrompis mon geste en voyant les flammes dans ses yeux.

C'était une bonne chose ; la colère valait toujours mieux que le désespoir.

Lève-toi. Lève-toi et bats-toi.

Je ramassai l'article.

– Jette-moi ça, m'ordonna maman.

Le cœur battant, je partis mettre l'article dans la poubelle de la salle de bains.

« Il va se passer quelque chose », pensai-je, et j'avais raison.

Dans la chambre, j'entendis un bruit de tissu déchiré, suivi d'un ordre :

– Jette-moi ça !

Je me figeai sur place.

– Jette-moi ça ! répéta-t-elle.

Je me précipitai vers sa chambre pour trouver maman folle de rage.

– Jette-moi tout ça ! criait-elle en s'agrippant des deux mains aux tentures jusqu'à ce que les crochets du plafond cèdent.

Des bouts de plâtre tombèrent, et les splendides tentures gisaient désormais à ses pieds.

– Jette-moi tout ça !

– Maman, arrête ! m'écriai-je en me précipitant vers elle.

Encore une fois, ce n'était pas ce que je voulais.

– Maman ! Tu vas faire tomber le plafond ! Arrête, tu adores ton lit, c'est ton lit de diva !

Le mot qu'il ne fallait pas prononcer. Je le compris aussitôt. Si j'avais eu le moindre doute à ce sujet, le gémissement qui partit de ses entrailles et traversa ses cordes vocales endommagées rendit ça très clair.

Mauvaise réaction.

Une autre tenture tomba. C'était comme si elle criait en se déchirant.

– Maman, maman, je t'en supplie...

Je devais faire quelque chose. Je trébuchai tandis qu'elle se jetait de l'autre côté du lit pour s'attaquer à la tenture d'en face.

– Arrête, arrête !

Je continuai à crier, mais ma voix était presque

inaudible au milieu des bruits de tissu déchiré et du plâtre qui tombait. Puis maman s'attaqua à divers objets, un chat en céramique et une boîte à musique, qu'elle jeta contre un mur. Le bruit fut terrible.

– Arrête, tu détruis tout, toutes les belles choses qu'il nous reste ! Je t'en supplie, arrête !

– Toutes les belles choses ont déjà disparu, rugit-elle, prouvant au moins qu'elle m'entendait.

– Non ! m'écriai-je, tellement lasse, tellement effrayée, et aussi terriblement en colère. Margot-Sophia ! hurlai-je en me jetant sur la porte.

Je me mis à la faire claquer.

– Margot-Sophia ! (Porte qui claque.) Reprends-toi ! (Porte qui claque.) Reprends-toi et arrête de faire n'importe quoi ! (Porte qui claque.) Arrête tout de suite ! dis-je en claquant la porte à nouveau trois fois, ma voix comme un rugissement. Tout de suite !

Maman s'immobilisa, ses cheveux sombres restant quelques instants en suspension dans l'air. Elle tenait une danseuse en tutu de porcelaine à la main.

Elle me regarda alors que je tenais la porte, prête à la claquer de nouveau.

Un instant, je crus que la poupée allait voler vers moi. Je réfléchis au danger d'un objet coupant lancé à grande vitesse.

Puis les lèvres de maman frémirent, tout son corps se mit à trembler, je crus qu'elle allait à nouveau pleurer pendant des jours, voire pire. Peut-être avais-je commis une terrible erreur.

Mais elle éclata de rire.

Elle riait. Elle rit jusqu'à être à bout de forces, jusqu'à ce que je craigne à nouveau pour la poupée en porcelaine, et que je m'avance afin de la reposer sur le secrétaire.

Maman riait toujours. Peut-être était-elle en train de perdre la tête. Mais si la folie, c'était ça, alors je voulais bien qu'elle soit folle, parce qu'elle me prit dans ses bras, et je me mis à rire, moi aussi. Si la folie, c'était ça, eh bien, on serait folles toutes les deux.

On rit jusqu'à ce que les larmes roulent sur nos joues, on rit jusqu'à se vautrer par terre dans les tentures et les éclats de plâtre, on rit jusqu'à en avoir mal au ventre et la gorge sèche.

Puis elle m'attrapa les mains et dit, de sa voix si intense :

– Ma chérie, ma douce, tu as raison, bien sûr que tu as raison.

– De dire que tu faisais n'importe quoi ?

Elle renifla.

– Ça aussi.

– Que le plafond va s'écrouler ?

Elle me prit le visage, m'embrassa sur le front, puis me regarda droit dans les yeux, et déclara :

– Que toute la beauté du monde n'a pas disparu.

9. SAC À CACA
(Peak Wilderness, jour 2)

Chère maman,

Comme c'est revigorant de se réveiller en pleine nature.

Plus précisément dans cinq centimètres d'eau.

Cinq centimètres, maman.

Il ne manquait plus que ça, après une nuit à écouter Paix/Bob renifler et ronfler, à revoir en pensée ses fesses poilues, son trou du cul et ses bijoux de famille, à être poussée contre la paroi de la tente par deux corps masculins qui glissaient dans leur sac de couchage.

Un peu d'eau de pluie fraîche pour effacer cette nuit.

Tellement revigorante.

Tous mes vêtements, qu'ils soient propres ou sales, sont mouillés. Mon sac de couchage est trempé. Les seules choses intactes sont mon journal, mon oreiller, et les quelques petits objets placés dans les poches en hauteur de mon sac à dos.

Heureusement, la pluie a cessé, le soleil brille et j'ai toujours mon savon biodégradable, alors je me dis que je vais pouvoir laver mes affaires puis les étendre au soleil. L'odeur sera sans doute divine.

Je m'efforce de garder le moral car je dois accepter les choses telles qu'elles sont.

Je t'envoie un soleil et un arc-en-ciel.

Ingrid

Chère maman !

J'ai gardé le moral à peu près cinq minutes, jusqu'à la première « leçon » du matin. Thème du jour : comment creuser un trou pour y faire caca.

Tu crois que je plaisante, peut-être ?

J'aimerais bien.

Eh bien, pas du tout. C'était ce dont Pat parlait hier, quand j'étais encore innocente et naïve. Quand je craignais encore que les toilettes soient sèches et que le matelas de mon lit superposé ne soit pas assez ferme.

Je crois que je vais adopter un régime sans fibres.

Apparemment, la règle c'est : impossible de faire caca dans les bois et de laisser ça en l'état. D'abord, il faut trouver un bâton, puis creuser un joli trou, puis, euh, baisser son pantalon et faire ses petites affaires (en espérant bien viser), puis recouvrir le tout de terre et de feuilles.

Mais ce n'est pas tout. Comme aucun de nous ne posait de question sur le trou à creuser (tellement on était révoltés et choqués, sans doute), Bonnie a montré aux filles comment s'adosser à un arbre pour faire pipi debout.

Elle est restée habillée, mais ses gestes étaient quand même très gênants. Pourquoi faire ça devant tout le monde, et pas juste devant les filles, je l'ignore.

Puis est arrivée la cerise sur le gâteau, si j'ose dire.

– Maintenant, écoutez bien! Nous devons laisser la nature comme nous l'avons trouvée, a lancé Bonnie, avant de nous tendre à chacun un grand sac refermable. L'un de vous sait-il à quoi ça sert?

– Pour les lingettes antibactériennes? ai-je suggéré, pleine d'espoir.

– Non. C'est pour votre papier hygiénique.

Après mon réveil dans l'eau, ça avait du sens.

– Votre papier hygiénique utilisé, a-t-elle alors précisé.

J'ai ouvert la bouche pour répondre, mais rien n'en est sorti.

– Tout votre papier-toilette sale doit être mis dans ce sac, a-t-elle dit, que vous conserverez jusqu'à la fin de votre voyage.

Sale.

Papier-toilette.

Gardé avec vous.

J'ai fermé les yeux...

– Le... papier-toilette n'est-il pas censé être biodégradable?

C'était une question de Seth, qui était un peu pâlot.

– Je croyais avoir dit que nous devons laisser la nature comme nous l'avons trouvée, a rétorqué Bonnie d'un ton qui indiquait clairement qu'il n'y aurait pas de débat. Or, les animaux n'utilisent pas de papier-toilette.

– C'est dégoûtant, a grommelé Jin, et d'un rapide coup d'œil, je me suis rendu compte que tout le monde pensait comme nous.

Peut-être que je n'étais pas la seule à ne pas avoir assez préparé mon séjour, finalement. Peut-être que Peak Wilderness omet délibérément ce genre de détails dans sa communication, et que toi non plus, maman, tu ne savais pas. En tout cas, mes compagnons avaient vraiment l'air étonnés et horrifiés.

Tout le monde sauf Paix/Bob, qui hochait la tête d'un air d'assentiment, et utiliserait sans doute son sac comme oreiller.

Et là, je me suis dit : « Au secours ! »

En quoi cela peut-il m'être utile pour passer un an à l'étranger dans une ville totalement civilisée, une école qui dispose d'un réseau de plomberie, et tout ça ? En quoi est-ce pertinent ? Eh bien, maman, j'ai répondu toute seule à la question : en rien.

Par moments, je me demande : « Mais qu'est-ce que je fabrique ici ? » Puis je pense à toi, là, des milliers de coups de couteau me transpercent, je n'arrive plus à respirer et j'ai envie de me jeter à nouveau sur une hache. Pour finir de tout détruire.

– Bon, on lève le camp, dit Pat d'un ton joyeux, comme si Bonnie ne venait pas de lancer une bombe. Duncan va arriver avec le bateau.

Le groupe s'est dispersé. Je suis restée à trembler dans mes vêtements humides. Je ne voyais pas comment j'allais passer la journée dans cet état. Je suis allée voir Pat pour lui expliquer mon problème de vêtements mouillés.

– Ah oui, hier, j'ai bien remarqué que ta tente était plantée au mauvais endroit, a-t-il dit.

– Tu… l'as remarqué hier soir ? ai-je répété en clignant des yeux tellement je n'y croyais pas.

– Il faut toujours planter sa tente dans un endroit en hauteur, a-t-il ajouté.

– Vraiment.

– Oui, a-t-il dit en hochant la tête. Comme ça, s'il pleut, l'eau ne s'accumule pas dans la tente.

– Ah, ai-je dit en hochant la tête en même temps que lui, alors que je rêvais de tordre ce cou noueux. Je vois.

– C'est la base de la gravité, il a continué, sans remarquer, ou plutôt, en faisant mine de ne pas remarquer ma fureur. Et puis, les deux toiles ne doivent pas se toucher. Sinon, ça ne fait plus étanchéité. Tu as sans doute aussi reçu de la pluie sur la tête.

– En effet.

– Ouaip. Pas étonnant que toutes tes affaires soient humides.

– Pas étonnant, ai-je répété.

– Nan.

J'avais l'impression que ma tête allait exploser. D'habitude je ne suis pas violente, mais là, j'avais envie de lui balancer un coup de pied dans les tibias.

Mais tu m'as appris à être polie, maman. Alors j'ai pris deux profondes inspirations, j'ai serré mon sac en plastique entre mes doigts, et je lui ai demandé si je pouvais avoir un peu plus de temps avant de partir pour étendre mes affaires, ainsi que notre tente, afin que le tout puisse sécher.

Pat a fait signe que non.

– On a deux heures de trajet en bateau, puis une longue marche pour atteindre le camp de ce soir. Je suis désolé, mais tu vas devoir attendre.

– Moi aussi, je suis désolée, ai-je dit poliment, puis je suis allée faire mon sac.

Voilà comment je me suis retrouvée sale, épuisée, frigorifiée et sidérée, sur le pont d'un bateau.

Au cas où tu voudrais le savoir, sur le bateau, j'ai sorti mes affaires pour les faire sécher… et mon short s'est aussitôt envolé dans l'eau. Mon seul short.

Malgré tout, je continue à t'aimer.

Ingrid

Peu après, on accoste dans un soi-disant splendide parc national. Et dans ce soi-disant splendide parc national, on étudie les cartes que Bonnie et Pat nous ont données. Et là, quand je comprends où on est, tout mon courage m'abandonne.

Je croyais que l'atterrissage dans un champ, la confiscation de la moitié de mes affaires, la marche de quatre heures, les insectes en guise de dîner et une tente perméable partagée avec deux types suffiraient à me donner un sentiment d'inconfort extrême. Mais non. À partir de maintenant, nous allions nous éloigner encore plus, si possible, de la civilisation.

Tout le monde s'extasie sur la nature et ses paysages, tandis que moi, je me dis une seule chose : il n'y a aux alentours pas la moindre construction humaine. Même pas un relais téléphonique. On est au milieu de nulle part, à des jours de marche de toute vie civilisée, et ça ne m'inspire pas du tout.

Au contraire, ça me paralyse.

Je sens une crise de panique monter. Je ressens le besoin pressant de jeter mon sac à dos et de partir en courant. De la claustrophobie inversée, si tant est que cela existe.

– Toi aussi, ça te fait cet effet ? me demande Melissa en se glissant près de moi, l'air extatique.

– Quoi ? je demande en espérant qu'on soit deux dans le même état.

– Plus on marche, plus j'ai l'impression de me débarrasser d'un poids inutile.

Je me rends alors compte qu'elle est vraiment en extase.

– Ah ouais ? dis-je en essayant de ravaler ma panique.

– Ouais !

Elle tend les bras puis se tourne vers moi et me demande :

– Qu'est-ce que tu vois ?

– Pardon ?

– Quand tu me regardes, qu'est-ce que tu vois ?

Je me doute que c'est une question piège.

– Je vois une fille blonde avec de beaux yeux bleus, musclée…

– Une fille parfaite, m'interrompt-elle.

– Si tu veux… Mais tu sais, personne n'est…

– Une fille parfaite en provenance d'une famille parfaite. Voilà ce que j'étais, m'interrompt-elle à nouveau avec des mots amers qui semblent provenir d'un discours qu'elle a entendu très, très souvent. Une fille parfaite qui comble tous les espoirs de ses parents. Jolie, mince, sportive juste ce qu'il faut, intelligente juste ce qu'il faut, sympa, avec des amis bien sous tous rapports, des loisirs appropriés. Une belle carrière à venir dans la banque, sauf si avant, on la repère dans la rue pour qu'elle devienne la nouvelle Karlie Kloss. Pour le meilleur et pour le pire.

Je me contente de hocher la tête. En fait, elle n'a pas besoin de moi. Elle a juste besoin de parler.

– Dans ma famille, ils aiment bien tout contrôler. Le seul conseil de mon père, le seul qu'il m'ait jamais donné, après mon incursion dans la secte, ça a été : « Melissa, va te faire visser une tête sur les épaules ! » Comme s'il suffisait d'aller voir un chirurgien pour ça.

– Ça serait pratique, je réponds.

– N'est-ce pas ? Mon psy pense que j'ai été attirée par cette secte parce que je n'en pouvais plus de la pression qu'ils me mettaient sur les épaules. De toutes ces attentes. Que j'ai fui tout ça pour un contrôle encore pire. Et maintenant que je suis de retour à la maison, leurs attentes me pèsent à nouveau. Ils n'ont pas besoin de me dire qu'ils flippent, je le vois et… oh, désolée, je parle trop.

– Ne t'en fais pas, dis-je.

– Par quoi j'ai commencé ?

– Le poids inutile ?

– Ouais. C'est un sacré poids. Leurs espérances.

Alors ici, je suis loin de tout, et ça me fait du bien. Pour le moment, en tout cas. Parfois, j'entends dans ma tête des voix que je n'arrive pas à faire taire. Comme si tout le monde se battait pour me contrôler. Et ça me fait peur.

– Pourquoi ?

Elle me lance un regard ténébreux.

– Parce que parfois, la seule chose que je veux, c'est qu'on me dise ce que je dois faire.

Je suis en train de chercher une réponse appropriée quand Pat nous demande de nous rassembler.

C'est l'heure de nous mettre en route. Bonnie et Pat nous donnent de brèves instructions : il doit toujours y avoir la même personne en tête, et une autre en queue, de façon à ne pas égarer un membre du groupe. Le leader se repère grâce à de petits tas de pierres appelés cairns, qui sont là pour indiquer le chemin.

Ils demandent des volontaires pour chacun des deux postes.

N'ayant jamais fait de randonnée, je garde le silence. Je préfère être invisible, parce que n'importe qui sera de toute façon plus qualifié que moi. Ally, Melissa et Seth se mettent en retrait eux aussi, et Jin donne l'impression que ce genre de responsabilités, c'est pour les connards, et qu'elle ne veut même pas en entendre parler.

Henry se porte volontaire pour l'arrière et, tiens donc, Paix/Bob prend la tête et se met aussitôt en quête du premier cairn. On l'aide tous à chercher, mais le lit de la rivière est à sec, donc couvert de cailloux, alors localiser un tas fabriqué par un humain au milieu de tout ça, c'est presque mission impossible.

Au bout de quelques minutes, on rejoint Paix/Bob, qui pense avoir trouvé quelque chose.

Comme il s'est trompé, on revient au point de départ.

À chaque fois, Paix/Bob est sûr de lui, il nous appelle, démarre avec enthousiasme, et on lui emboîte le pas.

Pat et Bonnie ne nous aident pas, affirmant qu'ils ne savent pas où est le chemin.

Mais moi, je repense sans cesse au fait qu'ils nous ont laissés planter notre tente dans un endroit pourri la veille au soir…

Paix/Bob part le long de la rive, où cette fois, il pense vraiment avoir vu quelque chose. Nos sacs à dos sont incroyablement lourds, le mien encore plus que les autres, car mes affaires sont trempées. Le poids rend l'équilibre difficile. À chaque pas, j'ai l'impression que je vais plonger face contre terre ou, au contraire, basculer et me retrouver sur le dos comme une tortue sur sa carapace. J'ai la peau à vif aux épaules et à la taille, où une sangle est censée aider à porter le sac. Le clip qui m'écrase les seins, pourtant tout autant inconfortable, est le cadet de mes soucis.

Je baisse les yeux vers le prétendu sentier et je me mets en route, un pied après l'autre.

Mais on doit bientôt faire demi-tour parce que, évidemment, ce que Paix a trouvé n'est pas un chemin ; personne ne voit la suite de ces putains de cairns. Les pierres du lit de la rivière sont étrangement angulaires et instables, il n'y a pas de surface plane pour poser le pied. Même sans sacs à dos, on avancerait lentement. Avec, c'est carrément dangereux. Quelqu'un va se fouler la cheville ou se briser le cou, et/ou mourir. Sans doute moi. Avec un peu de chance.

On fait une énième tentative pour quitter le lit de la rivière en direction d'un sentier.

– C'est quoi, ces conneries ? lance Tavik en regardant Paix/Bob comme s'il avait envie de lui arracher la tête. Tu veux nous tuer ou quoi ?

– Quoi, t'as peur de quelques cailloux ? lui rétorque-t-il, alors que des gouttes de sueur coulent de sa barbe. Ta gueule !

Je tue les moustiques entre les rangs huit cent trente-six et huit cent quarante-six.

– On est à deux minutes de notre point de départ. Alors qu'on marche depuis des heures, fait remarquer Jin.

– Trois heures, précise Tavik.

– Bon, fait Bonnie du ton que j'ai identifié comme celui de la thérapeute, on fait le point.

Je pose mon sac avec un soupir.

– Ingrid, dit Pat, on dirait que tu as envie de parler.

– Nan, je fais en secouant la tête, énervée et épuisée. Pas moi.

– Quel est ton avis sur la situation ? Comment tu te sens ?

– Merveilleusement bien, je dis d'un ton neutre.

Jin ricane.

– Vraiment, je me sens une toute nouvelle personne. C'est fabuleux. J'espère que chaque journée va être comme ça.

Tavik éclate de rire.

Pat s'approche pour mieux me dévisager.

– J'aimerais entendre ce que tu penses et ce que tu ressens vraiment. Ce qu'il y a derrière ces sarcasmes.

– Sérieux?

Pat acquiesce.

Tout le monde me regarde.

Je réfléchis un moment en regardant autour de moi. Je suis habituée à tout conserver pour moi, et aussi à garder la tête haute. C'est une question de survie. J'ai dû me construire des défenses parce que, quoi qu'il arrive, *the show must go on*. J'y suis habituée depuis ma naissance ou presque, en plus, ici, c'est le pacte entre maman et moi.

Même si je commence à trouver ce pacte vraiment pourri.

– Ingrid? me lance Pat.

– OK. Je pense que ce n'est pas la faute de Paix, en tout cas pas entièrement sa faute, si on est dans cette situation. Quant à ce que je ressens? Je me sens épuisée, j'ai mal partout, j'en ai ras le bol.

Pat sourit, comme s'il avait gagné quelque chose.

– Et pourquoi?

– Parce que je n'apprécie pas la façon dont, depuis le début de l'après-midi, vous nous laissez nous perdre comme des crétins, à risquer de nous briser le cou sur ces putains de cailloux avec des sacs à dos qui pèsent un milliard de tonnes, alors que je suis certaine que vous savez où est le sentier.

– Qu'est-ce qui te fait penser ça ?

– Si ce n'était pas le cas, vous auriez intérêt à utiliser votre téléphone de secours pour appeler Duncan, parce que ça signifierait que vous n'êtes pas qualifiés pour assurer notre sécurité, et qu'on devrait tous exiger un remboursement. Mais je n'y crois pas. À cause de ce que vous nous avez fait avec notre tente hier soir. Depuis, je ne vous fais plus confiance. Là, je pense que c'est la même chose, et je pense aussi que c'est débile, et dangereux.

– Hum, fait Pat, qui échange un regard avec Bonnie.

Je reprends :

– Alors, je n'irai nulle part jusqu'à ce que vous nous donniez la solution.

Et je croise les bras sur ma poitrine.

– Tu refuses de suivre plus longtemps Paix ? me dit Bonnie.

– Je veux bien le suivre, lui ou un autre, si on est sur le bon chemin. Mais tant qu'on perd notre temps et notre énergie à tourner en rond, non.

Seth murmure quelque chose qui ressemble à un assentiment, et il s'assied près de moi. Tavik s'installe à son tour. Melissa se contente de regarder ses pieds. Ally fond en larmes. Harvey et Henry écoutent à peine, ils s'amusent avec des bâtons. Jin reste debout, mais elle lance des regards noirs à Paix/Bob.

– Bon, dit Bonnie. Je crois que je peux vous aider. Suivez-moi.

Comme on se remet en route, Pat se tourne vers moi et me fait un clin d'œil.

– Merci pour ta participation, me dit-il.

Participation mon cul.

10. GUIMAUVE
(Peak Wilderness, jour 2, suite)

Bonnie nous conduit jusqu'au sentier, puis on marche le reste de l'après-midi en silence. Le terrain est difficile, ça monte et ça descend sans cesse. Il n'y a jamais vraiment de plat, et on monte plus qu'on ne descend. On se trouve sur une sorte de crête. Tous les trois pas ou presque, il y a un tronc à franchir ou un caillou sur lequel on risque de se tordre la cheville. Quant à mes pieds dans mes chaussures de marche neuves ? J'ai peur de regarder, mais ils me font très mal.

Je ne suis pas la seule à souffrir. Mais si moi, je tais ma douleur, Ally, qui est au bout de la file, ne peut plus avancer. Henry doit nous demander sans cesse de nous arrêter afin qu'elle se repose. Pour finir, les deux frères portent son sac à dos à tour de rôle parce que c'est le seul moyen de venir à bout de cette marche.

Pendant ce temps, j'essaie a) d'imaginer que je suis ailleurs, b) d'être stoïque et c) de canaliser le côté obscur de la force, c'est-à-dire d'envoyer ma colère dans chacun de mes pas.

Le c) est le plus efficace, même si mon énergie commence à faiblir à mesure que la luminosité baisse.

Il fait de nouveau presque nuit quand on atteint le camp.

Cette fois, c'est pire, parce que je sais que ça signifie dîner de moustiques et n'avoir pas la moindre chance de faire sécher mes affaires et la tente. Mais comme je meurs de faim et que j'ai mal partout, je vais me contenter de fermer les yeux. Et je suis si fatiguée que peut-être, je ne sentirai même pas mes affaires mouillées.

Ally s'effondre sur la rive, puis retire ses bottes et ses chaussettes en poussant un cri plaintif. Elle a les pieds couverts d'ampoules, certaines à vif, d'autres carrément en sang. Je fouille dans mon sac, où je trouve quelques pansements, et je suis sur le point de les lui apporter, mais Bonnie est déjà en train de lui passer de la pommade antiseptique, puis elle lui fait un gros bandage.

Je me sens soulagée. Vu l'attitude de nos deux responsables, je m'attendais presque à ce qu'ils envoient Ally pieds nus dans les bois à la recherche d'herbes magiques pour se soigner, en lui disant de prendre des feuilles d'arbre pour panser ses pieds.

Tavik et moi, on se met aussitôt en quête d'un endroit plat et surélevé pour notre tente. Puis, avec l'aide de Paix, on la monte méthodiquement, sans mélodrame. Elle est encore mouillée dedans et dehors, surtout le côté où j'ai dormi, mais il y a un peu de vent et le tissu étant fin, il y a un peu d'espoir qu'elle sèche d'ici à ce qu'on aille se coucher.

Dès que les deux gars s'éloignent, je me glisse à l'intérieur, je remonte les deux fermetures à glissière, je mets mon sac du côté sec, puis j'attrape mon maillot de bain et je l'enfile, en surveillant l'entrée à chaque instant.

Ensuite j'entreprends de trier mes vêtements. D'un côté, le linge que j'ai porté hier et aujourd'hui : chaussettes, culotte, soutien-gorge, treillis, T-shirt, sweat à capuche, de l'autre, la pile de vêtements humides mais propres. Le même tas, plus un pyjama en flanelle et une petite serviette. (Ne me parlez pas du temps de séchage de la flanelle.)

J'ai un savon, aussi.

Et il fait froid, car le soleil est couché.

Je n'ai rien qui soit à la fois sec et propre pour quand je ressortirai du lac, à part mon sweat-shirt à capuche, mais il n'est pas assez long pour couvrir mes fesses.

Pour finir, j'étale mes vêtements propres et mouillés ainsi que mon sac de couchage sur un gros rocher, puis j'entasse mes vêtements sales, à l'exception de mes sous-vêtements, dans un coin de la tente. Je n'ai aucun espoir d'avoir, le lendemain matin, du temps supplémentaire pour faire sécher tout ça, mais peut-être que si on atteint le camp quelques heures avant la nuit, ça ira.

Je me dirige vers le lac, je pose ma petite

serviette sur la plage et je m'avance dans l'eau avec mon savon et mes sous-vêtements, parce que leur propreté est non négociable.

L'eau est tellement froide que j'en ai le souffle coupé. Ce n'est pas de l'eau fraîche qui devient agréable une fois qu'on a nagé quelques minutes. C'est une eau dont la température peut vous faire tomber en hypothermie.

Melissa, Jin et Tavik la testent du bout des doigts avant de reculer.

– T'es folle, me lance Jin depuis la rive.

– Je… suis… d'accord, dis-je en claquant des dents. Mais… je… ne… supporte plus mon odeur.

Jin roule des yeux en tirant sur sa cigarette aux plantes.

– Dans la rue, tu tiendrais pas longtemps.

– Tu… C'est… de la provoc, non ?

– Totalement.

Je m'avance, le souffle coupé, jusqu'à avoir de l'eau au niveau de la taille, puis je m'incline pour me mouiller les cheveux, j'inspire une grande bouffée, je me lave, puis rince le tout du mieux que je peux. Les ampoules de mes pieds me font d'abord très mal, mais la bonne nouvelle, c'est qu'ensuite je ne sens plus rien.

J'émerge, tel un glaçon triomphant, dans une odeur de propreté, et je me secoue jusqu'à la plage.

Comme Paix est dans la tente, je décide d'aller vérifier mon sac de couchage et mes vêtements au lieu de supporter les commentaires dégueulasses qu'il ne manquera pas de faire. Je devrai porter mes sous-vêtements mouillés sous mon pyjama mouillé, et/ou mon pull, en espérant que la chaleur à venir de mon corps les fasse sécher.

Une fois sur le rocher, je suis prise de désespoir en m'apercevant que tout ce que j'ai étendu a été poussé dans le sable par le vent.

J'ai envie de me rouler par terre.

Pourtant, je me contente de poser mes sous-vêtements trempés (mais propres) en tas sur le rocher, puis je vais secouer le sable du reste de mes affaires. Mais comme il est fin, il s'accroche.

Jamais je n'avais vécu au sens littéral l'expression « rien à se mettre ».

Debout sur le sable, avec les dents qui claquent, je secoue la tête en me disant que c'est ridicule de pleurer. Je fais une tentative ratée pour convoquer ma colère, comme dans la journée, quand Bonnie surgit à mes côtés.

– Qu'est-ce qui se passe ? me demande-t-elle.

Je lui explique la situation à travers mes dents serrées.

Elle m'examine d'un air grave, puis réfléchit un instant.

– Pour le moment, tu mets ton pantalon mouillé sans sous-vêtements, ton pull, puis tu te trouves un bâton, voire deux, des longs, et tu y accroches tes sous-vêtements.

J'acquiesce.

– Il faut que tu puisses tout suspendre, ajoute-t-elle.

Sans déc'.

– D'accord..., dis-je, en gardant pour moi

mon sourire narquois car, malgré tout, je lui suis reconnaissante de ses conseils.

Même si elle n'est sans doute venue m'aider que parce que ça ferait tache sur son CV si je mourais d'hypothermie.

– Dans l'idéal, s'il ne pleut pas, ça séchera dans la nuit, conclut-elle.

– D'accord, je dis en hochant la tête, toujours tremblante.

Puis elle ajoute, en jetant un coup d'œil à l'endroit où Harvey et Melissa sont en train de s'occuper du dîner et du feu de camp :

– Si tu veux vraiment que ça sèche, tu peux tout étendre tout près du feu.

C'est vraiment la meilleure idée de la journée, dans la mesure où on va passer un moment autour du feu pour dîner et sans doute aussi pour le tour de table.

Chère maman,

Avec toute la délicatesse féminine que tu as essayé de m'inculquer, je suis sûre que tu adorerais me voir assise autour d'un feu de camp avec des inconnus, sans sous-vêtements, en train de les faire rôtir au bout d'un bâton.

Un peu comme de la guimauve, en fait.

Compte des moustiques morts : mille cinquante.

Je t'embrasse,

Ingrid

Après le dîner, je suis de corvée de vaisselle, ce qui signifie poser en équilibre sur un tronc le bâton où sont accrochés mes sous-vêtements et ma paire de chaussettes.

Je jette un coup d'œil à Jin, qui fume une cigarette avant le tour de table.

– Euh…

– Quoi ? dit-elle en soufflant la fumée à l'opposé de moi, ce qui est une sacrée marque de considération.

– Pourrais-tu…, je désigne mon bâton, t'assurer qu'il n'arrive rien à mes…

– T'es vraiment trop drôle, elle dit sans sourire.

– Écoute, dis-je en sentant mes joues devenir écarlates, tu n'imagines même pas combien je suis mortifiée.

– Je sais, et c'est ça qui est drôle. En plus, tu parles comme dans un livre.

– Tu veux bien ? Le surveiller ?

– D'accord.

Je retourne au lac, cette fois pour faire la vaisselle.

Je regarde quelques instants l'étendue d'eau où se reflète la lune. Oui, c'est beau. Mais cette beauté ne me touche pas, parce que j'ai l'impression qu'on me la fourre de force au fond de la gorge. La magnificence de ce jour qui s'éteint, tout ce que j'en retiens, c'est un sentiment de malaise, et une brèche creusée en moi. Une brèche qui correspond à la douleur sans fond que j'avais pour l'instant réussi à maîtriser grâce à une discipline de fer, mais qui, là, commence à s'ouvrir.

Or, je ne peux me permettre de laisser une brèche s'ouvrir en moi.

Ce n'est pas possible.

Je dois commencer par arrêter d'y penser.

Pourtant, je continue à me demander pourquoi ma mère m'aurait, en connaissance de cause, inscrite à une version aussi dure et inconfortable de Peak Wilderness, si c'était vraiment une volonté de sa part.

Pourquoi m'aurait-elle fait ça, alors qu'elle-même, toujours propre sur elle, très élégante, tirée à quatre épingles, même dans les moments où elle n'avait pas beaucoup d'argent, qui n'est jamais sortie sans maquillage et considère qu'une femme ne peut pas parler de ses sous-vêtements, aurait détesté chaque instant de cette épopée ?

Ma gorge se serre et mes yeux s'emplissent de larmes. Je reste plantée face au lac en espérant que personne ne voit que je pleure.

Pourtant, je ne suis pas une chouineuse. Comme ma mère, je ne montre rien. Mais là, tout ce qui me procure un sentiment de sécurité et une apparence de normalité m'a été retiré, et je me sens nue, désarmée, vulnérable.

Je me ressaisis à temps pour le tour de table. Je trouve un tronc presque confortable près du feu pour continuer mon rôtissage.

– Parlons de cette journée, dit aussitôt Bonnie. Je pense qu'elle a été riche en événements, et j'aimerais entendre chacun d'entre vous à ce sujet.

Ainsi commence le tour de table, chacun devant donner sa vision de la chose.

Ally est en vrac. Son maquillage, qu'elle a réussi

à refaire ce matin, a coulé au-delà de tout espoir de sauvetage, sa poitrine Instagram a disparu sous son pull, et elle a vraiment une sale tête.

– Je veux partir, annonce-t-elle à Bonnie et Pat. Pouvez-vous demander à Duncan de venir me chercher ? Je renonce.

– Tu plaisantes ! dit Jin. Tu peux pas abandonner !

– Mais regarde mes pieds ! s'écrie Ally. Comment veux-tu que je marche ?

– Tes pieds vont guérir et s'endurcir, dit Bonnie. On va les soigner et, dans deux jours, tout ira bien.

– Il n'y a pas que ça, dit Ally, qui tremble de tout son corps. Je suis grosse !

– Et alors ? demande Bonnie, au moment où j'allais protester en m'écriant : « Mais non ! »

– Eh bien…, reprend-elle, étonnée par l'absence de réaction de Bonnie.

– Le fait que tu te sentes grosse te pousse à croire que ça te limite, c'est ça ? Eh bien, je t'annonce que ça n'est pas le cas.

– Hein ? fait Ally, tellement ahurie qu'elle cesse de pleurer.

– La taille de notre corps ne détermine pas ce qu'on peut faire, sauf si on s'en persuade, déclare Pat.

– Peut-être que tu vas te surprendre toi-même, insiste Bonnie. Rappelle-moi quel est ton but pour ces trois semaines.

– Je veux récupérer Angel, répond Ally, à nouveau en larmes. Aller au bout du programme, et donc obtenir les crédits, ça serait bon pour mon dossier. Mon éducateur dit que ça peut faire pencher la balance, parce que, jusque-là, à cause de mes parents… j'ai tendance à ne jamais aller au bout des choses. Les petits boulots, l'école…

– Bon, dit Bonnie en hochant la tête, concentrée sur Ally comme si elles n'étaient que toutes les deux. Et si tu avais un moyen, dans les moments où tu as envie d'abandonner, de te concentrer sur ton but ?

– D'accord, murmure Ally.

– Ce moyen, il passe par le fait de chasser l'idée d'abandonner.

Puis Pat nous enseigne un exercice de méditation en regardant les flammes afin de se purifier l'esprit.

Mais moi, je suis obsédée par le fait que tout le monde voit mes sous-vêtements. Si je les déplace, ça va encore plus attirer l'attention. Et les laisser là, ça signifie que Paix s'imagine qu'il peut faire des mouvements de langue dégoûtants chaque fois que je croise son regard. Alors qu'on est censés méditer, je songe à plonger la langue de Paix dans le feu. Ou à le frapper avec un bâton brûlant.

Chacun donne son point de vue sur la journée, puis Bonnie et/ou Pat commentent ce qu'on vient de dire, ou qu'on a dit sans vraiment l'énoncer. Ils insistent pour avoir des détails avant de finir par quelques conseils, ou bien des pistes de réflexion.

Melissa répète ce qu'elle m'a déjà dit, qu'elle se sent libérée d'un poids, mais en groupe, elle est plus timide, et je remarque qu'elle ne regarde jamais les garçons, y compris Pat.

Seth, qui a passé un bras réconfortant autour des épaules d'Ally, est tellement piqué par les moustiques qu'il a le visage et le cou gonflés. Il dit qu'il a même été piqué à travers son pantalon.

– Je ne sens pas la présence de Dieu, dit-il avec un air déçu. Je croyais le trouver ici, au plus près de la nature. Et si ce n'est jamais le cas ? Et si c'est une épreuve qu'Il me donne, et que j'échoue ?

– Pour toi, Dieu est donc quelque chose qu'on doit sentir ? lui demande Bonnie.

– Parfois, oui, répond-il. C'est ça, la foi. C'est croire en Lui, même quand on ne Le sent pas. Alors… peut-être que c'est ça, l'épreuve.

– Ou peut-être que tu as juste cru à un putain de système patriarcal de merde, lâche Jin. Et qu'il n'y a rien à ressentir.

Seth a l'air choqué.

– S'il vous plaît, laissez chacun s'exprimer, intervient Bonnie en levant la main. Essayons d'être constructifs. On n'est pas là pour se disputer au sujet de la religion.

On reprend.

Jin reconnaît que, si elle en avait eu sous la main, elle aurait pris de la drogue au moment où on cherchait le chemin, pourtant elle brandit ça comme une vantardise. Pat et Bonnie veulent la faire parler davantage, mais elle a réussi à construire un mur infranchissable autour d'elle tout en disant la vérité.

Bonnie nous explique de quelle manière est

connecté le cerveau d'une personne droguée, mais elle ajoute qu'on peut toujours reconstruire de nouveaux circuits neuronaux. Un peu comme un réseau de routes. Elle dit à Jin qu'elle pourrait mettre ces trois semaines à profit pour bâtir une nouvelle voie qui l'entraînerait loin de ses problèmes. Tout comme chacun de nous.

Je me demande si cette histoire de route fonctionne aussi avec le chagrin. Si on peut construire une route ou un pont pour mettre la tristesse à distance. Des gens comme ma mère, qui sombrent dans des trous noirs, semblent à jamais incapables de les quitter. Il suffirait donc de construire une route pour en sortir ?

– Ingrid, c'est ton tour. Comment as-tu vécu cette journée ?

– Merveilleusement bien, je lance entre mes dents, les bras croisés sur ma poitrine pour que personne ne voie mes seins sans soutien-gorge. La nature est splendide.

Je n'ai aucune intention de leur dire que le ciel immense, les arbres, l'eau et l'absence de toute civilisation me terrifient, et combien j'ai à la fois envie de frapper et de partir en courant.

– Je pense que nous avons vu une nouvelle facette de ta personnalité aujourd'hui, continue Bonnie. (« Nouvelle par rapport à quoi ? ai-je envie de crier. Tu ne me connais même pas ! ») Je pense que nous avons entendu ta véritable voix, insiste-t-elle, même si je ne lui donne aucun signe d'encouragement.

– Ma véritable voix ?

– Le plus souvent, tu fais comme si tu n'étais pas vraiment là. C'est comme si ton corps était là, mais ton esprit très loin. Tu n'as pas envie de prendre des responsabilités, tu ne t'es portée volontaire pour rien.

– Et alors ? dis-je malgré moi. Tout le monde n'est pas capable d'être leader, et tout le monde n'en a pas envie. C'est bien pour ça qu'il n'y en a qu'un.

– Que dis-tu de cette proposition, intervient Pat, qui prend un ton involontairement comique : « Toute personne peut être le leader d'elle-même » ?

– Ouah ! je fais, pas du tout impressionnée.

– Ce que je voulais dire, reprend Bonnie, c'est que la plupart du temps, tu ne dis pas ce que tu penses, tu ne donnes pas ton avis, alors que, pourtant, tu en as un. Tu as des opinions qui pourraient nous être très utiles. Et si tu les gardes pour toi, on y perd tous.

– Je n'aime pas me battre, dis-je. Cela ne règle jamais rien.

– Il ne s'agit pas de se battre. Je vois que tu gardes les choses pour toi, peut-être parce que tu crains de t'exprimer à mauvais escient, pourtant aujourd'hui, Ingrid… tu as marqué un point. Tu as parlé sans prendre de gants mais ton point de vue était honnête, sensé, et ça a permis de nous tirer d'une situation qui nous empêchait d'avancer.

– J'y ai été contrainte parce que vous vous foutiez de notre gueule, dis-je en serrant encore plus fort les bras sur ma poitrine, le tout accompagné d'un regard noir.

– On est ici pour t'aider à te dépasser, déclare-t-elle, les yeux rivés sur moi. Pour t'aider à relever des défis, pour te permettre de les réussir.

– Ou pas, je lâche.

– Ou pas, concède-t-elle. On est ici pour te voir essayer et échouer, puis essayer de nouveau. On est ici pour faire sortir ce qu'il y a de meilleur en toi.

– Alors comme ça, vous voulez que je l'ouvre en permanence ? C'est ça, le meilleur en moi ?

– Je pense que tu as un puissant instinct de survie, que tu sais te battre pour ce qui est important, mais que tu nous le caches.

Je reçois ces paroles comme une flèche au poumon : aiguë, précise et douloureuse.

– Tu m'as rencontrée hier, dis-je, furieuse mais réussissant malgré tout à me contenir. Donc tu ne me connais pas. Je n'ai pas l'énergie pour me battre pour des broutilles parce que, sinon, je passerais mon temps à me battre. J'ai des choses plus importantes à faire. Auxquelles consacrer toute mon énergie.

– Très bien, et quelles sont-elles ?

C'était un piège.

Ils se penchent tous vers moi, comme si j'allais leur révéler les profondeurs de mon âme.

– Pour quoi as-tu besoin de ton énergie ? demande-t-elle avec un rayon laser à la place des yeux.

– Je ne suis pas obligée de vous livrer mes pensées et mes sentiments, je crache. Je ne suis pas venue ici pour me remettre en question. Je n'ai rien fait de…

Je suis interrompue par une vive douleur dans la jambe. J'en ai le souffle coupé.

– Qu'est-ce qu'il y a ? demande Bonnie.

– Rien !

Je saisis mon menton dans ma main, je m'oblige à respirer lentement, et je regarde le feu, comme on vient d'apprendre à le faire. Elle sait ce qu'elle sait sur moi, ou croit savoir, mais je ne lui dirai rien de plus. Pas question. Pourtant, je me sens vraiment très mal.

– Je vais bien. C'est juste que j'ai perdu pied en classe cette année, et que je me suis engagée à faire ce séjour. Je l'ai promis. Alors j'irai jusqu'au bout. C'est tout.

– Très bien, dit Bonnie de sa voix de thérapeute. Mais juste pour que tu le saches, quand tu seras prête, tu pourras nous livrer en toute confiance ce que tu es vraiment.

– Là, c'est ce que je suis vraiment.

Sauf que là, mon énergie vitale est totalement consacrée à ma survie.

Je pose mon bâton près du feu et me dirige vers la tente où je découvre Tavik, ce qui signifie que j'ai le même problème qu'hier. J'ai besoin de mon pull à capuche car je l'utilise comme oreiller, et je refuse de dormir à nouveau en pantalon.

Je lui lance un regard à la dérobée. Il lit son bouquin porno en faisant comme si je n'étais pas là, et je me sens désemparée. Aucune chance qu'il se conduise comme un gentleman en me proposant de s'éclipser. Si je le lui demande, ça rendra la situation encore plus bizarre, et je passerai pour une gourde, une coincée, une vierge. Tout ça avec un type qui sort de prison. Pourquoi il était en prison, je n'en ai aucune idée et je n'ai pas envie de le savoir. J'ai donc vraiment intérêt à avoir l'air aussi cool que ce mec.

Je lui tourne le dos, suspends mon pyjama humide entre la paroi de la tente et moi, puis je change d'avis et j'étends le bas à ma gauche et le haut à ma droite. Puis j'éteins ma lampe, espérant que Tavik comprenne le message et coupe la sienne. Même s'il y aura un certain malaise, en fait. J'ai l'impression d'être vraiment nulle. De créer de la tension là où il n'y en a pas.

Il tourne une page et poursuit sa lecture comme si de rien n'était. Pendant ce temps, je suis prise de panique, presque paralysée.

Et là, elle est où, ma véritable voix ?

– Tavik ? dis-je dans une sorte de coassement.

– Ouais.

– Tu voudrais bien… euh…, je bafouille, en espérant qu'il comprenne.

– Quoi ? J'essaie de lire, là.

– Tu voudrais bien éteindre ta lumière ? Ou la diriger autrement ?

– Hein ?

– Pour que je puisse me changer ? je lâche, finalement à bout de nerfs.

Il éclate de rire, un bruit guttural d'abord grave, puis qui se fait de plus en plus aigu, tandis que sa lampe led s'agite entre ses mains, créant un jeu de lumière qui ajoute à mon humiliation.

– Je suis vraiment heureuse de t'amuser à ce point, dis-je, les larmes aux yeux.

J'aurais dû me déshabiller, tout simplement.

– Tant pis, je marmonne, puis je sors mes bras de mes manches et je passe mon sweat par-dessus ma tête, si bien qu'il voit mon dos nu.

S'il n'avait pas remarqué tout à l'heure que je ne portais pas de soutien-gorge, maintenant, il le voit. Car je sais qu'il regarde. Je sens qu'il regarde. Mais ce n'est que mon dos.

Je tends la main avec l'espoir d'enfiler mon haut de pyjama sans me retourner lorsque la fermeture à glissière de la tente descend, et que Paix/Bob apparaît, le faisceau de sa lampe braqué sur moi, si bien qu'il a une vue complète de mon torse nu.

Là, je perds toute ma désinvolture et je pousse un petit cri en croisant mes bras sur mes seins.

– Ouah, *baby*..., fait Paix/Bob.

– Serait-il possible, je lance entre mes dents serrées, d'avoir trente secondes d'intimité ?

– C'est pas juste, Tavik avait le spectacle pour lui tout seul.

– Sors. Tout de suite !

Mon cri résonne comme un rugissement qui vient du fond de mes tripes.

– D'accord, d'accord.

Il éteint sa lampe et s'exécute.

– Tout va bien là-dedans ?

C'est la voix de Pat. Je me rends compte que tous les autres ont dû m'entendre crier.

– Très bien, j'aboie. Parfaitement bien.

Une main sur mes seins, je cherche de l'autre mon haut de pyjama, dont je sais qu'il était juste à côté de moi.

– Tu veux que je vienne ? me demande Pat.

Un autre homme. Juste ce dont j'avais besoin.

– Non ! Reste où tu es !

– OK, dit Pat, mais si tu as besoin de quelque chose, appelle. Ne fais pas ta timide.

Tavik glousse dans mon dos.

– Connard, je souffle.

Dans un rare moment de compassion, il éteint sa lampe.

– C'est ça que tu cherches ? me dit-il dans le noir, et là, je sens le tissu de mon pyjama contre mon épaule.

– Oui. Merci.

Je suis réellement reconnaissante, puis je me demande s'il ne le cachait pas depuis tout à l'heure.

– De rien. J'ai hâte de savoir comment tu vas faire pour le bas.

Et moi donc.

Mais ce n'est pas si compliqué. Je me contente de me changer dans mon sac de couchage et d'y rester. Si je pouvais enfouir ma tête et respirer quand même, je passerais la nuit comme ça. Je me contente de disparaître le plus bas possible et je crie à Paix/Bob qu'il peut entrer.

– Pas trop tôt, dit-il en trébuchant sur moi.

Son odeur l'accompagne.

– Désolée, je réponds, tout en me demandant bien de quoi.

– Hé, il fait en exhibant ses paumes, c'est ton problème, pas le mien. Je te l'ai dit hier soir, le corps, c'est naturel. Y a pas à en avoir honte.

– Ça n'a rien à voir avec la honte.

– Comme je te l'ai dit, c'est ton problème, répète Paix/Bob. Personnellement…

– Tu adores être nu. On a compris.

Tavik glousse.

Je me détourne juste à temps pour éviter un cul poilu et odorant juste devant mon visage.

Ce qui signifie, j'imagine, que j'ai fait des progrès.

11. MÉTAMORPHOSE

(De onze à douze ans)

Après la destruction de son lit, maman finit par consulter un médecin, qui lui prescrivit un traitement. Elle récupéra peu à peu, et commença à reprendre les factures en main, à faire les courses, à me poser des questions sur ma journée au collège, bref, à avoir un comportement normal.

J'étais soulagée. Je me souviens aussi avoir pensé que mes professeurs particuliers d'avant avaient omis un détail quand ils m'avaient fait travailler sur la métamorphose : elle peut aussi aller à rebours.

Ma mère avait commencé sa vie en papillon, un splendide papillon. Puis, suite au nodule sur ses cordes vocales, elle s'était réfugiée dans sa chrysalide – alors qu'en réalité, elle était surtout un papillon aux ailes brisées. J'étais heureuse qu'elle reprenne sa vie en main, pourtant, quand ça se produisit, ce ne fut pas telle une chenille en devenir, mais plutôt comme un papillon de nuit : elle-même, mais sans les couleurs.

Le temps qu'elle renaisse, j'avais traversé mon année scolaire et allais avoir douze ans.

– J'ai trouvé du travail, m'annonça-t-elle un jour. Un poste d'assistante chez un comptable.

– Mais maman, tu pourrais enseigner ! Tu serais une merveilleuse prof de chant !

– Pas question, répondit-elle en pâlissant d'un coup. Tu veux donc que chaque jour de ma vie me ramène à ma tragédie ? D'autant que je ne pourrais pas faire de démonstrations, puisque dès que je cherche à monter dans les aigus, on dirait des ongles qui crissent sur un tableau.

– D'accord, mais tu pourrais enseigner le piano ou le violon. Tu ne serais pas obligée de chanter.

– Ingrid, dit-elle en levant les mains, non.

– Pourquoi ?

– Ce serait trop douloureux, me répondit-elle, le regard plein de reproches. Ce serait comme… comme chercher chaque jour quelque chose qui n'existe plus. Ce serait sans espoir, pathétique, vain. Il faut savoir passer à autre chose. Enterrer le passé et avancer la tête haute.

– D'accord, dis-je, néanmoins peu convaincue.

– Ingrid, je fais des efforts. Tu ne vois pas que j'essaie de prendre soin de toi ? De nous ? De la seule manière qui fasse sens pour moi. De la seule façon qui me soit possible. Tu comprends ?

Pour son nouveau travail, elle s'habillait en beige (« Ingrid, je ne peux pas être vêtue comme une diva pour faire des photocopies »), avait les cheveux courts, et demanda qu'on l'appelle Margot, qui se réduisit vite à un désagréable et guttural Marg.

Qui s'ajouta à la perte de Lalonde.

– Maman, tu n'es pas une Marg.

– Quelle importance ? soupirait-elle.

Peut-être qu'enseigner à de futurs musiciens était trop dur pour elle, mais qu'elle accepte de se faire appeler Marg était trop dur pour moi. Et même, cela m'inquiétait. La dépression, le désespoir et le chagrin, c'était une chose. Là, c'était un tout autre débat.

Là, c'était de la résignation.

Une lumière qui s'éteignait en elle.

Margot-Sophia Lalonde devint Marg Burke.

Le papillon multicolore était devenu un papillon de nuit.

Un an après sa renaissance, maman était toujours Marg.

Marg gagnait sa vie à répondre au téléphone, à poster le courrier, à organiser des réunions, à taper des comptes rendus, et vivait sans musique. Tout comme moi.

Pourtant, il y avait de l'espoir.

Car un jour, vers la fin du printemps, un homme en costume de lin se présenta chez le comptable où elle travaillait. Il avait des cheveux bruns un tout petit peu longs, une peau couleur olive et une voix de velours avec un accent très discret.

Même en Marg, maman était élégante. Elle avait beau vivre sa nouvelle vie comme papillon de nuit, elle n'avait perdu ni son maintien, ni sa prestance, ni son côté dramatique. Sous les jupes beiges, les chaussures plates et le maquillage discret, elle était toujours plus que ce qu'elle voulait bien admettre.

L'homme, Andreas, le vit tout de suite.

Il dévisagea maman, lui serra la main et la regarda droit dans les yeux.

– Vous n'êtes pas à votre place ici, dit-il. Vous devriez venir travailler avec moi.

Elle crut qu'il se moquait d'elle.

Pourtant, elle me parla de lui et, malgré ses protestations, je tapai son nom sur Google. Il avait travaillé dans de grandes entreprises partout dans le monde, et il possédait à présent une société de consulting à Toronto destinée à aider des cadres ou des entrepreneurs à se développer. Il employait toute une équipe de consultants, même s'il était aussi lui-même coach avec un portefeuille de clients internationaux.

Le patron de maman, lui, était comptable.

Andreas ne racontait pas de mensonges. Il faisait un travail intéressant et, visiblement, il savait aider les gens.

Il passait sans cesse au cabinet du comptable. Apparemment, sa situation fiscale était compliquée cette année-là à cause de son développement à l'international. Alors, plusieurs fois par semaine, il venait bavarder avec maman, et il la faisait parler, aussi. Chaque fois, il lui apportait un petit cadeau. Des chocolats de Belgique, des boutons anciens dénichés dans une brocante, un fromage rare, un foulard en soie, des livres et même, un jour, un œuf Fabergé qui jouait un air de *Turandot*, l'opéra de Puccini.

Ce jour-là, j'étais présente. J'étais venue la rejoindre à la sortie du collège et je faisais mes devoirs dans la salle d'attente.

Andreas n'avait sans doute pas remarqué ma présence, et maman ne m'avait pas présentée. Déjà éblouie par la splendeur de l'œuf, je manquai de défaillir quand elle souleva le couvercle, et que l'air familier s'éleva.

Ce cadeau aurait pu avoir l'effet inverse de celui qu'Andreas recherchait. Ce qui faillit se produire. Maman resta sans voix en entendant la musique. Je crus qu'elle allait fondre en larmes.

Mais il lui dit avec douceur :

– Quand je vous regarde, j'entends de la musique. Accepteriez-vous une invitation ?

– Une invitation ? Où ça ? demanda-t-elle en tremblant. Où voulez-vous m'emmener ?

– Dois-je considérer cela comme un oui ?

Je me levai pour me placer dans le champ de vision de ma mère, derrière Andreas, et me mis à sautiller sur place en articulant le mot « oui ».

– Oui ! dit-elle avec un peu plus de force que nécessaire, et avec un coup d'œil dans ma direction pour m'intimer de me rasseoir avant de la mettre dans une situation embarrassante.

– Merveilleux, répondit-il, la main sur le cœur. (Pour un adulte, il était beau et expressif. Google ne m'avait fourni aucun détail personnel sur lui, mais j'aurais dit qu'il avait des origines italiennes, ou peut-être espagnoles.) La Lune, l'océan, le sommet du monde… Copenhague, Rome, Prague, Paris…

– Et si on commençait par un dîner ? répondit-elle en riant, le regard pétillant comme je ne l'avais pas vu depuis longtemps, peut-être jamais. J'ai pour l'instant des responsabilités qui m'empêchent de voyager.

– Un dîner, alors.

Quand il repartit quelques minutes plus tard avec son numéro de téléphone et son e-mail, il lui envoya un baiser puis, au moment où il sortait, il me fit un clin d'œil.

Quand il vint la chercher à la maison, je reçus l'ordre de ne pas quitter l'étage.

– Hors de question qu'un homme voie ma fille lors d'un premier rendez-vous. Ni même d'un deuxième, si jamais il doit y en avoir un.

– Tu t'es vue dans le miroir ? Il y en aura d'autres.

Elle haussa les épaules, mais elle devait savoir qu'elle était splendide, avec ses cheveux (qui avaient repoussé) coiffés en un chignon lâche, son rouge à lèvres et un soupçon de mascara. Ainsi que l'ensemble rouge et noir que je l'avais convaincue de mettre, menaçant de brûler tous ses vêtements beiges, sinon ; ainsi qu'une paire de chaussures à talons.

– Tu vas pouvoir rester toute seule ? me demanda-t-elle.

– J'ai l'âge de faire du baby-sitting, tu sais. D'ailleurs, si tu connais des bébés à garder…

– Ne sors pas de la maison, n'ouvre pas les fenêtres, ne réponds pas si on sonne à la porte et, au téléphone ou sur Internet, ne dis à personne que tu es seule, me recommanda-t-elle.

Je fus tentée de lui rétorquer que j'avais passé des mois à m'occuper seule de cette maison tandis qu'elle était au fond de son lit, mais je me dis que ce n'était pas une bonne idée.

Quand la sonnette retentit, obéissante, je montai à l'étage, mais je courus à la salle de bains récupérer un petit miroir et m'allongeai par terre. Le miroir dirigé vers l'entrée, je pourrais ainsi voir ce qui se passait en bas sans qu'Andreas ou ma mère ne le sachent. De toute façon, sitôt la porte d'entrée ouverte, Andreas n'eut d'yeux que pour elle.

Il l'aimait déjà. Je le voyais, même dans ce minuscule miroir. Pourquoi et comment il pouvait être tombé amoureux en un laps de temps aussi court, je ne sais pas, pourtant c'était évident.

Ce soir-là, ils allèrent dîner sur un bateau amarré dans le port.

Puis il y eut d'autres dîners, des pièces de théâtre, des virées au cinéma, des tickets pour des événements sportifs. Un jour, il l'emmena même dans un club d'escalade, mais elle refusa de mettre le harnais en déclarant que cela ne lui seyait pas.

À mon immense soulagement, elle lui demanda de l'appeler Margot-Sophia, et non Marg. C'était bon signe, pas simplement pour leur relation. En tout cas, je l'espérais. Entre-temps, Andreas m'avait repérée à l'étage. Lors de leur quatrième rendez-vous, il sortit un livre de sa veste et le posa négligemment sur la table dans l'entrée.

Maman fit mine de ne rien voir, mais elle sourit. Elle souriait tout le temps.

C'était un excellent roman qui s'appelait *Le Jardin secret*. Je le dévorai en trois soirs.

Le cinquième rendez-vous eut lieu un samedi après-midi. Ils devaient aller faire une promenade à cheval. Andreas se tenait dans l'entrée, n'ayant jamais été invité à s'aventurer plus loin dans la maison.

– Je me demande..., dit-il à ma mère, après m'avoir glissé un regard en douce.

– Oui ?

– Quel est le problème ? Elle se transforme en citrouille quand elle descend l'escalier ?

J'écarquillai les yeux et reculai afin que maman ne me voie pas.

– Pardon ? fit-elle.

– Ou bien elle a une maladie terrible qui fait qu'elle devient un troll si elle quitte l'étage ? Je te jure qu'elle ne me fait pas peur, tu sais...

J'étais déjà trop grande pour ce genre de plaisanteries, pourtant, j'éclatai de rire. D'abord tout bas, puis très fort.

Le regard de maman alla d'Andreas à moi, et retour.

– À moins que ce soit moi le problème ? dit-il en lui frôlant le bras. Parce que, sinon... peut-être qu'elle aimerait venir faire du cheval avec nous ?

– Oh, oui ! m'écriai-je en sautant partout. (Puis je me souvins que j'étais une jeune fille de douze ans, et non un chiot. Je me repris.) J'adorerais. Au fait, je m'appelle Ingrid. Et merci pour le livre, je l'ai adoré aussi.

Je descendis l'escalier d'un pas mesuré et me plaçai face à lui.

– Ravi de faire ta connaissance, Ingrid, dit-il en me tendant la main. Je m'appelle Andreas.

– Enchantée, dis-je de la voix la plus adulte que je pus prendre. Moi aussi, je suis ravie de faire votre connaissance. Maman, tu veux bien que je vienne ?

Elle hésita un instant. Je savais que tout allait trop vite pour elle, mais elle finit par acquiescer en disant :

– D'accord.

Par la suite, ils m'emmenèrent partout, sauf quand j'avais école le lendemain. Andreas était chaleureux, plein d'humour et généreux, même si parfois, il me traitait comme une petite fille. Néanmoins, il avait totalement accepté que je fasse partie de la vie de maman, et cela semblait même lui plaire.

En réalité, il était à moitié grec et à moitié marocain. Son père était diplomate, ce qui signifiait qu'Andreas avait passé son enfance à voyager, et ainsi fréquenté des écoles internationales. Il connaissait beaucoup de choses, il avait de nombreux centres d'intérêt, et je me demandais souvent s'il ne nous aurait pas préférées dans notre vie antérieure. Je craignais que cette vie-là ne soit trop fade pour lui. Et je craignais que, par ricochet, maman ne redevienne un papillon de nuit.

Mais elle se mit à lire, ce qu'elle n'avait guère le temps de faire quand elle chantait. Elle dévorait les journaux, les livres, les magazines scientifiques. Au début, c'était parce que, comme moi, elle craignait de ne pas être à la hauteur d'Andreas. Puis cela devint une véritable passion : l'histoire, les actualités, la politique, les débats sur l'état du monde, les derniers romans. Elle était insatiable. De toute évidence, il lui fallait nourrir son esprit raffiné.

Elle se mit également au tennis et convainquit Andreas de l'accompagner dans une salle de danse. À cause de son ancienne vie, elle connaissait toutes les danses de salon. Ils cuisinaient ensemble, aussi. Leurs repas étaient toujours originaux, et accompagnés d'une bouteille de vin, de rires et de bavardages.

Elle revivait. Elle allait toujours travailler en ensemble beige, elle ne démissionnait pas de son boulot beige, mais elle était en vie.

Moi aussi.

12. PARIA
(Douze ans)

Cher Isaac,

Tu ne peux pas imaginer combien chanter compte pour moi. Je ne pensais pas en être capable.

J'ai pris de nombreuses leçons quand j'étais petite, puis j'ai arrêté d'un coup. Mais on ne sait jamais ce que la voix d'un enfant deviendra. Pour une fille, c'est impossible à dire avant l'âge de onze ou douze ans. Et à cet âge, il y avait bien longtemps que je ne prenais plus de cours. Ma vie musicale était déjà derrière moi.

Il n'y avait jamais de musique dans le relais de poste. Personne n'avait édicté cette règle, mais c'était comme ça. Parfois, j'en écoutais un peu, seulement en l'absence de maman. J'avais alors l'impression d'être une rebelle, de vivre dangereusement.

Une fois, quand j'avais douze ans, j'avais mis de la pop dans la cuisine et je chantais en même temps. Rien de très intellectuel. Je dansais comme une folle, ce qu'on ne fait que quand on est seul. Tu sais, quand tu t'imagines avec un micro, que tu prends des poses, que tu fais ta rock star… Si jamais quelqu'un te filme en cachette, ensuite, il peut te faire chanter, ah ah ! Néanmoins, je me trouvais plutôt bonne.

Tout à coup, la musique s'est tue. Ma mère avait la main sur le bouton « off ». Ma voix dans le silence a semblé très étrange.

Je me suis tue.

Elle était blême.

Je ne pouvais plus respirer, j'étais à la fois brûlante et glacée, et d'une certaine manière, aussi, honteuse. Un instant, elle a eu l'air peinée. J'ignorais si c'était à cause de la musique, parce que ma voix était horrible, ou justement parce qu'elle était bonne. Tout ce que je sais, c'est que ce moment a été terrible.

Elle m'a tapoté la tête en disant :

– Eh bien, au moins, on est tranquilles de ce côté-là.

– Qu'est-ce que tu veux dire ? ai-je demandé.

– Tranquilles quant à ton éventuelle carrière de chanteuse, a-t-elle dit avec un sourire contrit.

Mon humiliation a redoublé.

– Je suis mauvaise à ce point ? Je sais que je n'aurai jamais ta voix, mais…

– Fais-moi confiance, Ingrid. Je ne veux pas te blesser, mais… ta voix… ne t'apportera ni la gloire ni la fortune.

Un morceau de moi est mort ce jour-là. Ma mère savait évaluer une voix, et si elle disait que la mienne n'était pas bonne, eh bien, c'était vrai.

– C'est tout aussi bien, non ? a repris maman d'un ton enjoué. Regarde où ça m'a menée. À la

pauvreté et à l'insécurité. J'ai travaillé comme une folle pour finalement me retrouver le cœur brisé. Tu mérites mieux que ça. Tu es intelligente, toutes les carrières s'offrent à toi. Ne sois pas triste, ma chérie. Et si tu as envie de chanter dans la cuisine ou sous la douche, ne t'en prive pas.

Après ça, je n'ai plus jamais chanté.

Maintenant je pense que ce jour-là, elle m'a menti. Ou bien, si ce n'était pas un mensonge, elle m'a en tout cas volontairement envoyée sur une fausse piste, elle m'a induite en erreur. Comme ici, où je croyais passer trois semaines à vivre dans une cabane en rondins. Les deux fois, c'était sans doute pour mon bien. Mais quand on trompe quelqu'un pour son bien, quel bien peut-il en sortir ?

Je déteste la colère. Je n'ai pas envie d'être en colère contre elle. Cela me fait trop souffrir.

Beaucoup de choses me font souffrir.

Au fait, à la réflexion, j'aurais aimé te voir nu, moi aussi.

Et vice versa.

Si ça, ce n'est pas un aveu…

Ça, c'est ma voix véritable. Mais elle ne sortira jamais de ce journal.

Nostalgiquement,

Ingrid

La première fois que j'ai vu Isaac, c'était dans un placard. Au sens propre.

Nous étions en cinquième au collège. Enfermés dans un placard à balais pendant la pause-déjeuner dans ce merveilleux établissement que nous fréquentions alors.

Dans le noir.

De l'autre côté de la porte, des élèves de quatrième riaient, parce que enfermer des camarades dans un placard, c'est tellement drôle…

Isaac était un intello : il était mal habillé, il avait des cheveux comme de la paille coupés au bol, des taches de rousseur, des lunettes, des bagues aux dents et un cerveau qui, de façon socialement suicidaire, cherchait à prouver son excellence dans chaque matière scolaire.

Moi, j'étais nouvelle. En tout cas, j'étais considérée comme telle, car l'année précédente, j'étais passée totalement inaperçue. Et nouvelle, ça rimait avec bizutage.

Le coup du placard m'arrivait souvent mais, pour Isaac, c'était la première fois. Il tremblait de tout son corps et il avait du mal à respirer. Je m'étais plaquée contre un mur pour nous donner un peu de place.

– Désolée, dis-je.

– C'est pas ta faute, répondit-il.

On ne s'était jamais parlé. Quand on est mal considéré, ça n'aide pas de fréquenter des gens dans le même cas que vous. On pourrait penser qu'il vaut mieux s'allier, mais d'après mes observations, dans ce collège, ce n'était pas une bonne idée.

– Qu'est-ce qu'on fait ? me demanda Isaac.

Je haussai les épaules, puis je me souvins qu'il ne pouvait pas me voir.

– D'habitude, je me contente d'attendre la fin de la pause-déjeuner. En espérant que ce soit la dernière fois.

– Mais ils ont dit qu'ils voulaient une preuve de…

– Ingrid, ça y est, t'es à genoux ? dit une voix de l'autre côté de la porte.

– Ils ne peuvent pas nous obliger à faire quoi que ce soit, soufflai-je entre mes dents serrées.

– Non, mais si on… se touche un peu… Pour leur faire croire que…

– Pas question.

– OK ! Je ne voulais surtout pas t'agresser.

– Je ne me sens pas agressée. Pas par toi, en tout cas. Mais j'en ai assez de ces individus préhistoriques.

– Peut-être que tu ne te sens pas agressée, mais en attendant, tu es furieuse.

– Je suis enfermée dans un placard à balais. Et ce n'est pas la première fois. Je n'ai pas pu déjeuner, donc j'ai faim. Les élèves de ce collège sont tous débiles. Mais comme c'est le collège du quartier, je vais devoir le fréquenter jusqu'à ma troisième, et ensuite, ça sera pareil pour le lycée. Autrefois, j'avais une vie bien plus agréable. Alors oui, je suis furieuse. Mais pas contre toi.

– Je comprends, dit Isaac en s'éclaircissant la gorge. Mais ça pourrait sans doute être pire. Ils pourraient nous frapper.

– Ouah, quelle parole réconfortante !

– Et ils peuvent encore le faire.

– Oh, non…

– Désolé. Je me tais.

– Merci.

Je supportai le silence pendant quarante-deux secondes avant de lui demander :

– Ils t'ont déjà… frappé ?

J'entendis un bruit bizarre, comme si Isaac s'étouffait.

– Ne t'inquiète pas, tu n'es pas obligé d'en parler, lui dis-je.

On attendit dans les émanations des produits ménagers en essayant de ne pas prendre garde aux provocations de l'autre côté de la porte. Ils étaient très bruyants, mais le placard nous isolait un peu. Petit à petit, j'entendis que la respiration d'Isaac devenait sifflante.

– Qu'est-ce qui ne va pas ? lui demandai-je.

– À part le fait d'être prisonnier ?

– Oui.

– Je suis en train de me rendre compte que… je n'aime pas les petits espaces clos.

– Tu es claustrophobe ?

– Sans doute. En tout cas, si je devais choisir un endroit où être enfermé avec une fille, ça ne serait pas ici.

– Sans oublier qu'on n'a que douze ans.

– Ça aussi.

– Et donc… tu vas faire une crise d'angoisse ? Tomber dans les pommes ?

– Je ne sais pas. Je… j'essaie de…, dit-il d'une voix à moitié étranglée. Ces connards… Ces Néandertaliens, comme tu dis, même si je trouve ça insultant pour l'homme de Neandertal…

– C'est vrai.

– … me rendaient déjà la vie difficile, mais là, ça va trop loin.

Je pris conscience de plusieurs choses.

1. Si j'étais maligne (ainsi que cruelle et méchante), je pourrais tourner la situation à mon avantage au détriment d'Isaac et en finir avec ce bizutage. L'humilier me permettrait de transformer mon image sociale, et m'éviterait peut-être de me retrouver encore une fois enfermée dans un placard. Isaac était déjà catalogué, contrairement à moi. En tout cas, je l'espérais.
2. Il s'agissait en même temps d'une autre forme de bizutage : savoir si j'étais ou pas « une bonne personne ».
3. Il était très improbable que je réussisse les deux.
4. J'étais mal barrée.

La détresse d'Isaac augmenta.

– Isaac, qu'est-ce que je peux faire pour toi ?

Il ne répondit pas. J'insistai :

– Il faudrait que tu puisses respirer. Plus lentement, je veux dire. Tu veux faire un peu de méditation, ou quelque chose du genre ?

– Des fois, dans ce cas…, murmura-t-il, je fais des maths.

– Eh bien, faisons des maths.

– Je ne peux pas. Là, je n'y arrive pas.

– Un plus un égale…

Isaac eut l'air de s'étouffer, mais de rire, cette fois.

– Il faut que ce soit plus dur que ça…

– Désolée, je suis nulle en maths, dis-je en tâtonnant dans le noir. Donne-moi tes mains. Ou tes bras.

Je l'attrapai par les avant-bras, je glissai mes mains dans les siennes. Elles étaient glacées.

– Je ne supporte pas d'être en panique à cause de gens comme ça, dit-il.

– Ne t'inquiète pas, ils ne verront rien.

Facile à dire.

– Que dirais-tu d'un peu de musique ? La musique, c'est lié aux mathématiques, d'une certaine façon, non ?

Je cherchai dans mon répertoire et me mis à fredonner mes suites de Bach préférées dans un rythme volontairement lent parce que, sinon, à voix basse, les notes allaient trop vite. Sans cesser de lui tenir les mains, je m'imaginai insuffler ma voix dans son cerveau jusqu'à son système nerveux.

Au bout d'un moment, je me tus.

– Continue, me demanda-t-il.

Il avait l'air apaisé, alors je chantai ce qui me vint en tête : une aria de Verdi. D'abord, je fredonnai, puis je me mis à chanter pour de vrai.

Il avait cessé de haleter, et ses mains n'étaient plus aussi glacées. Je lui chantai ensuite un morceau de folk, du Mozart, du Puccini, à nouveau du Bach. Les restes du répertoire de Margot-Sophia ou de mes leçons de musique. J'avais encore tout ça en moi sans le savoir. J'entendais toujours les connards de l'autre côté de la porte, mais la musique m'aidait à m'en ficher et me transportait au-delà de cet horrible collège, dans un univers bien plus vaste et intéressant. De toute façon, ils faisaient trop de bruit eux-mêmes pour m'entendre chanter.

– N'arrête pas, me dit Isaac quand je marquai une pause à la fin du lamento de Didon et Énée.

Alors je repris.

Encore.

Et encore…

Nous étions dans un bain de musique. Tout à coup, il y eut un silence à l'extérieur. Une pause, comme entre deux respirations…

Comme je commençais à être à court d'idées, et qu'Isaac respirait plus calmement, je me tus.

– Ça va mieux ?

– Ouah ! fit-il. Toi, tu sais vraiment chanter.

– Je connais quelques morceaux, c'est tout.

– Si tu le dis. Mais ça m'a aidé. Merci.

– Ne me remercie pas encore. Je ne pense pas qu'ils m'aient entendue, mais… C'est bien calme de l'autre côté, tout d'un coup…

– Tu m'as quand même aidé, dit-il en me pressant les mains.

Je répondis à son geste. Il fredonna quelques notes de la suite pour violoncelle, et je souris dans la pénombre.

Puis la porte s'ouvrit d'un coup, et la lumière des néons nous aveugla. On sentit de l'air frais sur notre visage.

– Oh, regardez, ils se tiennent par la main ! croassa Elizabeth, la reine des garces.

Elle n'était même pas hypocrite, juste fondamentalement mauvaise. Car elle était intelligente, BCBG, sportive, avec de longs cheveux bruns ondulés, une peau de pêche, des taches de rousseur et des yeux bleus perçants. Elle avait un rire incroyable et une personnalité magnétique. Elle voulait mener tout ce petit monde à la baguette, et elle y parvenait. Elle m'avait prise pour cible dès le début de l'année.

– Comme ils sont mignons..., ricana-t-elle. Elle lui a même chanté des chansons.

Ils m'avaient donc entendue.

– Alors, raconte, mon grand, fit Zac, le petit ami d'Elizabeth, en attrapant Isaac pour lui passer un bras faussement amical autour des épaules.

– Tu dois avoir des talents cachés pour faire chanter une fille comme ça, ajouta Elizabeth. Toi, t'es...

– Ça montre juste à quel point elle a envie de lui, lâcha Zac, et ses acolytes gloussèrent.

– C'est pour mieux se chauffer la bouche, dit l'un de ses adjudants, qui cherchait à gagner ses faveurs.

Je croisai le regard d'Isaac. Il semblait prêt à se battre. Je lui fis un signe de tête pour dire non.

Si on supportait leurs blagues débiles, peut-être que ça en resterait là.

Peut-être.

– Oh, les deux tourtereaux, reprit Zac, et comme c'était Zac, tout le monde rit.

Puis Isaac lança :

– C'est pas drôle.

Je fermai les yeux un instant, et quand je les rouvris, le poing de Zac s'enfonçait dans le ventre d'Isaac, qui s'effondra. Les coups se mirent à pleuvoir sur lui.

– Arrêtez ! hurlai-je, mais personne ne m'écoutait.

– Debout, le tourtereau ! jeta Zac en attrapant Isaac dans le dos et en le poussant vers deux types qui s'avancèrent, comme sur commande. Tenez-le bien.

À cet instant, on m'attrapa par-derrière et on me poussa vers Isaac.

– Montrez-nous, les tourtereaux, fit Elizabeth, montrez-nous votre amour…

J'arrivais à peine à la hauteur du menton d'Isaac, je ne voyais donc pas son visage.

– Qu'est-ce que tu dirais d'un baiser bien baveux ? Pour réconforter ton amoureux, me fit Zac.

Je n'avais jamais embrassé de garçon.

J'aurais pu protester, ou bien sauver ma peau en disant quelque chose d'horrible sur Isaac, mais j'en étais incapable. Sauf à ne plus oser me regarder dans la glace. Alors, je me hissai sur la pointe des pieds et je lui fis un petit baiser rapide, visant les lèvres et atterrissant à moitié dessus, à moitié à côté.

– Avec la langue ! crièrent-ils tous.

Je sentis mes joues devenir écarlates et les larmes me monter aux yeux. Je ne savais même pas faire ce qu'ils demandaient, et j'étais plutôt dégoûtée par le concept. Surtout, je ne voulais en aucun cas faire ça pour la première fois devant une bande de gamins dont le seul but était de m'humilier.

Mais ils avaient frappé Isaac, et ça pouvait encore empirer.

– Allez, l'amoureuse ! (C'était Elizabeth qui me parlait à l'oreille.) Il est tellement… sexy.

J'essayai de me dégager de son emprise, mais ça ne fit que me rapprocher d'Isaac, qui avait l'air à nouveau en crise de panique. S'il n'aimait pas les espaces clos, il n'aimait sans doute pas non plus être harcelé par une bande de débiles.

Nos regards se croisèrent, et il me dit tout bas :

– Fais-le.

Il se pencha vers moi, et je me hissai à nouveau sur la pointe des pieds.

Les autres hurlaient de joie en nous tenant toujours par les bras.

J'essayai d'imaginer qu'on était seuls dans le placard.

Avec de la musique.

Puis Zac mit une main sur la nuque d'Isaac, l'autre sur la mienne, et plaqua nos visages l'un sur l'autre.

Peut-être que nos langues se touchèrent, mais surtout nos dents, et notre front.

J'étais encore étourdie quand il nous lâcha. Là, je vis du sang couler du nez d'Isaac, et je me sentis très mal, aussi bien moralement que physiquement.

Et puis, je commençai à avoir peur.

Tout est flou dans mon souvenir, mais je me souviens que la rage monta d'un coup en moi. Je sentis mes coudes se libérer, mes pieds s'agiter et je crois que je hurlai. Je ne suis pas certaine d'avoir touché quelqu'un, mais ce qui est sûr, c'est que les autres ne s'attendaient pas à ma réaction. Et là, je me blessai, parce que frapper, ça fait mal.

Je me souviens d'avoir senti le goût du sang dans ma bouche, et d'avoir pensé que j'allais mourir.

Puis la cloche sonna, les profs sortirent de leur salle comme par magie et tout ce petit monde se volatilisa.

Sauf nous deux. Isaac et moi, on resta l'un en face de l'autre dans le couloir.

– Ça va ? demandai-je. Bien sûr que non, ça ne va pas. Tu saignes. Je t'emmène à l'infirmerie.

– J'ai cours d'histoire.

– Sérieux, tu as peur de rater un cours ?

Je passai un bras autour de sa taille et je le poussai dans le couloir.

– Pour tout dire… oui, dit-il en marchant péniblement. J'ai tout le temps ce genre de problèmes. Même si d'habitude, ce n'est pas à ce point. Mais je refuse que ça me prive d'un cours.

– Eh bien, aujourd'hui, si, décrétai-je alors qu'on atteignait la porte de l'infirmerie.

– Ingrid, attends, souffla Isaac. Tu ne peux pas raconter ce qui s'est passé.

– Non, bien sûr. Et j'ai l'intention de me jeter du haut d'un pont, aussi.

M. Moore, l'infirmier, un type cool avec son pantalon rouge et sa veste orange brûlé, jeta un coup d'œil à Isaac et le fit entrer.

– Toi aussi, tu as besoin de soins ? me demanda-t-il en m'observant.

– Non, moi ça va.

– Tu veux me raconter ce qui s'est passé ?

– Il s'est pris une porte dans la figure.

– Ah oui, bien sûr. (Il ne me crut pas, mais comprit sans doute qu'il ne tirerait rien de plus de moi.) Dans ce cas, va en cours.

Je fis un sourire d'encouragement à Isaac, puis je tournai les talons et partis très vite. Je me précipitai sur mon casier, je fourrai tout ce que je pus dans mon sac à dos, descendis le couloir, franchis les portes du collège, et je laissai l'air frais de novembre apaiser la douleur jusqu'à chez moi.

Il était hors de question que je passe une seconde de plus dans ce collège.

Je n'allais plus revoir Isaac pendant près de trois ans.

Quand j'annonçai à maman, en termes non négociables, que je ne remettrais plus jamais les pieds dans cet établissement, j'eus la chance qu'Andreas soit présent. Maman refusait que j'interrompe ma scolarité sans avoir de solution de rechange. Elle avait l'air bien décidée à m'y contraindre. Quant à moi, je campai sur mes positions, même si je n'avais aucune solution.

C'était plus fort que lui, Andreas passait son temps à résoudre des problèmes. Certes, il était coach, mais surtout, c'était dans sa nature. Du coup, il connaissait plein de gens. Dont le directeur d'une école, une école très spéciale. Maman accepta d'aller voir.

Godark Academy était installée dans une ancienne église qui avait un temps servi de théâtre, avant d'être transformée en école. Son architecture était gothique, il y avait plein de courants d'air et de bruits bizarres, avec un vieux chauffage qui ne connaissait que la position « bouillant » ou « froid ». L'école cultivait son charme fantomatique dans le West End.

C'était un établissement pilote avec peu d'élèves. On avait la chance d'être sélectionné par tirage au sort, puis sur entretien, mais Andreas espérait m'y faire admettre pour « raisons humanitaires ».

– Comme si j'étais une réfugiée ?

– Disons plutôt une personne qui compte beaucoup pour moi, répondit-il.

Ma gorge se serra de bonheur.

Dans le hall, je levai les yeux vers les vitraux surmontant les murs en vieille pierre grise, au niveau des chandeliers. Je sentis aussi l'odeur surannée des livres. Cet endroit était apaisant.

On aurait dit Poudlard en moins cossu.

Ou bien un vieil opéra.

Avec ses odeurs si familières.

Je restai immobile avec l'espoir que des racines surgissent de mes pieds et s'enfoncent dans la pierre afin que je sois sûre de rester dans cette école.

Je jetai un coup d'œil à maman en me demandant si elle aussi, ça lui rappelait le passé, et si c'était une bonne chose ou pas.

– En sortant d'ici, la plupart des élèves intègrent

des universités assez prestigieuses, murmura Andreas, qui avait déjà compris ce qui comptait avant tout pour maman.

Son amour des arts avait pris du plomb dans l'aile depuis notre arrivée au Canada. À chaque conversation sur mes études et ce que je deviendrais un jour, elle ne parlait que de stabilité. Je devais avoir d'excellentes notes pour ensuite décrocher un bon métier. Andreas avait saisi l'enjeu.

– Quatre-vingt-seize pour cent de nos élèves intègrent les meilleures universités, déclara une voix dans notre dos.

Je me retournai. Cette voix appartenait à une personne étrange aux cheveux blancs qui ressemblait un peu à un cygne. Andreas me présenta à Rhea. Une femme, donc.

– Rhea est la fondatrice de l'école. Et sa directrice.

J'observai maman quand Rhea et elle échangèrent une poignée de main, et je sentis que le courant passait aussitôt entre elles.

Elle nous fit visiter l'école, nous détailla sa pédagogie et son esprit. C'était inutile. Déjà, parce que j'aurais accepté d'aller dans n'importe quel établissement. Mais aussi parce que rien qu'avec la visite, je compris. Les élèves nous saluaient et nous souriaient. La diversité semblait être un critère : de couleur de peau, de style vestimentaire, de coiffure, tout. Personne ne se ressemblait.

J'intégrai l'école dans la semaine et, le premier jour, je me vis attribuer une « camarade ».

– Camarade, c'est ringard, mais c'est exprès, dit ma « camarade », une fille du nom de Juno avec des cheveux carotte et d'immenses yeux verts. Rhea m'a demandé de veiller sur toi. Et comme elle cerne très bien les caractères, il y a de grandes chances qu'on s'entende, toi et moi.

– Eh bien… d'accord, cool.

– Elle a un instinct incroyable. En matière d'amitié, on a l'impression qu'elle fait de la magie noire, mais dans le bon sens du terme.

– Génial.

Juno me plaisait déjà. Elle était intelligente, et son franc-parler me séduisait. Quant à moi, j'avais très envie de faire bonne impression.

– Je suis chargée de faciliter ton intégration. Je dois te présenter aux gens et m'assurer que personne ne t'embête.

Je dus avoir l'air paniquée, parce qu'elle secoua aussitôt la tête.

– Rien de bien méchant. Juste, par exemple, quelqu'un qui t'indique la mauvaise direction en se croyant drôle. Ne t'inquiète pas. Et aussi, tu n'es pas obligée de devenir mon amie si tu n'en as pas envie.

– Mais… j'en ai envie. Si toi, tu en as envie.

– Bien sûr. Mais ne te sens redevable de rien. Même si pour l'instant je t'apprécie, je n'en aurai pas le cœur brisé, puisqu'on se connaît à peine.

– Chaque nouvel élève a droit à ce genre de traitement, ou bien c'est réservé à ceux qui arrivent en cours d'année ?

Je savais qu'Andreas avait parlé à Rhea, mais

j'avais espéré qu'elle garderait tout ça pour elle, afin que je puisse prendre un nouveau départ.

– À chaque nouvel élève, surtout quand il arrive en cours d'année, me répondit Juno.

– Ah, d'accord. Merci.

– Et si on doit être amies, alors il faut que tu m'aides à résoudre mon problème avec un garçon.

– Un problème avec un garçon ? Genre, ton petit ami ?

– Non, juste un ami. Mon meilleur ami. Il est bizarre avec moi depuis l'année dernière. Un jour, il est normal, et le suivant, il m'ignore. Il fait mine d'être trop cool pour s'intéresser à moi. Ça me rend dingue, parce que je le connais depuis qu'on est petits. Alors je suis capable de sortir devant ses potes un truc du genre : « Toff, je t'ai déjà vu à poil plein de fois, et un jour, t'as même fait caca dans mon bain ! », ce qui serait la honte absolue. Si bien qu'après, il serait encore plus désagréable avec moi.

– Ouah ! m'exclamai-je, sans savoir si je devais rire. Et comment je peux t'aider ? En lui parlant le jour où il te parle, et en l'ignorant quand il t'ignore ?

– Ouais. Et aussi…

– Et aussi ?

– S'il te dit quelque chose sur moi…

– Je ne pense pas qu'il viendra me parler, mais si j'entends quelque chose, je te le dirai, bien sûr.

En espérant que ce soit la réponse qu'elle attendait.

Ça devait être le cas, parce qu'elle sourit, me tendit les bras et me serra contre elle. J'essayai de ne pas pleurer de soulagement.

13. ENFUMÉE

(Peak Wilderness, jours 3 à 6)

Chère maman,

J'ai eu beau massacrer un nombre incalculable de moustiques, j'ai tellement de piqûres que je doute que ma peau reprenne un jour son apparence normale.

Tu es sans doute très impatiente de savoir où j'en suis avec mes vêtements. Surtout ma culotte et mon soutien-gorge. Est-ce qu'ils ont fini par sécher, est-ce que j'ai pu les détacher du bâton sans me donner en spectacle, sont-ils propres, ai-je pu les remettre ? Admets-le, ces questions t'obsèdent.

Avant qu'on aille se coucher, Pat m'a prêté un petit morceau de toile et, ensemble, on l'a déployé entre des branches basses dans un endroit abrité du vent. Puis j'ai étendu mes bâtons à linge dessous pour que tout puisse sécher pendant la nuit (sauf mon sac de couchage, dont j'avais besoin) sans craindre la pluie.

Mais cette nuit, il a fait froid, et ce matin, tout est encore humide. (Je ne te parle même pas de dormir dans un sac de couchage mouillé.)

Laisse-moi plutôt te raconter à quoi ressemble un feu de camp, parce que je doute que tu en aies déjà vu un de près.

Certes, un feu, ça réchauffe, et ça permet aussi de sécher.

Mais tu sais ce que ça fait, surtout ?

De la fumée.

Hier soir, pendant le dîner et le tour de table, je n'ai pas senti la fumée, car je baignais dedans.

Mais ce matin, mon odorat a retrouvé toutes ses capacités.

En considérant que je m'étais efforcée de laver toutes mes affaires avec mon savon biodégradable ; en considérant que les chaussettes et les sous-vêtements avec lesquels j'avais marché puis dormi étaient depuis deux jours aspergés de produit antimoustiques ; en considérant que mes affaires de rechange avaient mariné dans mon sac sous le soleil toute la journée de la veille…

Tu peux imaginer l'odeur au petit matin.

Eh bien, imagine enfiler ces vêtements. Imagine la puanteur qui se dégage alors de toi. C'est indescriptible. C'est comme si tu portais l'enfer sur toi.

Et imagine comment cette odeur se développera dans la journée, quand tes pieds se mettront à transpirer.

Bonnie, qui a été prise de haut-le-cœur en s'approchant de moi, m'a suggéré de ne pas mettre de sous-vêtements et, à la place, de les suspendre à mon sac à dos pour les aérer pendant la journée.

Alors, j'ai tout accroché sur un bâton comme un drapeau qui dépasse de mon sac à dos.

Juste au cas où quelqu'un n'ait pas eu l'occasion de bien les admirer la veille.

Baisers enfumés,

Ingrid

Le troisième jour, au réveil, je suis au plus mal. Je n'ai presque pas dormi. Je suis épuisée, terrifiée, perdue, au bord de la panique. Celle-ci me guette depuis le début, et j'essaie de la combattre. Mais là, tandis que chaque muscle de mon corps me fait mal, que mes affaires sont toutes puantes et humides, ainsi que moi, chacun de mes gestes scrutés par Bonnie et Pat dans l'espoir de décrypter mon état émotionnel, par Jin ou Tavik dans l'espoir de rire un bon coup, par Paix/Bob dans l'espoir de me terroriser, je suis en train de perdre pied. Et je suis trop fatiguée pour me ressaisir.

Je n'ai aucune issue. On est au milieu de nulle part, à des jours de marche de toute civilisation, alors, même si je voulais dénoncer mon accord avec ma mère, c'est impossible. Je n'ai aucune solution.

Après être allée faire pipi dans les bois et m'être habillée, je m'installe pour écrire l'histoire de mes sous-vêtements enfumés. Le cynisme de ces lettres que je n'enverrai jamais me fait du bien. (Peut-être que j'écris avec ma véritable voix, auquel cas mon véritable moi est une fille pleine de sarcasmes.) Puis, comme je referme mon journal, serre la lanière en cuir et lève les yeux vers le ciel, je me sens de nouveau oppressée. Mon cœur bat la chamade. Je tremble, mais je me dis que je n'ai pas le choix, que je ne peux pas m'écrouler là, avec ces inconnus qui n'en ont rien à foutre de moi, sinon je vais mourir.

Je dois survivre pendant encore… dix-huit jours. Une bagatelle.

Le petit déjeuner est prêt. Je suis incapable de manger, mais je ne peux marcher toute la journée sans rien dans le ventre.

Je dois survivre. Ça, je sais faire, non ?

Bonnie vient s'asseoir près moi alors que j'avale péniblement une cuiller de céréales.

– Ingrid ? Comment ça va, aujourd'hui ?

– Super mal. Et toi ?

– Je suis désolée d'entendre ça. Tu veux qu'on en parle ?

– Non.

– Tu es énervée parce que Paix est entré dans la tente au moment où tu te changeais hier soir ? me demande Pat sans prendre de gants.

Harvey et Henry lèvent la tête. En fait, tout le monde écoute, sauf Paix.

– Si c'était le cas, tu as vraiment envie de me faire revivre ça au petit déjeuner, et devant tout le monde en plus ? je lui rétorque en me retenant de lui envoyer mon bol à la figure.

– Désolé, dit Pat.

– Pas grave. Oublie.

– Alors, qu'est-ce qui ne va pas ? me demande Bonnie en tendant la main pour me frotter le dos.

– Rien ! je crie en m'écartant d'elle. C'est rien, je me suis juste levée du mauvais pied.

– Pourquoi ?

– Et pourquoi il faut qu'on parle de tout ça ? dis-je en allant m'asseoir plus loin.

– Parce qu'on est tous ensemble. Et que l'humeur de chacun affecte tout le groupe.

– Et aussi, ajoute Jin, parce que quand on te demande comment tu vas et que tu réponds « super mal », tu peux t'attendre à ce que les gens te demandent pourquoi. Alors, c'est quoi ton problème ?

– J'ai pas envie d'être ici, c'est tout.

– Tu as changé d'avis ? me demande Bonnie.

– J'ai jamais eu envie d'être ici.

– Tu t'attendais à un camp avec des cabanes en rondins…, déclare Bonnie de sa voix professionnelle, genre « je reste calme, même si je parle à une cinglée ».

– Je n'en avais pas envie non plus. Même quand je croyais que ça serait dans des cabanes. J'ai accepté, mais je n'en ai jamais eu envie.

– Dans ce cas, pourquoi tu as accepté ? demande Jin.

– Parce que ma mère le voulait.

– Sérieux ? ricane Jin. Et tu fais tout ce qu'elle te dit ?

– Non, je réponds avec un regard noir.

Je n'ai pas envie qu'elle se mêle de ça.

– Elle essaie de te contrôler ? demande doucement Melissa. Parce que ça fait vraiment penser à ça.

– Non ! Personne ne me contrôle, ni n'essaie de me contrôler !

– Mais de toute évidence, cela te met très en colère, fait remarquer Bonnie.

– Écoutez-moi bien tous, dis-je en m'éloignant encore plus. Je veux bien marcher, cuisiner, faire la vaisselle à tour de rôle, mais le reste, parler, les questions… C'est pas pour moi. Je refuse de coopérer. Alors, arrêtez de m'en poser.

Chère maman,

Je n'ai rien dit sur Ayerton, ni sur le soir du bal de printemps. La hache, le garage. Ce n'est pas pour ces raisons que tu m'as envoyée ici. Ça ne les regarde pas. À quoi bon leur raconter que j'ai été assez stupide pour m'entailler la jambe avec une hache alors que je donnais des coups, volontaires ceux-là, dans le toit du garage ? Comment expliquer mon acte ? Même s'il faisait sens pour moi à l'époque, ce qui est encore le cas.

J'essaie de mettre en pratique tout ce que tu m'as appris. Laisser le passé derrière moi. Aller de l'avant. Menton levé, tête haute. C'est ce que tu as longtemps fait. Tu as travaillé d'arrache-pied pour parvenir à tes fins. Mais avec ce séjour, tu me prives de tous mes recours, de tous les mécanismes qui me permettent de survivre. Alors, à quoi bon ? Quel que soit ton degré de trahison, en m'envoyant ici, tu savais que ça serait rude. Même si ça avait été un vrai camp avec des cabanes et un semblant de civilisation. Melissa aurait-elle raison ? Essaies-tu de me contrôler ? Sans doute, mais pas seulement.

Essaies-tu de me briser ? Je te promets que je n'en ai pas besoin. Si tu as le culot de prétendre savoir ce dont j'ai besoin maintenant…

Love (*qui craint souvent*)

Ingrid

Je marche au milieu du groupe en me disant à chaque pas qu'il me rapproche de la fin de la journée. Devant moi, Ally fond en larmes car les compresses sur ses pieds se sont coincées au bout de ses chaussures.

Bientôt, il n'y a plus que le bruit de sa respiration et de ses pleurs. Quand je lui demande si elle va bien, elle se contente de hocher la tête sans cesser de marcher. Mais elle boite, elle ralentit, et je vois ses épaules trembler.

– Ally ? Tu veux faire une pause ?

Elle se retourne vers moi, et je m'arrête. Derrière, Jin s'arrête.

– J'ai… besoin de faire une pause toutes les deux minutes, dit-elle tandis que les larmes ruissellent sur ses joues.

Je me rends compte qu'elle a malgré tout réussi à se maquiller. J'admire sa détermination.

– On peut pas s'arrêter toutes les deux minutes, lâche Jin par-dessus mon épaule.

– Je sais, renifle Ally.

Je lance un regard furieux à Jin, puis je dis à Ally :

– Et si tu buvais un peu d'eau ?

Elle acquiesce, sort sa gourde, et prend une gorgée.

– J'y arriverai jamais, dit-elle avec un regard de chien battu. J'ai mal partout.

Seth, qui marchait devant elle, est revenu sur ses pas. Je vois que tout le groupe est à l'arrêt.

– Ally ? fait Seth. Comment elle s'appelle, ta fille, déjà ? Angel, c'est ça ?

Ally hoche la tête en reniflant.

– Viens, dit-il en la prenant par la main. Un pas après l'autre. Comme on te l'a proposé hier soir. Pense à Angel. Chaque pas te rapproche d'elle.

Je hoche la tête en même temps qu'Ally qui murmure « Angel », et se remet en route.

– Tu peux y arriver, je lui assure, même si je n'en suis pas certaine.

Je ne suis même pas certaine d'y arriver moi-même.

– Allez, fait Seth, on repart.

Il ne lui lâche pas la main, même si on avance en file indienne, ce qui fait bizarre. Le groupe se remet en route.

– Pas trop tôt, grogne Jin derrière moi.

– Toi, tu débordes vraiment de compassion, hein ? je lui jette en secouant la tête.

– J'en ai à revendre, dit-elle, super sérieuse.

Je manque d'éclater de rire.

Pendant les deux heures qui suivent, je me surprends à penser « Angel » à chaque pas, presque comme un mantra. À certains moments, ça m'aide, moi aussi.

Au bout de cinq jours, Ally a cessé de pleurnicher, de boiter et de faire sans cesse des pauses.

Quoique sans entrain, elle avance d'un pas régulier. Elle s'est mise à faire des étirements et des abdominaux avec Seth avant le dîner. J'ai peur qu'elle s'entiche de lui, car ça ne peut pas bien finir, mais elle a l'air mieux, et se porte même volontaire pour être leader.

Ce soir-là, je suis de corvée de feu. En arrivant les bras chargés de bois, je surprends une dispute entre Melissa et Paix, chargés du dîner.

– C'est quoi, ton problème ? lâche Paix. J'ai pas le droit de donner mon avis ?

Le visage fermé, Melissa se tait.

– Je voulais être gentil, c'est tout, reprend-il alors qu'elle rassemble les ingrédients sur un rocher plat. Je voulais juste aider. Très bien. Prépare le dîner toute seule. Salut.

Il s'éloigne dans les bois. Melissa a l'air sur le point de défaillir, sans que je comprenne pourquoi.

– Ça va ? je lui demande.

Elle ne me répond pas. Elle prépare le dîner comme un automate. Paix ayant disparu, je lui donne un coup de main et j'essaie d'engager la conversation, mais elle est totalement fermée. Elle passe toute la soirée, y compris le tour de table, sans dire un mot.

Le sixième jour, Ally s'en sort bien comme leader, mais on met encore beaucoup plus de temps à rejoindre le camp que ne le prévoit l'itinéraire.

Les choses s'arrangent pour elle. Contrairement à Melissa.

Une bagarre éclate entre Harvey et Henry. Pour eux non plus, la situation n'est pas terrible.

Pour moi non plus.

Je rêve d'une douche chaude.

La nuit, je fais des cauchemars et je me réveille en sueur.

De jour comme de nuit, j'ai l'impression d'être prisonnière. La panique afflue et reflue en moi, tout comme la fureur. J'essaie de chasser mes problèmes en pensant à ceux des autres. Et visiblement, il y a fort à faire. Mais de plus en plus souvent, ma fureur ne débouche que sur le vide, le découragement et un sentiment de trahison.

14. MEMBRE FANTÔME

(Entre treize et quatorze ans)

– Ça, ça et ça…, disait maman en jetant des objets sur une pile de plus en plus grosse. À la poubelle.

Cela faisait un an que je fréquentais Godark, et au bout de maintes discussions, Andreas avait accepté de vendre son appartement avec vue sur le lac pour venir vivre avec nous. Nous avions visité quelques maisons, mais nous nous étions rendu compte que le relais de poste était vraiment unique et, d'un commun accord, avions décidé qu'il était assez grand pour trois. En revanche, Andreas allait avoir besoin de place dans les placards, ce qui motivait la frénésie de tri de maman.

– Maman, tu ne peux pas… *Atchoum!*

J'éternuai à cause de la poussière qu'elle soulevait en sortant son attirail d'opéra du placard. Il y avait là des programmes, des affiches, des photos, des articles de journaux, des partitions, une petite salle d'opéra en chocolat…

– Tu ne peux pas jeter tout ça ! Non, pas le programme de *Carmen* ! Je veux garder un souvenir de ce spectacle ! Une seconde !

Maman ouvrit une partition, laissa son doigt glisser sur la portée, puis jura dans une langue que je ne comprenais pas, et la jeta sur la pile.

– Quand on t'ampute d'une jambe, tu la gardes en souvenir ? me défia-t-elle.

– Hein ?

– Je t'ai posé une question.

– Une jambe, ça sentirait mauvais, maman.

– Eh bien, ça aussi. Or, je n'ai pas envie qu'Andreas emménage dans une maison qui sent mauvais. Alors, on jette.

– Ce n'est pas une jambe, maman. C'est ta vie. Notre vie. Ton passé. C'est important.

Et là, elle leva les yeux au plafond en grognant.

– Jamais il ne doit savoir, cracha-t-elle.

Nous avions déjà eu cette discussion sans tomber d'accord, ce qui était le cas quatre-vingt-dix pour cent du temps. Et dans ce cas, c'était toujours moi qui perdais. Le fait que j'aie maintenant treize ans ne changeait rien à l'affaire.

Au bout de deux ans, maman n'avait toujours pas dit à Andreas qu'elle avait été cantatrice. Il savait qu'elle avait été chanteuse, mais « qu'elle avait fini par se lasser ». Elle lui avait donné quelques détails : elle avait parcouru toute l'Europe dans l'espoir de faire carrière, exercé de petits boulots un peu partout, chanté où elle pouvait. Mais elle donnait l'impression, en disant ça, qu'elle se produisait dans des bars, voire dans la rue. Qu'elle n'avait pas beaucoup de talent.

– J'ai toujours cru que tu attendais juste le bon moment pour le lui dire.

– Il n'y a rien à dire. Cette personne, dit-elle en désignant une magnifique photo d'elle, ce n'est pas moi. Ce n'est plus moi. Et maintenant, c'est avec moi qu'il vit. Ce que je suis aujourd'hui. Je n'ai pas envie de parler de ça, je n'ai pas envie de revivre ça, je ne veux pas qu'il se sente triste pour moi, et je ne veux pas qu'il regrette que je ne sois plus cette femme-là. Il aime ce que je suis aujourd'hui. Point final.

– Donc tu ne le lui diras jamais.

– Non. Et toi non plus.

– Mais…

– Non ! rugit-elle. Non, non, non ! Je préférerais le quitter. C'est ce que tu veux ?

– Très bien, soupirai-je en reprenant la tâche déprimante qu'elle m'avait assignée.

Margot-Sophia n'était pas à prendre avec des pincettes, ce jour-là. Même des exemplaires uniques de vieilles photographies allèrent rejoindre la pile de déchets. En aucun cas je n'arriverais à la dissuader. Alors je choisis de l'aider : je tins le sac ouvert, et fis des allers et retours à la poubelle.

Je souffrais chaque fois qu'elle jetait quelque chose. C'était ma vie à moi aussi qu'elle faisait disparaître. Et sa meilleure part. Même ce qui s'était passé avant ma naissance faisait partie de moi, avec ou sans membre fantôme métaphorique.

Cependant, tout ne disparut pas dans la poubelle. J'en récupérai le maximum pour le cacher au fond de mon placard, d'où je pourrais toujours ressortir ces souvenirs si, un jour, elle finissait par regretter son geste.

15. LEADER QUI PLEURE
(Peak Wilderness, jours 7 à 10)

Le septième jour, après une nouvelle nuit peu reposante à cause des ronflements de Paix et de mon esprit trop en éveil, je perds pied.

Mes larmes coulent avant même que je quitte mon sac de couchage, puis je pleure trop pour parler au petit déjeuner, et pourtant, Bonnie et Pat n'ont pas cessé de me demander ce qui se passe. Je pleure en marchant, à chaque halte, au déjeuner, jusqu'au camp du soir.

C'est atrocement gênant. Ally, Seth et Melissa veulent m'aider, mais je les envoie balader, car je suis incapable de leur parler. Je m'en veux de perdre ainsi le contrôle de moi-même et de craquer.

– Ingrid, il faut que tu nous dises ce qui ne va pas, déclare Bonnie le soir au tour de table.

J'ai tenté de me faire excuser et d'aller me coucher mais, évidemment, Pat et Bonnie ont refusé.

– Je vous ai déjà tout dit. Je ne veux pas être ici, je finis par lâcher. C'est pas juste.

– Et pourquoi ? insiste Bonnie.

– Pat et toi n'arrêtez pas d'utiliser l'expression « à risque », je dis en chevrotant. C'est pas juste que je sois dans une sorte de… de camp d'entraînement militaire pour jeunes « à risque ». D'accord, je ne suis pas l'incarnation de la stabilité en ce moment, mais en général, le seul risque que je représente, c'est celui de devenir autre chose que ce que ma mère veut.

– Comme quoi ? lance Tavik.

Mon regard larmoyant dérive vers lui.

– C'est pas tes affaires !

– Et c'est quoi, l'enjeu ?

– Il n'y a pas d'enjeu, je réponds. Sauf pour moi. Je veux devenir artiste. Plus précisément chanteuse lyrique. Et ma mère ne veut pas.

Tavik ricane. Les autres n'ont pas l'air de comprendre.

– Et c'est ça qui te met dans un état pareil ? demande Jin, incrédule.

– Il y a quelques mois, j'ai passé une audition pour une école qui s'appelle Ayerton. Une fantastique école de musique. Je ne pensais pas avoir mes chances. Non seulement il faut avoir un excellent dossier scolaire, mais aussi un talent immense. Ils prennent trois élèves en provenance d'Amérique du Nord par an sur des milliers de candidatures. Alors, ça a été le choc de ma vie quand j'ai été retenue. Je suis supposée faire ma terminale là-bas puis, si je suis assez bonne, intégrer leur conservatoire. Mais pour ça, j'ai besoin de la permission de ma mère, déjà parce que je suis mineure, et aussi parce que je ne peux pas payer les frais de scolarité avec mon seul argent de poche. Mais ce n'est même pas un problème d'argent. Ma mère ne veut pas que je fasse carrière dans la musique. Elle veut que j'aie un métier stable et raisonnable.

– Et pourquoi ? demande Bonnie.

De toute évidence, c'est sa question préférée.

– Elle trouve que les métiers artistiques sont trop aléatoires. En plus, l'école se trouve en Angleterre. (Je déglutis.) Peut-être qu'avec ce camp, elle veut que je lui prouve ma détermination, je ne sais pas. En tout cas, ce sont les conditions qu'elle a posées. Je tiens le coup pendant ce séjour, elle m'autorise à partir à Londres, et elle me finance l'école.

– Donc, tu es une fille hyperdouée, conclut Ally. Alors que nous autres, on est juste des…

– … ratés et des criminels, termine Tavik avec un sourire malicieux.

– Moi aussi, j'ai mes problèmes. Malgré tout… c'est pas juste.

– T'avoir envoyée ici sans te donner tous les détails, dit Harvey. Putain, tu dois avoir les boules !

– Moi, je trouve ça bien, dit Paix de l'autre bout, d'où il observe tout le monde avec son sourire insupportable. Apparemment, tu ne supportes que les hôtels cinq étoiles.

– C'est pas vrai !

– Ensuite, tu iras dans une école cinq étoiles, avec plein de gens cinq étoilement doués.

– Paix, Paix…, le coupe Bonnie. Nous avons là une conversation positive et constructive…

Paix fait mine de ne pas entendre. Il se lève et s'approche de moi.

– En fait, t'es juste une putain de capitaliste pourrie gâtée d'élitiste…

Je me lève à mon tour et le défie du regard.

– Si c'est élitiste de ne pas vouloir ton cul poilu dans ma gueule, puis de passer la nuit par terre à t'entendre ronfler, alors oui, je suis élitiste !

– J'ai des problèmes de cloison nasale ! Et j'en ai ma claque d'être discriminé par des gens comme toi !

– Je ne parle pas de ta cloison nasale, Bob, ou peu importe comment tu veux te faire appeler. Tu ne participais pas au débat jusque-là, mais puisqu'on y est, moi j'en ai ras le bol de tes conneries bio/écolo !

Paix pousse un grognement.

Bonnie et Pat sont debout, prêts à intervenir si nécessaire.

– C'est bon, je dis en leur faisant signe de se rasseoir. Et si on décidait juste de se tenir à l'écart l'un de l'autre ?

– Ça me va, il lâche.

La bonne nouvelle, c'est que la dispute a temporairement mis fin à mes pleurs.

Mais je dois à présent aller me coucher dans la même tente que lui. J'arrête Tavik en lui frôlant le bras.

– J'ai besoin de ton aide, dis-je.

– Ah ouais ?

– Pourrais-tu… ? Je sais que c'est la mauvaise

place, mais pourrais-tu… dormir au milieu ? Juste cette nuit ? Je suis…

– T'as besoin d'un rempart ?

– Cinquante centimètres, ça changerait beaucoup de choses pour moi.

– OK. Je serai ton chevalier dans son armure luisante.

– Merci, dis-je avec un soupir de soulagement.

– Et s'il essaie de me baiser ? Eh bien, il va voir ! conclut Tavik.

Pendant les deux jours qui suivent, je pleure presque chaque fois qu'on s'arrête. Je pleure et je m'en veux de pleurer ; j'essaie de trouver un moyen de rebâtir les murs et les ponts que j'ai édifiés ces derniers mois, mais ils s'écroulent à chaque halte.

Tous les soirs sans exception, on arrive tard et, du coup, on mange des insectes. Mes vêtements et mon sac de couchage, toutes mes affaires, sont humides et collants.

Je pleure encore le matin du dixième jour quand Pat me prend à part, me tend la carte, et me dit que je serai leader ce jour-là.

– Tu déconnes ? dis-je en m'essuyant la figure du revers de la main. Je suis un cas désespéré.

– Je suis sûr que tu seras géniale, m'assure-t-il.

– Ah ah.

C'est la première fois qu'il désigne un leader au lieu de choisir parmi les volontaires. Il n'y a pas besoin d'être grand clerc pour en comprendre la raison : il veut mettre une personne qui se sent impuissante en position de puissance.

– Ça va être une loooooongue journée, commente Paix. N'oublie pas qu'on n'a pas le temps de passer déjeuner au Ritz. Ni d'aller chez le psy.

– Tu veux que je m'occupe de lui ? me propose Tavik en surgissant tout près.

– Merci, mais je doute que les contrôleurs judiciaires aient l'esprit très ouvert en ce qui concerne les meurtres.

– T'as besoin d'un coup de main pour la carte ?

Je montre le chemin que j'ai repéré.

– Merci, je crois que c'est bon.

Je suis peut-être en vrac, mais si je dois mener, alors je vais m'arranger pour qu'on arrive au prochain camp avant la nuit. Cette fois.

– OK, tout le monde ! je crie au groupe en essuyant mes larmes et en tapotant ma montre. Tout doit être prêt dans dix minutes !

Tavik glousse. Paix bougonne, les filles font la tête, et Bonnie me regarde d'un air amusé.

– Et vous savez ce qu'on ne mangera pas ce soir ? je lance.

– Quoi ? demande Jin.

– Des moustiques !

Personne ne pensait que je pouvais être leader. Surtout pas moi. Je ne voulais pas de ce job. Mais puisqu'on me l'a donné... Eh bien, j'assume.

La carte est échelonnée en miles et en kilomètres, et elle indique le temps de marche estimé chaque jour. Pour l'instant, on n'a jamais approché l'horaire prévu. Cela a deux conséquences majeures : 1) je dois manger des insectes 2) je ne peux ni me laver ni faire sécher mes vêtements, j'ai donc l'impression d'être une fosse d'aisances sur pattes.

Alors que là, même en luttant contre les larmes, j'ai un but.

On part à l'heure. Je n'ai aucun souci pour trouver le sentier ni pour repérer les cairns, et j'imprime un bon rythme. Quand quelqu'un doit s'arrêter, j'accorde cinq minutes au groupe et on repart. On prend vingt-neuf minutes pour déjeuner et, à la trentième, on est en route.

En d'autres termes, je m'en sors bien. On marche d'un bon pas, et je vais nous mener au camp à l'heure. Là-bas, je laverai mes vêtements, je les étendrai, et j'aurai un peu de temps pour moi afin de me ressaisir et j'en aurai fini avec cette stupide déprime.

On arrive de bonne heure au camp, une splendide plage de sable blanc. Il est deux heures de l'après-midi, on a une heure et demie d'avance sur l'horaire.

Dans mon dos, le groupe pousse un hourra et, en contemplant ce paysage de carte postale, je me sens presque comme une rock star.

– C'est toi qui disais que tu n'avais aucune aptitude au leadership ? me demande Bonnie avec un sourire. Bravo !

– Merci.

Malheureusement, je ne suis leader que pour la marche. On a à peine posé nos sacs que Pat nous appelle :

– Ne vous occupez pas des tentes pour l'instant. Rejoignez-moi au bord de l'eau. On a quelque chose à faire avant.

– C'est quoi ? je demande à Bonnie.

– Tu vas voir, me dit-elle avec un clin d'œil.

Ce qui me laisse penser que c'est une surprise agréable. Comme dans les *reality shows* où d'un coup, ils vont tous dîner à Hawaï. Peut-être qu'il y a une source d'eau chaude, des douches et un lavoir. Avec des elfes pour frotter notre linge.

Encore toute fière de moi, je saute sur pied, pour une fois prête à accepter tout ce que Pat nous proposera. Un tour de table sur le sable, peut-être. Très bien.

Lorsqu'on est tous réunis, Pat tape dans ses mains d'un air enthousiaste et annonce :

– Je veux que vous formiez une sorte de ronde.

On s'exécute, puis Bonnie nous donne des bandeaux de tissu noir et nous ordonne de nous couvrir les yeux avec. Ensuite, on nous demande d'attraper une corde d'une main, et l'autre bout dans l'autre main.

– Écoutez-moi bien ! lance Pat. J'ai enroulé la même corde deux fois autour de vous. Votre mission, c'est de défaire la boucle pour vous retrouver avec une corde tendue, toute droite. Vous n'avez pas le droit de la lâcher ni de retirer votre bandeau. C'est parti !

Une surprise agréable. Bien sûr.

Mon cerveau souffre en cherchant en vain une solution à cette énigme.

Les autres n'ont pas d'idée non plus, ce qui ne les empêche pas d'essayer.

– Faites ce que je dis ! s'écrie Paix. Abaissez votre main droite, celle qui tient la corde derrière vous, et reculez d'un pas !

– Mais non, mec, il faut échanger sa place avec la personne à notre gauche, fait Harvey. (Ou Henry ?)

– Non, mon truc marche, je suis déjà à moitié libéré ! insiste Paix.

– Tu ne peux pas commencer avant qu'on soit tous d'accord, proteste Tavik sur ma gauche.

– Je vous entends pas proposer d'autres solutions ! rétorque Paix.

– Hé, mec, arrête de tirer ! râle Henry (ou Harvey).

Et là, ça dégénère. Le sable vole, tout le monde crie et s'énerve parce que chacun veut imposer sa solution. En peu de temps, on est encore plus prisonniers de la corde.

Le soleil cogne, la sueur dégouline sur mon front et mon dos, même mes yeux transpirent, et tout ça imbibe mes chaussures, ma chemise, mon pantalon.

J'accepte de bouger quand on me le demande, mais je ne participe pas.

Je regrette mon bref moment de bonheur et de sentiment de puissance. Je prends conscience que ce n'était qu'une illusion. Je sais que je suis piégée, ici et dans la vie. Je suis ligotée sous un soleil assassin, dépendante de ces gens en dépit de ma volonté. Prisonnière d'une énigme sans solution. De la nature sauvage et de mon corps qui pue, alors que je suis au bord d'un lac étincelant. Amputée de toute joie, poursuivie par le chagrin, coincée sous ce ciel, dans cette vie, dans ma tête et mon cœur, où tout est un enfer.

Sous ce soleil éblouissant mais dans l'obscurité, je rêve de donner des coups de hache à moi-même ou au monde.

Je suis totalement coincée.

Je vais vraiment perdre la tête pour de bon.

Et là…

Je me rends compte que le piège, c'est ça : c'est quand on se sent coincé.

Comme d'habitude, Bonnie et Pat nous observent sans intervenir.

– Je connais la réponse, je déclare d'une voix assez forte pour dominer le chaos.

– Ah bon ? fait Bonnie.

– Oui.

Et là, je retire mon bandeau. Il est imbibé de sueur et de larmes, car mes yeux ont recommencé à fuir, mais je m'en moque.

– La solution, c'est qu'il n'y a pas de solution. C'est juste un piège, votre truc. À moins que vous deux préfériez le mot « épreuve ». Comme la tente. Ou le sentier le premier jour. Tout ce séjour, en ce qui me concerne. Il n'y a jamais de solution. Le but, c'est juste de voir comment on va réagir. De voir qui est assez bête ou assez moutonnier pour rester sous le soleil au risque d'attraper un mélanome tout en se faisant dévorer par les mouches. Alors, qui est assez bête pour rester prisonnier dans ce piège stupide, juste parce que vous – et là, je tends un doigt accusateur vers Bonnie et Pat – nous le demandez ? Et quelle est la triste réponse ? Tout le monde, j'imagine. Sauf moi. En tout cas, plus maintenant.

Pendant que je parlais, tout le monde a retiré son bandeau, et la corde gît par terre.

Pat sourit comme s'il s'imaginait être le Dalaï-lama.

Je lui crache :

– T'es vraiment un enfoiré. Tu trouves ça divertissant ? Jouer à chat, c'est divertissant. Le volley-ball, c'est divertissant. Ça, c'est juste un enfer. Vous nous manipulez jour après jour. Ça devient *Sa Majesté des Mouches*, votre truc. Tu as réussi à gâcher mon après-midi avec tes conneries, alors que tout ce que je demandais, c'était pouvoir dormir dans un sac de couchage sec et porter des sous-vêtements qui ne sentent pas la fumée. Un moment à moi sans craindre de déplaire à quelqu'un, un moment sans que j'aie envie de commettre un meurtre.

Là, je jette la corde et le bandeau et je me dirige vers l'eau en faisant voler le sable sous mes pieds.

16. SILENCE
(Quatorze ans)

C'était une excellente nouvelle qu'Andreas soit venu habiter avec nous, j'étais sincèrement ravie, et pourtant, ce n'était pas toujours facile. Il ne pouvait s'empêcher de donner des conseils, alors que maman et moi, on avait juste envie de n'en faire qu'à notre tête. Moi, j'essayais de jouer le jeu, mais maman en était incapable. Elle n'était pas habituée à ce qu'on lui dicte sa conduite, et ça la rendait folle. Et puis, je regrettais qu'elle continue à dissimuler son passé à Andreas, car certes, c'était son passé, mais c'était aussi le mien. Depuis le début, j'avais l'impression qu'on avançait en terrain miné, et non sur des bases saines.

De plus, maman et moi avions toujours vécu rien que toutes les deux, et je n'avais pas conscience de nos excentricités jusqu'à ce que quelqu'un partage notre vie.

Quelqu'un qui était toujours en forme, joyeux et bruyant au réveil.

Quelqu'un à qui il arrivait de laisser une assiette sale dans l'évier, ou de terminer le dernier pot de glace du congélateur.

Quelqu'un qui aimait aider les gens, parfois même avant qu'ils aient bu leur café.

Quelqu'un qui, tout simplement, prenait une place que je n'avais jamais donnée à personne.

Sans mentionner le fait que j'ignorais tout du passé d'Andreas, à part ses affaires. Il adorait raconter comment, de salarié malheureux, il était devenu coach pour des salariés qu'il aidait à s'épanouir. Il adorait son boulot.

Et il adorait ma mère.

Je crois que moi aussi, il m'adorait.

J'appréciais qu'il ait les deux pieds sur terre, qu'il soit gentil avec maman, et qu'il n'essaie pas de se prendre pour mon père (si on excepte les conseils sur la meilleure manière de faire mon sac de cours, de m'habiller ou de manger de façon éthique). Mais je craignais qu'on soit tous en train de jouer un rôle, et qu'à chaque minute, l'un de nous se trahisse.

Un samedi, un an après l'emménagement d'Andreas au relais de poste, maman faisait sa grasse matinée habituelle du week-end. Lui et moi étions déjà debout.

– Ingrid, tu m'accompagnes en mission secrète ? me demanda-t-il.

On prit le métro jusqu'à Yorkville, où il m'offrit un petit déjeuner.

Je dégustai une gaufre avec de la glace en le regardant parler de tout et de rien. Mais il était bizarre. Pour finir, il joignit ses mains sous son menton et me demanda :

– Ingrid, tu crois que ta mère accepterait de

m'épouser ? (Ma mâchoire se décrocha.) Tu as l'air étonnée.

– C'est juste... Ce n'est pas ce à quoi je m'attendais !

Sans doute par habitude, pour moi, les nouvelles étaient toujours mauvaises.

– Mais peut-être que je dois d'abord te demander si toi, ça te ferait plaisir ?

– Je... oui. Bien sûr, mais c'est à elle qu'il faut demander et... elle acceptera sans doute. Après tout, on vit déjà ensemble, et elle a l'air heureuse.

– Mais...

– Mais rien. Sauf que... (Je haussai les épaules, détournai le regard, puis le regardai franchement.) Tu as déjà été marié, toi ? Cela me fait drôle de ne rien savoir sur toi.

– Tu ne m'as jamais posé de questions.

– C'est vrai, répondis-je en ravalant ma culpabilité au sujet du secret de maman. Sans doute que je n'avais pas envie de paraître trop curieuse...

– J'ai été marié une fois. Quand j'avais une vingtaine d'années. Et ça n'a pas marché.

– Et pourquoi ?

– C'est vraiment une conversation d'adultes que nous avons là.

– Je suis une ado très mature.

– D'accord. Ma femme est tombée enceinte. J'en étais très heureux, pas elle. Puis elle a fait une fausse couche...

– Oh, je suis désolée.

– Merci. Et là, elle m'a dit que cette mauvaise expérience lui avait prouvé qu'elle ne voulait pas avoir d'enfants, qu'elle ne voulait d'ailleurs pas vivre avec moi, et que tout était fini entre nous. J'ai compris qu'elle n'avait tout simplement pas besoin de moi. Qu'elle n'avait jamais eu besoin de moi. Peut-être m'avait-elle aimé, mais... elle n'avait pas envie de mes projets pour nous : une maison, des enfants, vieillir ensemble. Elle ne voulait pas que j'essaie d'arranger les choses entre nous. J'en ai eu le cœur brisé. Alors, je me suis mis à beaucoup travailler, j'ai voyagé, puis je suis venu vivre au Canada, et j'ai fini par m'en remettre.

– Et tu as eu des petites amies ?

Il rit.

– Bien sûr ! Je ne suis pas un moine. Mais jusqu'à ta mère, je n'avais jamais rencontré une autre femme avec qui j'aie envie de vivre. Cela fait maintenant plusieurs années que je la connais, et j'ai toujours l'impression de ne pas tout savoir d'elle. Elle est fascinante. Et tu... Peut-être que je devrais d'abord lui en parler, mais aussi...

– Mais aussi quoi ?

– Si je la demande en mariage, et qu'elle accepte, reprit-il, tout à coup l'air nerveux, et si l'idée te plaît...

– Laquelle ?

– Je sais que tu ne connais pas ton père. Ta mère m'a raconté votre histoire...

J'acquiesçai. Il reprit :

– Je n'ai jamais eu d'enfant alors que j'en voulais, toi, tu n'as jamais eu de père...

– Et ?

– Je souhaiterais t'adopter de façon officielle et devenir… non pas simplement ton beau-père, mais ton père. Bien entendu, uniquement si ta mère et toi êtes d'accord. Évidemment, tu vas avoir besoin de temps pour y réfléchir mais… tu as toujours vécu sans père, alors c'est peut-être trop pour toi ?

– Non, non, pas du tout. (Je pouvais à peine parler, je me mordais les lèvres pour ne pas fondre en larmes.) Personne n'a jamais… J'aimerais tant…

Il fit un sourire tellement soulagé et chaleureux que je me sentis tout à coup rassérénée.

– Alors peut-être que, quand tu auras fini ta gaufre, tu pourrais m'aider à choisir une bague pour ta mère ?

Cet engagement imminent (que j'appelais de tous mes vœux) m'enchantait tout autant qu'il m'emplissait de terreur et d'inquiétude. J'étais ravie qu'Andreas juge ma mère fascinante, malgré tout, je doutais, s'il devait un jour l'apprendre, qu'il comprenne pourquoi on lui avait dissimulé un pan si important de notre passé, et je me sentais de plus en plus coupable. Je décidai que le sac de souvenirs au fond de mon placard devait disparaître.

Alors une nuit, je quittai mon lit, enfilai mes pantoufles et attrapai les deux sacs-poubelle remplis de souvenirs. Je passai sur la pointe des pieds devant la porte de la chambre de maman et Andreas, puis je descendis l'escalier en grimaçant à chaque craquement.

J'allai jusqu'à la cuisine, où je soulevai doucement le loquet, et sortis dans l'obscurité.

J'avais beau être dans notre jardin, dans un quartier calme, il faut toujours, en plus des cambrioleurs, des toxicomanes et des violeurs potentiels, se méfier des ratons laveurs, des souris, des chats sauvages et autres putois.

Je tendis l'oreille en attendant que mes yeux s'accoutument à la pénombre pour parcourir les vingt mètres jusqu'à la poubelle. Là, j'attrapai le premier sac à bras-le-corps, je soulevai le couvercle du container et l'y jetai.

Je commençais à me sentir soulagée en attrapant le second quand une silhouette surgit des ténèbres et braqua une lampe-torche sur mon visage.

Je hurlai, puis me tus d'un coup.

– Andreas !

– Ingrid !

– Tu m'as fait tellement peur ! Qu'est-ce que tu fabriques ici ?

– Moi ? demanda-t-il en détournant le faisceau de sa lampe pour qu'il cesse de m'éblouir. C'est moi qui me demandais ce que tu faisais là. J'ai cru à un cambrioleur !

– Très drôle...

– Puis j'ai pensé à une fugueuse. Alors, je suis sorti tout doucement...

Il y eut un silence bizarre pendant que je cherchais en vain un mensonge, car je ne pouvais révéler l'objet de ma mission nocturne.

Andreas attendait dans la petite tache de lumière.

– J'ai... décidé de ranger ma chambre, dis-je

en déglutissant. De jeter quelques trucs. Qui ne servent plus à rien… À la télé, les experts en organisation disent que si on n'a pas porté un vêtement pendant un an, il faut s'en débarrasser. (Je parlais trop, mais c'était plus fort que moi. D'autant que le second sac gisait encore à mes pieds, et si jamais Andreas y jetait un coup d'œil, il verrait qu'il contenait autre chose que des vêtements.) Bref. Ce n'est pas un cambrioleur et je ne suis pas en train de fuguer, juste de m'organiser. Je mets le reste à la poubelle, et on retourne au lit ?

Sur ce, je me mis à glousser comme une folle. J'avais envie de partir en courant. Pourtant, je soulevai le deuxième sac. Il était assez lourd, il fallait le prendre à deux mains et, sans que je m'en sois rendu compte, il était fendu sur le côté.

– Ingrid, laisse-moi t'aider, me dit Andreas en tendant la main.

– Non, non, pas la peine ! protestai-je en le repoussant.

– Ingrid, je… oh !

Et là, je vécus la scène au ralenti : les bords rigides des photos qui déchirent le sac, les coupures de presse qui tombent en cascade. Il n'y avait plus qu'à braquer sa torche dessus. Ce qu'Andreas ne manqua pas de faire.

J'avais refusé de jeter ces souvenirs, et maintenant, j'allais en payer le prix.

Il y avait par terre une photo de Margot-Sophia Lalonde dans *La Bohème*, un article qui titrait : « Margot-Sophia Lalonde éblouissante dans *La*

Traviata », un autre pour *Troïlus et Cressida*, et des portraits qu'elle dédicaçait à ses fans.

J'aurais dû tout ramasser avant qu'Andreas ait la possibilité de voir. Ou me jeter sur la pile pour lui masquer la vue.

Mais c'était trop tard, et je le savais.

Alors je m'agenouillai près de lui tandis qu'il regardait tout ça, éberlué...

Je le laissai faire.

Je crus mourir dans le long silence qui suivit.

– Lalonde ? dit-il pour finir, sa voix de velours transformée en couac râpeux. Burke, ce n'est pas son vrai nom ?

– Lalonde était son nom de scène.

– Mais pourquoi ? Pourquoi me cacher tout ça ?

Je tentai de le regarder dans les yeux, mais c'était trop dur ; la confusion et la douleur avaient envahi son visage.

– S'il te plaît, dis-je. S'il te plaît...

Mais je ne pus aller plus loin, parce que tout ce que je pouvais imaginer, c'était qu'il nous quitte, et combien nous allions souffrir de son absence. Tout ça par ma faute, par pur sentimentalisme.

– S'il te plaît quoi ? J'ai toujours su qu'il y avait quelque chose, mais je ne pensais pas... Elle n'est pas juste... chanteuse, mais... (Il attrapa une photo.) Cantatrice ?

– Elle était, le corrigeai-je. Oui, mais je t'en supplie... elle...

– Elle quoi ?

Je sentis que la colère montait en lui.

– Elle ne peut plus chanter. Elle a eu des

nodules sur les cordes vocales. Sa voix est devenue incontrôlable, puis elle l'a entièrement perdue. Après ça… elle ne pouvait plus chanter. Plus aussi bien, en tout cas, malgré la chirurgie. À partir de là, toute notre vie s'est…

Je haussai les épaules, paumes vers le ciel, comme pour mimer du sable qui s'écoule entre mes doigts.

– Il y a sûrement une solution. Pour sa voix.

– Non. Crois-moi, on a tout essayé.

Je fondis en larmes, et voulus le cacher en m'accroupissant pour ramasser tous les souvenirs, mais il tint à m'aider, et je ne pus contenir mes reniflements ni le tremblement de mes épaules.

– Pour que ce soit encore si douloureux pour toi, j'ai une vague idée de ce que ça a dû être, dit-il.

– Non, non, protestai-je en secouant la tête. Si, en fait, mais ce n'est pas pour ça que je…

Il m'observait, les yeux écarquillés.

– Dans ce cas, pourquoi tu pleures ? Ingrid, dis-moi. Pourquoi ?

– Parce que… maintenant… (Ma lèvre inférieure se mit à trembler comme quand j'avais cinq ans.) Maintenant, tu… tu vas nous quitter. Me quitter. Je ne peux pas t'en vouloir. Mais j'avais envie… Peut-être que c'est idiot, mais j'avais envie…

– Oui, Ingrid ?

– J'avais tellement envie que tu deviennes mon père…, dis-je avec un gémissement. Mon vrai père ne m'a jamais manqué, je n'ai jamais eu envie d'avoir un père avant de te connaître. Mais maintenant, surtout que tu viens de me le proposer…

– Oh, Ingrid, ma chérie…

L'instant suivant, il me serrait très fort contre lui.

On passa un long moment dans l'allée au milieu des souvenirs. Il me laissa pleurer en me disant que tout allait bien se passer. Je n'y croyais pas, mais une chose était sûre, je ne doutais pas qu'il m'aime vraiment. C'était le meilleur des sentiments dans le pire des moments. J'étais tellement heureuse d'avoir connu ça au moins une fois dans ma vie. Quand je cessai de pleurer, je me dis qu'il accepterait peut-être de rester mon ami. Il m'emmènerait au cinéma de temps en temps, jouerait à l'oncle loufoque.

– Allez, dit-il, et on ramassa ce qui restait par terre.

Je me dirigeai vers la poubelle pour tout jeter mais, au contraire, il attrapa le premier sac, me conduisit jusqu'à la maison, et posa tout sur la table de la salle à manger.

– Je voulais tout te dire, murmurai-je pour ne pas réveiller maman, même si j'étais sûre qu'il n'allait pas tarder à le faire. Mais elle m'avait fait promettre de… Je suis désolée.

– C'est moi qui suis désolé que tu aies dû garder un tel secret.

– Je vais te raconter. Je peux tout te raconter.

– Non, répondit-il avec un coup d'œil vers l'escalier. C'est à ta mère de me raconter.

– Andreas, elle risque de… ne pas vouloir en parler. (Je tendis le bras, puis le laissai retomber.) Ça peut la rendre hystérique. Elle est fragile. Sur ce sujet, elle est fragile.

– Je comprends, dit-il en ramassant un programme avec la photo de ma mère. Va te coucher maintenant, Ingrid. Essaie de dormir.

– Qu'est-ce que… tu vas faire ?

J'avais l'habitude qu'il prenne des décisions, qu'il soit dans l'action. Or, là, il semblait trop secoué pour avoir un plan.

– Je vais lui parler. Ensuite, on verra.

Ensuite, on verra…

Ce n'était pas une formulation classique chez Andreas, mais ça avait le mérite d'être clair.

– Quelle autre solution ai-je ? ajouta-t-il.

Cette question me brisa le cœur.

– Très bien…, dis-je en me dirigeant vers l'escalier.

Je me retournai une dernière fois. La peur et le désespoir durent se voir dans mes yeux, parce qu'il vint me serrer une fois de plus dans ses bras.

– Je ne disparaîtrai pas, souffla-t-il dans mes cheveux. Quoi qu'il se passe. Je te le promets.

Je ravalai mes larmes, m'arrachai à ses bras et retournai dans ma chambre sur la pointe des pieds. Je fermai ma porte et m'allongeai en respirant à peine, dans la crainte de l'apocalypse à venir.

Je n'attendis pas longtemps. Leur porte s'ouvrit et se referma, je perçus des paroles, d'abord calmes, qui me donnèrent l'illusion que tout allait bien se passer, puis…

Un cri. Ou plutôt, un rugissement.

Je me rassis dans mon lit et serrai mon oreiller contre moi.

– Enlève ça de ma vue ! hurlait ma mère d'une voix qui traversa les murs.

– Je veux qu'on en parle. (Andreas.)

– Non.

– Si nous voulons rester ensemble, il le faut. Margot-Sophia, il faut que nous puissions nous faire mutuellement confiance.

Le bruit d'un papier qui se déchire, un sanglot…

– Je ne suis plus cette personne ! Cette personne est morte, et moi, j'ai changé ! Tu ne comprends rien !

– Parce que tu ne me donnes pas les clefs pour comprendre, parce que tu m'as menti, caché tout ça par manque de confiance !

– Ne me parle pas de confiance.

Ses mots sonnèrent comme un crachat. Il répliqua :

– Et si tu veux savoir, non, tu n'as pas changé. Tu n'as fait qu'enfouir le passé. Margot-Sophia Lalonde, tu as enterré ton passé vivant.

– Tu ne sais pas ce que c'est de tout perdre. Pas seulement son gagne-pain, mais aussi sa façon d'être au monde, de toucher au sublime, d'avoir accès à la joie…

– Je…

– Tu n'as pas perdu la seule chose qui te permette de rester sain d'esprit, la seule chose qui te donnait de la valeur !

– Margot-Sophia, tu dois…

– Je ne dois rien ! Je refuse de supporter une leçon sur ce que je dois et ne dois pas faire. Je préfère que tu sortes de cette maison ! Tu crois que tu vas me dicter qui je suis et ce que je ressens, puis ce que je dois te révéler de mon passé, m'obliger à exhiber mes cicatrices pour que tu verses tes larmes salées dessus ? Eh bien, non !

– Margot-Sophia, je t'en prie…

– Sors de cette maison ! Dehors !

– Margot-Sophia, tu ne t'en tireras pas comme ça.

J'entendis des pas et, dans le silence de mon cœur qui s'efforçait de ne plus battre, la porte de leur chambre s'ouvrir. J'imaginai Margot-Sophia sur le seuil, tout en fureur et folie, qui demandait à cet homme si beau, si cher, si bon, de nous quitter. À cause de moi. À cause d'elle aussi, mais surtout à cause de moi.

J'aurais réagi si j'avais pu, mais j'en étais incapable. J'étais tétanisée par l'avenir, malgré la promesse qu'Andreas m'avait faite. Comment pouvait-il encore rester dans ma vie après ça ?

– Tu vois, la porte est ouverte ! cria Margot-Sophia. Sors.

Un battement, deux…

– Non.

– Quoi, non ? dit-elle d'une voix incrédule. Qu'est-ce que tu veux ? Tu veux te battre ?

– Oui. S'il le faut. Mais je peux aussi rester… sans me battre.

Andreas resta.

Il y eut des larmes, des cris, et pour finir, ils parlèrent. Longtemps. Je connaissais Andreas. Il voulut tout savoir. Il était blessé, malgré tout, il continuait à chercher des solutions. À l'aube, leurs voix s'apaisèrent, et je finis par m'endormir.

Mais suite à leur conversation, maman resta au lit.

Les jours passèrent.

La situation me ramena à mes peurs et à ma colère anciennes. Nous vivions avec un homme merveilleux qui voulait former une famille avec nous, et elle allait se coucher telle une Victorienne au corset trop serré avec ses vapeurs et ses sels. Qui s'imagine juste avoir des problèmes.

Sauf que, bien sûr, les problèmes de maman étaient réels et sérieux.

Je repris mes habitudes : marcher sur la pointe des pieds, murmurer, me tordre les mains, la supplier de manger quelque chose, me tenir en silence à l'entrée de sa chambre pour guetter sa respiration. C'était horrible. Comme si le laps de temps entre les deux crises n'avait été qu'un rêve éveillé. J'avais l'impression de ne plus avoir quatorze ans, mais à nouveau onze.

Sauf que cette fois, je n'étais pas seule. Andreas et moi parlions beaucoup dans la cuisine ou dehors, devant la maison.

– Pourquoi elle… ne se lève pas, tout simplement ? Je refuse de revivre ça. C'est insupportable.

– Ingrid… tu dois être patiente. Tu dois comprendre que… c'est une maladie, un chagrin, une perte qu'elle ne parvient pas à surmonter parce qu'elle ne sait pas comment s'y prendre, et aussi parce qu'elle ne le veut pas. Affronter cette perte, c'est accepter que tout ça soit fini à jamais. Pour moi, il est évident que ta mère souffre de dépression. De ce qu'elle m'a avoué récemment, elle la combat depuis toujours. La musique était son arme. Il lui faut à présent en trouver une autre. Mais c'est dur, alors elle ne peut tout simplement pas « se lever », comme tu le voudrais.

– Tu l'aimes encore ? demandai-je.

– Oui, répondit-il farouchement.

Je le crus. En réalité, j'aurais presque dit qu'il l'aimait encore plus. Cette crise convoqua ce qu'il y avait de meilleur en Andreas. Peut-être aussi que le fait de connaître enfin toute l'histoire lui permit de se sentir plus investi, plus utile. La situation faisait appel à chacune de ses qualités. Il réorganisa rapidement ses journées de façon à travailler à la maison aux heures où j'étais en classe, puis il passait ses soirées avec elle au lit à regarder Netflix ou bien à essayer de la faire parler. Il la harcelait gentiment jusqu'à ce qu'elle mange/se douche/s'asseye. Il finit par la convaincre de voir son médecin, si bien que maman prit des antidépresseurs bien plus vite que la fois précédente.

Et pourtant, j'étais en colère et j'avais peur. Et aussi, envie de hurler : « Debout ! Personne ne t'a rien fait ! Tu as menti à ce type fantastique, il veut encore de toi, et là, tu te comportes comme si c'était la fin du monde. Debout ! »

Je le pensais sans le dire. Je partais à l'école chaque matin, je restais tard à la bibliothèque, j'essayais de ne pas y penser. Juno, qui remarqua que je n'étais pas dans mon état normal, me posa des questions, mais je me contentai de lui dire que la situation n'était pas simple avec ma mère. Comme elle passait son temps à se disputer avec ses parents au sujet de l'heure du coucher ou bien du temps qu'elle passait avec Toff – qui était entre-temps devenu son petit ami, quand ils n'étaient pas fâchés –, elle se contenta de mes explications.

– Tu es trop bien élevée, conclut Juno avec un hochement de tête.

– Hein ?

– Tu te comportes trop bien, me dit-elle en me passant un bras sur les épaules. J'imagine que le soir à table, tu racontes ta journée. Et tu ne demandes jamais à sortir. Voilà ma stratégie personnelle : je ne leur donne aucune garantie. Je suis toujours en retard, même si je dois attendre vingt minutes dehors avant de rentrer. Quand Toff vient à la maison, je me pends à son cou sous leurs yeux. Comme ça, ils n'osent pas descendre au sous-sol quand on regarde un film, ils sont terrifiés de ce qu'ils pourraient surprendre. De manière générale, je ne leur dis rien, je ne les préviens de rien, et je fais plusieurs crises par semaine : je claque la porte, je leur hurle qu'ils ne me comprennent pas… La totale.

– Et… en quoi ça arrange la situation ?

– De cette façon, ils sont reconnaissants de

chaque miette que je leur lance ! En tout cas, c'est ma théorie.

Elle rit de mon ahurissement.

– Ma mère a déjà lu au moins dix livres sur le comportement adolescent, la psyché des ados, etc. Elle souligne des passages, sans doute pour les montrer à mon père. Alors, je n'ai plus qu'à les lire pour savoir quoi faire.

– Oh, non !

– Sérieux. Ils anticipent les problèmes que je peux leur poser. Alors je les habitue à s'attendre au pire. Ce qui signifie que si le pire n'arrive pas, ils sont contents. Ils ont arrêté de me poser des questions. Et si je leur demande quelque chose gentiment, ils acceptent, parce qu'ils sont aux anges.

– Ouah ! Mais ça doit être… fatigant.

– Je ne leur demande pas grand-chose, parce que je me réserve pour un truc vraiment important. Tu sais, comme ce personnage de Shakespeare. Le sale type qui, en fait, était un prince ?

– Tu parles du prince Hal dans *Henri IV* ?

– Ouais. Il se comporte mal, il boit, il vole. Puis il fait sa tirade. Celle qu'on a dû étudier. Où il disait qu'il savait qu'il se comportait comme un salaud, comme ça, une fois qu'il se serait amendé, il paraîtrait deux fois mieux encore.

– « En cela je continuerai à imiter le soleil », je récite en éclatant de rire.

– Exactement ! Moi, j'imite le soleil qui sort des nuages, et mes parents font tout ce que je veux.

– Je ne suis pas sûre que ce soit la leçon à retenir de la pièce.

– Tu devrais essayer.

– Euh, ma situation est un peu différente, dis-je, mais heureusement, elle avait embrayé sur Toff.

Juno aurait voulu m'aider si je lui avais tout raconté, mais parler de mes problèmes n'allait pas les résoudre, et je préférais qu'elle se contente de me distraire.

En l'espace d'un mois, maman était redevenue normale. Tout ce qu'Andreas avait entrepris avait marché, à ce détail près : elle refusait de suivre une thérapie.

Andreas et moi, on rangea les souvenirs d'opéra dans des caisses au garage et on promit de ne pas lui en parler.

Et pourtant, l'épisode semblait les avoir rapprochés. Ils se tenaient tout le temps par la main, elle posait la tête sur son épaule, et il la suivait des yeux avec adoration, soulagement, et aussi une pointe de regret.

– Un jour, je trouverai un médecin, me dit-il. Un spécialiste de la voix qui la guérira.

– N'y compte pas. Je suis déjà passée par là.

– La technologie et la médecine font sans cesse des progrès. Même si ça ne lui permet pas de retrouver une voix d'un niveau professionnel…

– Andreas, fais-moi confiance, laisse tomber.

Mais je n'étais pas certaine qu'il m'écoute.

Pendant sa convalescence, il fit l'inverse de ce que je craignais : il la demanda en mariage.

Elle accepta en pleurant.

Deux mois plus tard, on alla tous les trois à l'hôtel de ville, où ils se dirent oui.

Elle portait un kimono noir, rouge et bleu, elle avait coiffé ses cheveux en chignon, et elle était plus belle que jamais. Andreas avait mis un smoking. Moi, une robe orange de chez Lilly Pulitzer que j'avais trouvée dans la penderie de maman. On prit un hélicoptère jusqu'à une propriété viticole, où on dîna dans la cave à vin.

J'avais un père. Un père extravagant, gentil et déterminé.

Et sans doute cinglé, pour vouloir de nous comme famille.

17. *COULÉE DE BOUE*
(Peak Wilderness, jour 11)

Le onzième jour, l'avant-dernier jour de marche, je suis de nouveau au poste de leader.

Cette fois, j'ai la ferme intention, en arrivant au camp, de refuser toutes les conneries et autres jeux débiles. Je compte m'extirper de ce piège pour de bon. Toutes ces journées à porter des vêtements si sales qu'ils tiennent presque debout tout seuls et ces nuits à dormir dans un sac de couchage humide, c'est fini. Je suis tellement dégoûtée que j'ai envie de m'arracher la peau, alors je vais régler le problème. Aujourd'hui même.

L'ordre extérieur apportera de l'ordre à l'intérieur.

On quitte le camp à l'heure, et on s'engage sur le sentier. À mesure que la matinée s'écoule, je m'aperçois que je ne pleure pas quand je marche parce que… en fait, j'aime ça. Il y a un plaisir viscéral à chercher où poser le pied pour franchir des racines, à contracter ses muscles pour grimper une colline. Un plaisir à se dépasser, un soulagement à savoir que chaque pas est un pas de gagné. Ce rythme est à la fois apaisant et plein de défi.

Et contrairement à la forêt humide, oppressante, remplie d'insectes et de branchages où nous avons commencé notre périple, cette partie du voyage est pleine d'arbres majestueux au feuillage très haut, si bien qu'on a l'impression de marcher dans une cathédrale aux reflets multicolores.

Je suis épuisée, malgré tout, c'est beau.

On progresse.

Puis j'entends quelqu'un m'appeler.

– Ingrid ?

C'est Tavik, qui en général ne parle jamais pendant qu'on marche.

– Quoi ?

– Tu gardes vraiment ton papier-toilette plein de merde dans ton sac ?

Ma mâchoire se décroche et, en me retournant, je découvre un sourire diabolique sur ses lèvres.

– Et toi ? je lui demande.

– Toi d'abord. Au pire, tu me dis que non, je te dénonce et qu'est-ce qu'ils feront ? Ils nous obligeront à revenir sur nos pas pour aller le récupérer ?

– Non, je réponds calmement. Laisse-moi reformuler : non, je ne le garde pas.

– Moi non plus. Je l'enterre.

– En tant que personne qui partage ta tente, permets-moi de te remercier.

– Et tu es toujours rebelle comme ça ?

– Ah ah, je lâche, car sa question en amène d'autres que je n'ai pas envie de me poser.

– Non ?

– Non, dis-je. Pas vraiment.

Chère maman,

Un obstacle n'est pas indiqué sur la carte, celle qui propose soit l'itinéraire le plus rapide, soit le plus joli. Il ne figure nulle part.

C'est la coulée de boue.

L'immense coulée de boue de trente mètres de long sur deux mètres de large, équipée de longues cordes, sans doute pour éviter de s'y noyer.

Car bien sûr, entourée par ? Des parois rocheuses infranchissables.

On fait une courte halte pour évaluer la situation.

Correction : on fait une courte halte pendant que j'évalue la situation. À cet instant, je me sens si heureuse d'être leader, autrement dit, d'avoir à décider de ce qu'il faut faire… Peut-être que les autres me font confiance. Qu'ils s'imaginent que je suis en train d'élaborer sur ce petit carnet un plan que je n'ai pas.

Si on meurt tous dans cette tombe de boue à cause de moi, j'espère que quelqu'un trouvera ce journal et l'enfoncera dans les gorges du Peak Wilderness.

Baisers boueux.

Ingrid

Je pose mon journal et me lève pour aller de nouveau observer la coulée de boue.

– Il y a un moyen de la contourner ? je demande à Bonnie.

Elle hausse les épaules. Mais je connais son fonctionnement, maintenant. J'ai envie de la secouer jusqu'à ce qu'elle me dise la vérité.

Paix et Henry ont récupéré des bâtons pour sonder la profondeur de la boue. L'une des meilleures idées que Paix ait eues depuis le début du séjour.

Je m'approche de Bonnie et Pat.

– Bon, les gars, pas de blagues. S'il y a un moyen de contourner ce machin, vous le connaissez. Alors, crachez le morceau.

Pas de réponse.

– Je me permets d'insister. En tant que leader, je vous demande de partager avec moi toute information susceptible de m'aider. Je sais que ça fait partie du deal de nous faire découvrir les choses par nous-mêmes. Même si je considère que c'est une connerie. Mais vous connaissez mon opinion. Vous nous tendez des pièges jour après jour. À croire que les difficultés d'ordre naturel et le fait de devoir gérer ses relations dans ce genre de groupe, ça ne suffit pas. Pourtant, je vous jure le contraire. Alors je réitère ma question : y a-t-il un moyen de contourner ce truc ?

– Non, lâche finalement Bonnie en ignorant le regard furieux de Pat. Il faut le traverser.

– Génial, dis-je. Merci, Bonnie.

– Il n'y a aucun moyen de le contourner, confirme Pat.

– OK, Pat, j'ai compris, j'en prends bonne note.

Puis je demande à Bonnie :

– C'est un truc genre sables mouvants ?

– Non, juste de la boue.

– Bonnie ! fait Pat en fronçant les sourcils.

– Quoi ? proteste-t-elle. Elle a raison, tout ceci n'est pas forcément nécessaire.

– Merci, Bonnie, dis-je en insistant.

Quelques minutes plus tard, après avoir étudié le terrain (autrement dit le marais potentiellement mortel), réalisé mes propres sondages, puis questionné le groupe au cas où quelqu'un aurait une meilleure idée, j'expose mon plan.

La boue nous arrive à peu près à la taille, à la poitrine peut-être pour certains, ce qui signifie qu'on ne peut pas porter nos sacs normalement sans que leur contenu soit (encore plus) mouillé et boueux. On va donc les déposer à « l'entrée » de la coulée.

– Bon, dis-je au groupe rassemblé tout autour de moi, vous devez toujours tenir la corde d'une main, que ça vous semble utile ou pas. On va se répartir d'un bout à l'autre de la coulée, de façon à se passer les sacs un à un. Ça vous va ?

– Mais pour tenir les sacs, il va bien falloir lâcher la corde, fait remarquer Jin avec un sourire narquois.

– Exact. À ce moment-là, assurez-vous que vous avez les pieds bien ancrés dans le sol.

– Et pourquoi on porte pas chacun notre sac ? demande Harvey.

– Parce que je ne souhaite à personne de vivre avec un sac de couchage et des vêtements humides comme je le fais depuis le début du séjour, surtout si on y ajoute de la boue. C'est aussi pour cette raison que je vais retirer mes chaussures, dis-je en essayant d'avoir l'air confiante, même si j'ai juste envie de vomir. Et puis, je pense que sans chaussures on aura plus d'équilibre. Vous voulez qu'on vote ?

Apparemment, non. Je retire mes chaussures, que j'accroche au sommet de mon sac, et ils m'imitent.

– Je vous suggère aussi… de glisser votre pantalon dans vos chaussettes, et votre T-shirt dans votre pantalon. Histoire de ne pas laisser de peau à l'air.

– Pourquoi ? demande Ally, qui est pourtant déjà en train de s'exécuter.

Je grimace au lieu de répondre, mais Jin s'en charge pour moi.

– Les sangsues.

– Exactement.

Ally a l'air sur le point de défaillir. Je la comprends.

Seth est très pâle alors qu'il observe la coulée.

– Bon, dis-je en jetant un coup d'œil à la boue avec une terreur que je dissimule mal, puisque je suis leader et que c'est mon plan, j'imagine que je dois y aller en premier.

Dès le premier pas, j'ai de la boue jusqu'aux genoux. Je sonde devant moi avec un long bâton en essayant de ne pas penser aux serpents, aux tortues, aux algues mortelles, aux animaux morts ou vifs. Je tâte avec mon bâton, puis j'avance. Au bout de cinq pas, j'ai de la boue jusqu'aux cuisses. Au milieu de la coulée, je descends d'un coup, et j'en ai jusqu'à la poitrine. J'étouffe un cri, puis j'attrape la corde au-dessus de ma tête et j'énonce cette évidence :

– Les gars, c'est profond par là !

– On voit ça, répond Tavik. Et la température ?

– Géniale. Un vrai spa. Enveloppement de boue inclus. On en a vraiment pour son argent.

J'entends quelques rires.

La boue a une odeur fétide. C'est dégoûtant. Je n'ai même plus envie de laver mes vêtements, juste de les brûler.

Je me remets en route au milieu de racines et autres choses non identifiées qui s'accrochent à mes chevilles, mes cuisses, ma taille. En serrant les dents, je finis par atteindre l'autre bout, où je m'arrête.

– Bon, je conclus avant que la personne suivante ne commence à traverser. C'est au milieu que c'est le plus profond.

– Sans déc', lâche Paix.

Je l'ignore.

– Ça serait malin de vous mettre par ordre de taille de façon que les plus grands se trouvent au centre. Pigé ?

Une demi-heure plus tard, on est tous en file indienne dans la boue, à une distance plus ou moins régulière, quand Seth pousse un cri aigu.

– Je sens quelque chose ! Quelque chose vient de me toucher la jambe !

On se fige tous sur place. Seth supplie :

– Sortez-moi d'ici, sortez-moi d'ici, aidez-moi ! Je vous en supplie ! Oh, mon Dieu !

Il fait des bruits terribles avec sa bouche et il a du mal à respirer. À chaque instant, il peut lâcher la corde et s'enfoncer dans la boue, ce qui serait une catastrophe.

– Seth, tu es blessé ? je lui demande.

– Non… non.

– Alors tiens bon, il faut qu'on se passe les sacs.

– Et si c'est un serpent ? C'est sans doute un serpent. Ah ! Je le sens à nouveau !

– Ça peut être juste une racine, suggère Ally qui, elle non plus, n'a pourtant pas l'air très rassurée.

– Mauviettes ! leur lance Paix.

– Non, c'est pas une racine ! rétorque Seth. Je veux pas mourir ici ! Mon Dieu, je vous en supplie, sortez-moi de là !

Tout le monde se met à crier. Contre Paix, contre Seth, certains juste de peur. Si ça ne se calme pas tout de suite, tout le monde va se mettre à faire n'importe quoi, et il faudra tout réorganiser pour se passer les sacs.

– Ally ! je hurle au milieu de la cacophonie. (Elle lève la tête d'un coup vers moi.) Aide-le !

Elle est placée juste devant Seth. Elle se retourne et lui tend une main. Elle lui parle, aussi. Je n'entends pas ce qu'elle dit mais, pour finir, Seth arrête de crier et serre fort la main d'Ally.

Ensuite, je demande à Henry de siffler très fort, ce qu'il sait bien faire. Je lui fais signe avec deux doigts dans la bouche, et deux secondes plus tard, il s'exécute. Ce qui réduit tout le monde au silence.

– Maintenant, envoyez le premier sac ! je crie dans le calme retrouvé.

Bonnie envoie le premier, qui passe de main en main jusqu'à moi. Je fais deux pas sur le sol ferme et je retourne dans la boue. On répète dix fois cette opération, à bout de souffle, avec des moments où certains perdent la tête et/ou l'équilibre. À trois reprises, un sac manque de tomber. On est en sueur, sales et épuisés, et je suis certaine que tout le monde sans exception passe un sale moment.

Mais ça fonctionne.

On sort un par un de la coulée de boue. Et on acclame Seth qui s'effondre sur le chemin, vert de peur.

Certains titubent et certains pleurent, dont moi. Seth va vomir dans un buisson. Jin part dans un rire hystérique en se roulant par terre et en tapant du plat des mains. Paix pousse des rugissements et fait des étirements. Harvey et Henry, dans un rare moment de solidarité fraternelle, échangent des répliques de la scène du compacteur à ordures de *Star Wars*.

Melissa, Bonnie et Pat attrapent des bâtons pour chasser la boue de leurs vêtements. Cela fait plusieurs jours que Melissa n'a pas dit un mot, y compris pendant cette épreuve. Je me demande si elle cultive son stoïcisme, ou si elle a sombré dans un coma post-traumatique.

Ils nous passent les bâtons pour retirer la boue, mais ça ne marche pas vraiment et on enfile des chaussettes (un peu plus) propres pour remettre nos chaussures et reprendre notre route.

Comme la veille, j'ai l'impression d'être une rock star. Je suis fière qu'on ait traversé cette coulée de boue, émerveillée qu'on ait tous survécu. Mais ce sentiment ne dure pas. Car je suis trempée, plus sale que jamais, dégoûtée, affamée, et j'ai perdu tout espoir d'avoir des affaires propres et sèches ce soir. Peak Wilderness a de toute évidence pour dessein de nous anéantir. Et de nous faire détester ceux qui nous ont envoyés là.

18. ÇA ALORS !
(Quinze ans)

C'était une journée normale de mon année de seconde, avec des feuilles mortes qui volaient dans le vent. On commençait à faire de la buée avec notre respiration dans la fraîcheur du matin. Un jour, après le déjeuner, Juno et moi, on franchit la porte de l'école bras dessus bras dessous en riant.

Et là, je le vis. Un garçon blond devant le bureau de Rhea. De profil. Avec un emploi du temps à la main. Je m'arrêtai net.

Ce n'est pas qu'il était beau gosse.

Ce n'est pas qu'il était manifestement nouveau.

Quand il se retourna, je découvris un jeune homme élégant. Pourtant, à cette vision s'en superposa aussitôt une autre, celle d'un garçon dégingandé avec des cheveux filasse et des vêtements mal assortis. Il n'avait plus de lunettes ni de bagues aux dents, il n'était presque pas reconnaissable mais… je sus que c'était lui.

Isaac.

Mon estomac fit une pirouette.

J'étais tellement heureuse de le revoir, et de le voir à ce point métamorphosé. Je m'étais souvent demandé ce qu'il était devenu. Je m'inquiétais pour lui. Et il était là, devant moi. Épanoui.

J'étais éberluée de le retrouver dans le hall de mon école. Alors que tout tournait très vite dans ma tête, je fus projetée dans le passé, dans des souvenirs que je souhaitais éviter: la solitude, l'horreur de me retrouver dans un placard chaque jour à midi, la gêne de devoir embrasser un garçon devant une assemblée moqueuse, la terreur de voir Isaac par terre, le visage en sang.

Alors peut-être que c'est ce qu'il vit en moi quand son regard croisa le mien. Pas ma joie, mais ma réaction à ces souvenirs.

Il venait juste de commencer à sourire. Puis il se figea sur place, et son expression s'assombrit. Entre-temps, je m'étais reprise et me dirigeai vers lui avec un grand sourire, les bras ouverts. Mais il se détourna, prit l'escalier et disparut.

Je restai là, chancelante, comme si j'avais pris un coup de poing dans le ventre.

Après cette scène, je restai désemparée. Chaque fois que je m'approchais de lui, il m'ignorait. Quand son camarade, qui se trouvait être Toff, nous présenta, il ne me regarda même pas. Je n'aurais pas dû me sentir touchée ni blessée, pourtant je l'étais.

La gêne devint mutuelle entre nous, alors je décidai de faire comme lui : l'éviter et l'ignorer. De toute évidence, il ne voulait pas être mon ami. Il en avait le droit. Je continuais cependant à être obsédée par lui. Certes, il avait pu voir mon désarroi un instant sur mon visage. Il n'empêche, sa réaction était disproportionnée. Et je ne pouvais même pas lui expliquer pourquoi parce que, pour ça, il aurait fallu que je sois seule avec lui, ce qu'il évitait avec soin.

Pour finir, je ne supportai plus la situation. Un jour, je l'entendis dire à quelqu'un qu'il avait rendez-vous avec le prof d'algèbre. Je demandai à Juno de ne pas m'attendre après les cours, et je m'assis devant son casier avec un livre. Sans réussir à lire. Une demi-heure plus tard, l'école était si silencieuse que j'entendis ses pas avant qu'il apparaisse. Je l'entendis même retenir son souffle quand il me vit.

J'attendis qu'il soit juste devant moi pour lever la tête.

– Ingrid, qu'est-ce que tu fais là ?

– Je lis devant ton casier, Isaac.

– Quelle évidence.

– Évidence. Un joli mot. Tu veux t'asseoir à côté de moi ? proposai-je en tapotant le parquet grinçant.

– Non, merci.

– Isaac, dis-je en me relevant, tu ne vas vraiment plus jamais me parler ?

– Je ne vois pas ce que tu veux dire.

– Ne sois pas si obtus.

– Un joli mot. Ingrid, je n'ai pas envie de parler ici.

– D'accord, où ça, alors ?

– Je n'ai pas envie de parler tout court.

– Soit tu me parles, soit je fais le siège de ton casier.

– Et que vont penser les autres ?

– Je m'en fous.

– Ouais, bien sûr.

– Quoi ?

– Je peux ouvrir mon casier, s'il te plaît ?

Je me déplaçai en l'observant, les yeux plissés. Il mit quelques affaires dans son sac en bandoulière, attrapa son manteau, l'enfila et referma son casier.

Puis il partit. Je lui emboîtai le pas.

– C'était supposé vouloir dire quoi, ce que « vont penser les autres » ?

– Que ça t'importe, dit-il sans me regarder.

Je le suivis dans l'escalier, puis dans le hall où traînaient encore quelques élèves. Je voyais bien qu'il avait envie de m'envoyer promener, mais il pouvait difficilement le faire en public. Il se dirigea vers la grande porte, et je bondis pour la lui tenir.

– On peut aller parler là-bas, dis-je en désignant le terrain de sport.

Isaac fronça les sourcils.

– Tu n'as pas de manteau.

– C'est aimable à toi de te soucier de mon confort, fis-je d'un ton sarcastique.

– C'est juste un fait. Sans manteau, tu vas avoir froid.

– Ne t'inquiète pas pour moi. J'irai le récupérer plus tard.

On se dirigea vers la piste de course circulaire.

– Bon, dit Isaac en partant dans le sens inverse des aiguilles d'une montre, tu voulais me parler. Eh bien, parle.

– Je voulais juste savoir… déjà, comment tu vas depuis tout ce temps, parce qu'on a traversé une drôle d'épreuve ensemble, et que ça fait bizarre de ne pas en parler. Sans mentionner le fait que tu m'ignores totalement.

Je m'arrêtai face à lui, mais il regarda ses pieds, puis par-dessus mon épaule, tout sauf moi.

– Tu vois ? Tu ne me regardes même pas. Tu as un problème avec moi, et je ne comprends pas lequel.

– C'est toi qui as un problème avec moi, rétorqua-t-il, tout à coup furieux, en me regardant cette fois droit dans les yeux. Tu es devenue comme eux.

– Comme qui ? Je ne vois pas de quoi tu parles.

– Tu es comme eux.

– Tu parles de qui ? Cette bande de nuls dans notre ancien collège ? Tu m'as vue insulter quelqu'un, puis l'enfermer dans un placard, l'humilier et le tabasser, peut-être ?

– Tu es devenue populaire, dit-il avec un ricanement qui ne lui allait pas.

– J'ai des amis, si c'est ce que tu veux dire.

– Donc, tu ne peux pas traîner avec un type comme moi.

– C'est absurde.

– Un type comme j'étais avant. Qui se trouve être toujours moi, par ailleurs.

– Parce que tu penses que si tu étais… si tu ressemblais toujours aujourd'hui à ce que tu étais à douze ans, je déciderais de façon unilatérale de t'ignorer ? C'est une conclusion stupide, Isaac. Qui ne repose sur rien.

– Si ! s'écria-t-il. Tu peux me raconter ce que tu veux, je l'ai vu dans tes yeux le jour de mon arrivée. Je t'ai d'abord vue en train de glousser avec ta copine, puis j'ai vu ta tête quand tu m'as reconnu.

– Isaac, j'étais contente de te voir !

– Non !

– Si ! Mais…

– Je l'ai vu dans tes yeux. J'ai eu l'impression d'être un fantôme qui surgissait dans ta nouvelle vie.

Il tourna les talons et partit si vite que je dus courir pour le rattraper.

– Après des années à te considérer comme une fille courageuse et téméraire, je me dis que je me suis trompé sur toi. Tu avais juste envie de t'intégrer.

Je l'attrapai par le bras et je me replaçai face à lui.

– Écoute-moi bien, dis-je. Ce n'est pas un crime d'avoir des amis. D'avoir la chance d'être une adolescente normale. Et les amis que j'ai ici n'ont rien à voir avec les gens qui nous ont enfermés dans ce placard. Tu es maintenant à Godark depuis assez longtemps pour l'avoir compris.

– Mais tu ne leur as pas dit…

– Quoi ?

– Ce qui s'est passé… avec moi.

– Tu ignores totalement ce que je leur ai dit ou pas, Isaac. Et tu ne sais rien sur ce que tu as vu dans mes yeux non plus.

– Tu leur as dit ?

– Ce n'est pas une maladie, Isaac. Dans ce collège, c'étaient juste des connards. C'est contre eux que tu devrais être en colère, pas contre moi. (Il me regardait, bouche bée.) Tu t'attendais à ce que je sois devenue quoi ? Une militante de la cause contre les débiles ? Je ne crois pas que tu te sois vanté de cette histoire non plus. Tu n'as pas plus envie d'en parler que moi. Toi aussi, tu veux avoir une chance de ne pas être vu comme une victime. Tu dis que j'ai changé. Mais toi aussi, tu as changé ! Je vois bien que ça te plaît d'être le nouveau petit mec sexy de Godark. Je n'ai pas l'impression que tu refuses de « t'intégrer », que tu refuses d'avoir des amis, alors c'est quoi ton problème avec moi ?

– Je…

– Tu veux savoir ce qui s'est passé quand je t'ai vu ici ? En effet, tu as lu quelque chose dans mes yeux. Au cas où tu l'aurais oublié, la dernière fois qu'on s'est vus, tu étais dans un sale état. Un instant, je me suis remémoré toute la scène. Alors, excuse-moi d'avoir mis une milliseconde de trop avant de sauter de joie, Isaac.

– OK, OK.

– Non, pas OK. Tu veux que je le dise à tout le monde ici ? Je peux le faire. J'ai de vrais amis, personne ne se servira de cette histoire contre moi ni contre toi. Mais je ne ressens pas le besoin de m'attarder là-dessus, ni de raconter tout ce qui a pu m'arriver. Cependant, si tu le veux, je le fais.

Il continuait à regarder fixement un point dans le lointain.

– Il suffit que tu me le demandes, insistai-je.

Son regard croisa le mien. Il le soutint un long moment.

– Tu es sérieuse ?

– Complètement.

– Non, je n'ai pas envie que tu racontes ça.

– Tu ne veux pas que je le dise ?

– Si, vas-y.

– D'accord, je vais le dire, dis-je en m'éloignant.

– Non, je ne veux pas.

Je m'arrêtai et revins vers lui.

– Peut-être que moi, j'en ai envie.

– Je… Fais ce que tu veux. Juste, si ça ne te dérange pas, préviens-moi d'abord.

– D'accord.

– OK.

Ma colère était en train de retomber. Tout à coup, je sentis le vent dans mes cheveux, mes bras étaient glacés, et je les croisai sur ma poitrine. Isaac avait l'air sous le choc. Il était plus fragile que je le croyais, et peut-être plus traumatisé par cette expérience que moi. Pour lui, cela avait été pire, et plus long. J'aurais dû m'y prendre plus en douceur, mais j'étais furieuse de son comportement, et triste de la façon dont il m'avait jugée. Troublée par sa douleur quand il avait soutenu mon regard, aussi.

– Isaac, la prochaine fois, avant de tirer des

conclusions hâtives sur ce que tu crois voir dans mes yeux…

– Oui ?

– Tu viens m'en parler ?

Là-dessus, je tournai les talons et partis.

19. PAIX
(Peak Wilderness, jour 11, suite)

La lune est (à nouveau) apparue dans le ciel quand on atteint le camp en titubant. Il ne fait pas totalement nuit, mais c'est déjà l'heure de préparer le dîner.

Je n'attends pas qu'on m'assigne une tâche. Je ne me soucie même pas de monter la tente. Je pose mon sac sur un rocher près de la rive, je retire mes chaussures et mes chaussettes, je sors mon savon et me dirige tout habillée vers le lac.

Presque tout le monde m'imite, à l'exception de Paix, qui commence par se déshabiller, puis fait des allées et venues en courant tout nu sur le sable, si bien que nous avons une vision prolongée (au cas où nous en aurions envie) de ses parties intimes qui rebondissent dans le soleil couchant.

Au moins, pour une fois, il va se laver.

La rive est longue, alors chacun trouve un refuge pour se déshabiller et essayer de laver un peu ses vêtements. Après avoir nettoyé mon pantalon, ma chemise et mes chaussettes, je les pose sur le rocher près de mon sac, et je plonge dans l'eau en sous-vêtements. (Encore quelque chose qui choquerait ma mère, mais quelle importance ?)

L'eau est froide, très froide, mais j'ai terriblement besoin d'être seule, et la fraîcheur apaise mes pieds endoloris, les centaines de piqûres d'insectes, ainsi que mes muscles courbatus. Je m'agite dans l'espoir vain de me réchauffer, puis je retire mes sous-vêtements que j'enroule autour de mon bras afin de ne pas les perdre.

En peu de temps, je suis seule avec mon savon en train de fondre, le reflet de la lune sur l'eau, mon cœur triste et furieux qui lutte contre le froid.

Je suis trop lasse pour pleurer.

Je suis tellement lasse de tout, au sujet de tout, que je m'imagine laisser l'eau froide me submerger et quitter le monde avec tout ce qu'il contient. Je suis tellement lasse que cette idée ne me choque même pas.

Puis j'entends du bruit, et je vois que Paix vient de sauter dans l'eau.

Je m'immerge en espérant qu'il ne m'ait pas vue, et/ou qu'il comprenne que je n'ai pas envie de compagnie.

Raté.

Il s'avance droit vers moi.

Je me rends compte que je suis nue, et pas assez lasse pour n'en avoir rien à faire.

– Salut, leader, dit-il en m'éclaboussant.

– Salut, Bob, dis-je avec une absence d'enthousiasme manifeste.

– Paix.

– Non, merci.

– Non, merci pour quoi ?

Nouvelles éclaboussures.

– Pour l'invitation à s'éclabousser.

– Qu'est-ce que t'as, peur de perdre ton savon ? dit-il en haussant les sourcils.

– J'essaie juste de profiter un peu du calme, Paix.

– Ouais, moi aussi.

– Seule, si ça ne te dérange pas.

Je m'éloigne.

Il me suit.

– On est dans un pays libre, il insiste.

– Mais tu as quel âge ?

– Eh *baby*, c'est juste de l'amour.

– OK.

– Tu m'aimes pas, dit-il.

– Je ne te connais pas, je rétorque.

Je m'immerge le plus possible. Mais pour prendre mes distances, je vais devoir reculer dans un endroit encore plus profond.

– Reconnais-le, tu m'aimes pas.

– Qu'est-ce que ça peut te faire ?

– Rien.

– Alors pourquoi tu poses la question ?

– Je veux juste que tu l'admettes.

– Certaines personnes n'ont pas d'atomes crochus. C'est normal.

Je recule encore.

Il s'approche de nouveau, il est tout près, maintenant. Sa taille et sa nudité sont à son avantage. Il sait, il sait que je sais qu'il sait, et il jouit de mon malaise.

Puisque reculer ne sert à rien, je plante mes pieds dans le fond du lac et croise les bras sur ma poitrine.

– Paix, je pense qu'on devrait juste tomber d'accord sur le fait qu'on ne s'entend pas.

– Ah, ouais ? À quel sujet ?

– Tous.

– Peut-être qu'on devrait en parler. (Il pose ses mains sur mes épaules et fait mine de me masser.) Peut-être que je pourrais t'aider. Tu me sembles très tendue dès que tu es près de moi.

– Je n'ai pas besoin de ton aide. Et je n'ai pas envie d'un massage. Retire tes mains de mon corps.

– Allez, dit-il en serrant davantage mes épaules et en s'approchant encore, si bien que nos visages sont collés l'un à l'autre, c'est juste de la tension.

– Lâche-moi, dis-je d'une voix plus forte et plus ferme.

Il m'attire à lui.

– De la tension sexuelle.

– Ah, ouais ?

– Je le sais.

– Lâche-moi. Tout de suite.

Je lutte et, tout à coup, je n'ai plus pied.

Il me tient, et il est plus fort que moi, plus fort que je le pensais. Il a réussi à me mettre dans une posture où il a encore pied, et pas moi.

– Je sais comment régler ce genre de tension,

insiste-t-il, son haleine putride tout près de moi. On pourrait s'en occuper tout de suite.

Je donne des coups de pied. Pas pour le frapper, juste pour me libérer.

Il se contente de rire et me plaque contre lui afin que je sente son corps, que je me révolte de son sexe en érection.

– Pas question, je lâche.

Mais j'ai peur.

Je sens à la satisfaction qui brille au fond de ses yeux que ça lui plaît.

J'essaie de le frapper, cette fois, mais dans l'eau, ce n'est pas facile, et je n'arrive à rien.

Tout à coup, il sourit comme un fou, il me plonge la tête sous l'eau et m'y laisse longtemps, des instants terrifiants. J'essaie de ne pas paniquer, de ne pas m'épuiser à lutter mais, tout à coup, je me rends compte que je n'ai pas du tout envie de mourir.

Paix me laisse enfin remonter à la surface. Alors que je tousse et que je crache, il m'attrape les fesses.

– Je pourrais te baiser et te noyer, me crache-t-il. Ça résoudrait tous mes problèmes.

Et là… je me mets à hurler.

20. *AUTUMN, LA FILLE ÉCOLO*
(Quinze ans)

D'une certaine manière, ma conversation avec Isaac avait assaini l'atmosphère entre nous. Il avait cessé de m'éviter, ce qui eut raison de mes angoisses. Je mettais un point d'honneur à le saluer (de façon peut-être un peu exagérée) quand j'étais avec mes amis pour lui montrer que je n'étais pas « comme eux ». Tout se passait bien.

Ou presque.

Car il subsistait une gêne entre nous. En cours, il voyait bien mes regards à la dérobée, en général quand il avait dit quelque chose de particulièrement intelligent, ce qui se produisait souvent. Toute rouge, je détournais alors les yeux. Ou bien je me rendais compte qu'il me tournait autour à l'heure du déjeuner, comme s'il avait envie de me parler, mais il détalait dès que je le regardais.

J'étais intriguée, perturbée, et... pleine d'espérance.

Puis il tomba sous le charme d'Autumn Robarts.

Plus précisément, il se lia d'amitié avec elle.

Autumn était parfaite dans le genre joyeuse et hyper positive, mais de façon diabolique. C'était la fille à vous faire remarquer que votre jean avait sans doute été fabriqué par un petit enfant chinois, ou que le fromage servi à la cafétéria n'était pas vraiment du fromage. Quoi qu'on ait, qu'on pense, qu'on fasse, elle avait/pensait/faisait ça mieux, de façon plus éthique/écologique. Elle avait renoncé au café, au sucre et au blé, aux laitages, aux solanacées (aux quoi ?), à la télé et au téléphone, et s'en portait merveilleusement bien.

« Je suis tellement plus présente à moi-même », disait-elle.

Étais-je donc la seule à considérer ça comme une mauvaise chose ?

Mais nous fréquentions une école tolérante, alors si un élève avait envie de faire de la méditation devant tout le monde et/ou d'en vanter les mérites, aucun problème. On pouvait même se joindre à lui pour méditer en plein milieu du hall.

Mais ça m'énervait qu'Isaac traîne avec elle. Ils faisaient tous deux de la musique (contrairement à moi, en raison du refus de maman, alors que cela m'aurait facilement procuré quelques bonnes notes supplémentaires), et il lui donna un coup de main pour sa campagne contre les distributeurs à l'école. Une campagne contre laquelle Juno faisait campagne… Tout d'un coup, Isaac intégra un groupe de musique, le club de rugby, de basket, de levée de fonds. Il défendait toutes les bonnes causes.

– Tu t'es lancé dans plein d'activités, dis-moi,

lui lançai-je en le voyant placarder des affichettes sur la porte de la salle de théâtre.

Mon ton était plus caustique que je ne l'aurais voulu, et Isaac fronça les sourcils.

– Pourquoi pas ? Il ne faut pas négliger notre CV pour l'université. Et puis, c'est une bonne façon de se faire des amis.

– Et puis, sauver le monde avec ton amie Autumn, ça doit être passionnant…

– Tu ne l'aimes pas.

– Je n'ai jamais dit ça.

– Dans ce cas, pourquoi tu es aussi désagréable ?

– Pourquoi tu continues à ne pas me parler ?

À ma grande surprise, ma remarque sonna comme un gémissement. Je me sentis gênée.

– Je suis justement en train de te parler.

– Oui, mais…

– Écoute, Ingrid… (Le visage écarlate, il serrait très fort le tas d'affichettes contre lui.) C'est… Je reconnais que mon attitude est bizarre. Mais on n'a pas à être amis. Peut-être que c'est ça, le problème. Partir de l'hypothèse qu'on doit l'être. Avant, on n'était pas amis.

– On n'en a pas eu l'occasion.

– Et ça n'aurait pas été le cas. Même si tu étais restée dans ce collège. Pour finir, tu aurais intégré un cercle social supérieur, et on n'aurait de toute façon jamais été proches.

– Arrête de réfléchir de cette manière. Aucun de nous deux ne sait ce qui se serait passé. Tout ça, c'est fini. Allez, viens avec moi. Laisse tes affichettes et viens avec moi.

– Quoi ? Tu veux à nouveau m'entraîner sur la piste pour m'engueuler ? Il fait froid dehors !

– Non, je veux juste… te parler. Tu n'as pas l'impression que… ?

Je jetai un coup d'œil autour de nous pour vérifier qu'on était seuls, et je me sentis mal à l'aise, parce qu'il me vit faire.

– L'impression que quoi ? demanda-t-il en s'approchant, avant de reculer.

– J'ai… J'ai tout le temps l'impression que toi et moi, on se connaît. (Je me tus pour attendre sa réponse, mais il se contenta de me regarder en silence, alors je repris :) Ce n'est pas le cas, je sais, mais j'ai l'impression qu'un jour ou l'autre, on va réussir à communiquer tous les deux, et que là… on ne pourra plus s'arrêter. Qu'on a plein de choses à se dire.

– Tu n'as pas Juno pour ça ?

– Si… elle est géniale. Drôle, loyale et gentille. Mais…

– Elle n'a jamais rien vécu de difficile ? suggéra Isaac. C'est l'impression qu'elle me donne. D'ailleurs, c'est plutôt une bonne chose pour elle.

– Tu as tout compris. Isaac. On est faits pour être amis. On est déjà amis, c'est juste qu'on n'a pas encore…

– Activé le programme ? termina-t-il à ma place, un drôle de sourire sur les lèvres.

– Oui, c'est ça !

– T'es vraiment une fille bizarre, tu le sais ?

– Pourquoi ?

– Tu es capable d'être à la fois timide et super gonflée.

– Bon… qu'est-ce que tu en dis ? Tu ressens pas ça, toi aussi ?

– Ce que j'en dis, c'est que tu me perturbes. C'est vrai, j'ai le sentiment de te connaître alors qu'en réalité, je ne te connais pas, et je suis… intrigué par toi. Mais si on finissait par se trouver mutuellement inintéressants et sans aucun point commun ? Qu'est-ce qui se passerait ?

Je haussai les épaules.

– Déjà, je sais que tu n'es pas bête. Moi non plus, donc ça, c'est réglé.

– Ingrid, la vie, ce n'est pas…

– Isaac, je veux pouvoir être ton amie. C'est aussi simple que ça. Je suis désolée de t'avoir effrayé.

– Dans ce cas, commençons par quelque chose de simple, dit-il en me tendant les affichettes. C'est Autumn qui les a fabriquées pour annoncer l'ouverture des auditions du *Magicien d'Oz*. Tu pourrais m'aider à les coller.

– D'accord.

– Parfait, dit-il en me tendant un rouleau d'adhésif. Tu me prépares le scotch, et moi je colle les affiches. Facile.

On se concentra en silence pendant quelques minutes avant que je lui demande ce qu'il avait fait ces dernières années.

Il regarda autour avant de répondre, puis commença à voix basse :

– Je suis resté dans ce collège une année

encore. Avant que ça empire vraiment. Mes parents sont des idéalistes.

– De profession ?

– Très drôle. (Ses yeux brillèrent quelques instants, puis il redevint sérieux.) Idéalistes au sens où ils veulent que je sois fier d'être différent, que je dépasse n'importe quelle situation grâce à ma force intérieure.

– Ouais, bien sûr..., fis-je en roulant des yeux.

– Ça part d'un bon sentiment. Ils ont fait tout leur possible. Ils m'ont inscrit au taekwondo, m'ont offert des biographies de personnages célèbres qui ont connu des situations difficiles dans leur enfance et fini par remporter, genre, le prix Nobel. J'ai également eu droit à des cours sur l'individualisme, Darwin, la construction sociale et l'effet des hormones sur le cerveau adolescent.

– Oh, non...

– Tout en refusant de me faire changer de collège. Mais pour finir... ils ont compris que ça ne marcherait pas. Alors ils m'ont laissé suivre les cours par correspondance pendant plusieurs mois, puis ma tante a proposé de m'emmener avec elle. Elle travaille pour la Croix-Rouge et elle se rend souvent en Amérique du Sud ou en Asie pour des formations. Je suis parti avec elle. Je continuais l'école à distance, ce que je faisais déjà de chez moi, de toute façon. Ça a duré deux ans, puis je suis rentré, j'ai été admis ici, et voilà.

– Tu aimes voyager ?

– J'adore. Quoi que je fasse plus tard dans la vie, il faut que je puisse voyager.

– Moi aussi. J'ai passé la plus grande partie de mon enfance à parcourir l'Europe avec ma mère.

– Vraiment ?

– Et maintenant ? Ce n'est pas trop dur ? Après avoir connu ça, ce n'est pas facile de rester au même endroit, n'est-ce pas ? Ça te manque ?

– Et toi ?

– C'était il y a longtemps, dis-je en regardant par terre avant de relever la tête. J'ai été… très occupée par notre nouvelle vie. Alors, je n'y pensais pas au début, mais oui, ça me manquait. Et ça me manque encore.

– Moi aussi, dit-il en tendant la main vers le scotch. Mais, euh… mes parents ont estimé que j'avais besoin d'« interactions sociales adolescentes ».

– Ah ah !

– Ouais. Je ne suis pas convaincu, mais on verra bien.

– Tu pourrais déjà considérer que tu en sais pas mal sur la question.

– Tu parles de mes expériences précédentes ?

– Et des miennes.

– Alors, est-ce que je comble tes grandes espérances ? Ai-je assez de choses à te raconter ? Suis-je assez brillant et drôle ?

J'éclatai de rire, lui aussi, et avant que je m'en rende compte, toutes les affichettes étaient posées.

– Tu m'as bien aidé, déclara-t-il.

– Ça m'a fait plaisir.

Nous avions fait le tour de l'école pour revenir à notre point de départ, la salle de théâtre.

– Alors comme ça…, dit-il en plongeant ses mains dans les poches, tu vas passer l'audition ?

– Non. Comme dirait ma mère, c'est inutile.

– Inutile ? dit-il avec un regard sceptique. Dans quel sens ?

– Pour la vie.

– Ce n'est pas la question, c'est juste une pièce dans le cadre scolaire. Ça n'engage à rien.

– Qu'est-ce qui n'engage à rien ? lança la voix aiguë et pétillante d'Autumn qui, surgissant de nulle part, planta son regard bleu dans les yeux d'Isaac.

– Ça, dit celui-ci en désignant une affichette.

– Cette école recèle plein de talents, déclara Autumn. Il y aura un véritable orchestre. C'est incroyable, non ?

Un véritable orchestre, cela n'avait rien d'incroyable pour moi, mais je me tus.

– Vous allez faire partie de l'orchestre, tous les deux ? demandai-je.

Isaac jouait de la trompette et de la guitare, et Autumn du hautbois.

– Peut-être, dit Isaac.

– En fait…, avança Autumn, une petite voix m'a dit que j'avais une bonne chance de jouer le rôle de Dorothy. Et toi, Isaac, tu n'as pas parlé de postuler pour être metteur en scène ? Puisque la musique figure déjà sur ton CV ?

– Bon, je dois y aller, dis-je, énervée qu'Autumn

mette un terme à ma conversation avec Isaac, furieuse qu'elle lui dise ce qu'il devait faire.

– Ingrid, dit-il en me regardant fixement, ils cherchent des chanteurs.

– Isaac, fit Autumn avec une grimace, tu es nouveau, tu ne le sais sans doute pas, mais Ingrid n'est pas du tout musicienne.

– Ah, bon ? dit-il avec un regard intrigué.

Pour éviter de chanter dans la chorale, j'avais déclaré ne rien y connaître en musique.

– Et puis, en plus de chanter, il faudrait que tu saches jouer la comédie, reprit-elle avec un sourire tellement dégoulinant de pitié que j'eus envie de la frapper. Mais si tu veux t'impliquer, on a besoin d'aide pour le matériel, les costumes et les décors.

Tout ce qu'elle n'avait pas envie de faire.

Et là, je me surpris à dire :

– Je pourrais peut-être passer l'audition, juste pour m'amuser. Un rôle où il n'y a pas besoin de chanter…

– Mais tout le monde chante pendant le final, protesta Autumn en se rapprochant d'Isaac. Donc, il faut chanter à l'audition !

– Et alors ? Je n'ai pas le droit d'essayer ?

Isaac gardait le silence, adossé au mur. Son regard allait de l'une à l'autre.

– Ce n'est pas pour s'amuser, Ingrid, s'agaça-t-elle. C'est du sérieux ! Tu ne peux pas passer une audition juste pour t'amuser. C'est…

– Donc selon toi, Autumn, je ne peux pas passer l'audition ? Mais ce n'est pas ton problème !

C'est comme ça que je m'inscrivis pour l'audition du *Magicien d'Oz*.

Je fus aussitôt prise de remords.

Si je ne mourais pas d'une crise cardiaque, je risquais de succomber au trac. J'allais être nulle. Et si jamais ce n'était pas le cas et que j'obtenais un rôle, ma mère m'assassinerait. Ou garderait le lit pendant les cinq années à venir.

Je ne lui dis rien.

Pendant ce temps, Autumn chantait partout et tout le temps *Over the Rainbow*, y compris l'intro, dont elle nous avait dit d'un air important qu'elle avait été omise dans le film, mais qu'elle figurerait bien dans la pièce. On l'entendait dans les couloirs, à chaque pause et pendant l'heure du déjeuner. Elle avait tressé ses cheveux comme Dorothy. Et sa fausse modestie (uniquement destinée à s'entendre dire qu'elle était géniale, alors que sa voix était, au mieux, médiocre) la rendait encore plus agaçante.

– J'ai une bonne nouvelle pour toi, me dit-elle la veille de l'audition. Je viens d'apprendre qu'il y a un rôle où il n'est pas nécessaire de chanter. Celui de la Méchante Sorcière de l'Ouest, bien sûr, mais tu es trop petite pour ça, et puis c'est un sacré défi. Mais Rhea a changé d'avis sur le fait de faire venir un vrai chien sur scène. Elle veut que Toto soit interprété par un élève. Alors…, me souffla-t-elle à l'oreille, tu pourrais être mon chien…

– Autumn, je ne serai jamais ton chien.

– Tu peux toujours changer d'avis, conclut-elle avec une sympathie feinte.

Jamais.

À part quelques tentatives discrètes sous la douche, je ne m'exerçai pas du tout.

Par déni ou par terreur, je fis comme si cette audition n'existait pas.

Pourtant, le jour dit, je me retrouvai devant les portes du théâtre avec les autres. En plus de la peur qui me rongeait le ventre, des sueurs froides et de mon cœur qui battait la chamade, l'acoustique de l'endroit était excellente, et les portes mal insonorisées ; toute personne à l'extérieur entendait l'audition à l'intérieur.

C'était terrible.

Juno avait décidé de tenter sa chance, elle aussi, alors elle me tenait compagnie. Heureusement, la présence d'Autumn (qui s'échauffait la voix en faisant mine de ne pas écouter les auditions, mais qui donnait son avis sur tout le monde) m'empêcha de fuir.

J'eus l'impression d'attendre des siècles puis, tout à coup, ce fut mon tour.

Godark avait conservé la plus grande des deux salles de spectacle, qui était souvent utilisée pour différentes activités. L'endroit avait une beauté surannée, avec ses deux cents sièges en velours rouge usés jusqu'à la corde, son balcon soutenu par des colonnes corinthiennes peintes en bleu nuit et couvertes de feuilles dorées, son dispositif d'éclairage professionnel, et sa scène.

Seule la scène était éclairée. D'un côté trônait

un piano avec M. Krauss, le prof de musique, et de l'autre, Isaac dans un fauteuil de metteur en scène. Quelque part dans le public, derrière une table avec des lumières rouges tamisées, se tenait Rhea.

– Mademoiselle Burke, annonça Rhea depuis la pénombre alors que je m'immobilisais au centre de la scène, je suis ravie de te voir auditionner.

J'entendis quelques papiers bouger et je plissai les yeux.

– Tu n'as pas précisé quel rôle t'intéresse en particulier, dit-elle. Qu'aimerais-tu jouer ?

– Je ne sais pas... Je me suis inscrite parce que... (Je jetai un rapide coup d'œil à Isaac, et détournai rapidement les yeux.) Parce que...

« Ça m'amusait » aurait été déplacé. Car Rhea semblait terriblement sérieuse.

– Oui ?

– Parce que j'adore l'histoire du *Magicien d'Oz*. Elle est profonde. Bien sûr, il y a le film, mais aussi *Wicked*, que j'ai vu il y a plusieurs années, et le livre, que j'ai lu plein de fois. Cette histoire traite de thèmes essentiels. Elle nous permet de voir ce qui compte vraiment, de se méfier de nos envies, d'accepter nos origines. Elle aborde la question de l'amitié, du bien et du mal... (Au début incapable de parler, j'étais tout à coup intarissable.) Bref, s'il y a un rôle pour moi, tant mieux. Je suis petite, mais je pourrais faire une bonne sorcière. N'importe quel rôle, à part...

– À part ?

« Le chien d'Autumn. Je vous en supplie. »

– Rien. N'importe quel rôle.

– Et tu sais chanter ?

– Je… (Je regardai Isaac, pensai à maman, et haussai les épaules.) Un peu.

Pas de doute, j'avais au moins le niveau pour faire les chœurs. C'était une pièce dans le cadre de l'école, rien de plus.

– Eh bien, essayons quelques petites choses, dit Rhea, qui monta sur scène pour me tendre un extrait. Tu vas lire avec Isaac.

J'interprétai quelques rôles : celui de Glinda, la Méchante Sorcière de l'Ouest, le Corbeau, et Dorothy. Jouer la comédie ne me posait pas de problème, même si je ne parvenais à être calme qu'en regardant Isaac qui, heureusement, lisait très bien.

– Bon, fit ensuite Rhea. As-tu préparé une chanson ?

– Pas vraiment. Laquelle voulez-vous ? Je crois que je les connais toutes.

M. Krauss posa les doigts sur le clavier et joua l'introduction d'*Over the Rainbow*.

Oh, non.

Je m'avançai en me triturant les mains, cessai et reculai. Si j'avais tenu une partition, j'aurais au moins pu prendre une contenance. Cela faisait vraiment dilettante d'être venue les mains dans les poches. Mais l'introduction touchait à sa fin, il fallait que je prenne une grande bouffée d'air car je ne pouvais plus reculer.

Quelle mauvaise idée j'avais eue de m'inscrire à cette audition…

L'instant suivant, je chantais. J'ignore comment j'avais réussi à ouvrir la bouche. La chanson jouait sur plusieurs registres. J'atteignis bientôt la première note aiguë, celle qu'on entendait crisser ou grincer du couloir depuis le début des auditions : la note de la grimace. Je n'allais sans doute pas faire mieux, voire pire…

Mais elle ne fut ni crissante ni grinçante. Je commençai certes en tremblant, pourtant j'atteignis la note sans difficulté. Il n'était pas question que je rate mon audition alors qu'Autumn écoutait de l'autre côté de la porte.

À la fin du morceau, je restai sur scène en clignant des yeux. Atome par atome, je revenais peu à peu à la réalité. J'étais allée jusqu'au pays d'Oz, et il me fallait quelques instants pour atterrir dans le monde réel. On me parlait, mais je répondai de façon machinale.

Puis Isaac m'escorta jusqu'à la sortie avec une lampe-torche. Je remontai l'allée et atteignis la porte. Là, il s'arrêta.

– Pourquoi tu fais cette tête ? soufflai-je.

– Je suis heureux que tu aies passé cette audition. Si c'est à cause de ça que je fais cette tête, eh bien, tant pis. Prépare-toi à plein d'autres têtes de ce genre.

– Pourquoi ? demandai-je alors que la panique montait en moi.

Un instant, j'avais eu confiance en ma prestation mais, tout à coup, je n'étais plus certaine de rien.

– Ingrid, tu as crevé le plafond.

– Dans le bon sens du terme ?

– Bien sûr ! Maintenant, file, j'ai encore du boulot.

Avant que j'aie la possibilité de réfléchir à ses paroles, il ouvrit la porte, et je pris la lumière vive du couloir en pleine figure.

Juno se mit à hurler de joie en m'applaudissant, suivie par d'autres.

Sauf Autumn. Qui me décocha un regard assassin. Elle était blême. À tel point que je me sentis triste pour elle. Je lui lançai un regard compatissant en disant :

– Bon courage, Autumn.

« Je suis vraiment une salope, pensai-je. Mais une salope qui a la musique dans le sang. »

Quand la liste du casting fut affichée, j'y figurais. En tant que Dorothy.

Je ressentis de minuscules explosions le long de ma colonne vertébrale. Comment avais-je traversé toutes ces années sans savoir à quel point j'aimais chanter ?

« Ce n'est qu'une pièce d'école, me disais-je. Et pourtant… »

Le problème, c'est que je n'avais encore rien dit à maman.

Andreas était parti coacher des dirigeants en Irlande. J'espérais qu'il serait de retour à temps si/quand je dev(r)ais annoncer la nouvelle à maman. Mais pour finir, un matin au petit déjeuner, j'en eus assez de garder le secret pour moi.

– Maman, dis-je en m'éclaircissant la voix, je…

J'ai élargi le champ de mes activités extrascolaires afin de rendre mon profil… plus intéressant en vue de mon admission à l'université.

– Excellente idée. Et à quoi t'es-tu inscrite ? Au club de débat ? À l'équipe de football féminin ?

– Non. On m'a proposé de jouer dans… une petite pièce.

– De jouer dans une pièce ?

– De passer une audition.

– Tu vas passer une audition pour une pièce ?

– Euh… oui.

Je décidai aussitôt de ne pas lui révéler que l'audition était déjà passée, et que j'avais obtenu un rôle. LE rôle.

– En quoi est-elle petite ?

– Hein ?

– Tu as dit une petite pièce. Pourquoi petite ? dit-elle d'un ton de plus en plus tendu. Parce qu'elle est mauvaise ? Insignifiante ?

– Non… elle n'est pas mauvaise. Ni insignifiante. C'est juste que c'est dans le cadre de l'école, maman, dis-je en commençant à débarrasser la table. Mais du coup, il faudra que j'assiste aux répétitions le soir pendant… quelques semaines. Ne t'inquiète pas, je ne délaisserai pas mes devoirs ni rien, et ça sera une bonne chose pour mon CV.

Elle me regardait fixement en tapotant la table avec l'un de ses ongles.

– Et quelle est cette pièce ? demanda-t-elle d'un ton badin.

Je marmonnai « *Magiciendoz* » tout en fonçant sur mon manteau et en enfilant mes bottes.

Je ne savais pas à quoi m'attendre quand j'osai enfin relever la tête vers elle, mais je la trouvai pleine de compassion.

– Ma chérie, tu ne te crois quand même pas capable d'interpréter Dorothy ?

– Tu ne m'en crois pas capable ?

– Ingrid… on en a déjà parlé. Tu n'as rien d'une chanteuse, et ce n'est pas une vie pour toi. Tu mérites de la stabilité. Du respect. Un métier où on ne te jette pas un jour comme une vieille chaussette. Je n'ai pas envie que tu sois déçue si tu n'es pas retenue, ou si tu n'obtiens qu'un rôle de consolation.

– Mais ça ne te dérange pas que je passe l'audition ? dis-je. Que j'essaie, au moins ?

– S'il le faut, lâcha ma mère avec un regard désolé. Je serai là pour toi.

– Oh, merci, maman !

Elle me prit dans ses bras tandis que, mentalement, je me mettais à réécrire l'histoire entre le moment de l'audition et l'obtention du rôle. Alors que les répétitions commençaient le soir même.

Si j'avais eu une machine à remonter le temps, je n'aurais pas eu besoin de mentir.

Une semaine plus tard, je rentrai à la maison après une répétition fructueuse et je lui annonçai en essayant de convoquer de nouveau la joie ressentie le jour où j'avais vraiment appris la nouvelle :

– Maman, j'ai eu un rôle ! LE rôle ! Celui de Dorothy !

– Oh ! s'exclama-t-elle. (Elle était si gentille et pleine de sollicitude les jours précédents que j'étais persuadée qu'elle serait contente pour moi.) Ma chérie, Ingrid. C'est…

– Génial ?

– Oui. Félicitations. C'est merveilleux, dit-elle en me prenant dans ses bras et en m'embrassant sur les deux joues. Magnifique !

Exactement ce que j'avais envie d'entendre.

Par conséquent, elle aurait dû avoir l'air ravie.

Et pourtant, elle donnait juste l'impression de porter le poids du monde sur ses épaules…

21. COURAGE
(Peak Wilderness, jour 11, soirée)

Dès que je hurle, Paix me lâche.

Je me débats pour m'éloigner de lui. Je réussis à me rapprocher de la rive, où je vois Bonnie et d'autres surgir.

Paix me suit de ses yeux de fouine. Son regard fait peur. Puis il éclate de rire.

– Hé, je déconnais, dit-il entre deux gloussements. Fais pas ta timorée.

– Ne m'approche pas ! je hurle de nouveau. Ne me parle pas, ne me touche pas, ne pense même pas à moi !

– Ingrid ? me lance Pat depuis la rive, Bonnie à ses côtés. Tout va bien ?

– Je vais te castrer pendant ton sommeil ! je crie à Paix.

Je suis accroupie dans l'eau peu profonde parce que j'ai perdu mes sous-vêtements (et mon savon). En plus, ce connard va me voir nue, même si c'est devenu le cadet de mes soucis.

– Non, tout ne va pas bien ! je lance à Pat en décidant de sortir de l'eau malgré ma nudité. Bob ici présent trouve très drôle de me menacer, de m'agresser et de tenter de me violer.

Bonnie retire sa veste pour me couvrir.

– J'ai dit que c'était pour plaisanter, insiste Paix en sortant de l'eau après moi.

– De me maintenir la tête sous l'eau et de me plaquer contre toi ? Où est la plaisanterie là-dedans, Paix ?

Bonnie est toute pâle, Pat retient son souffle. Le reste du groupe s'approche.

– J'ai voulu te rattraper parce que tu avais du mal à nager, dit-il avec un ricanement forcé. Et voilà comment tu me remercies…

– Me rattraper ? « Je pourrais te baiser et te noyer », je pense que ce sont exactement les mots que tu as prononcés après m'avoir maintenu la tête sous l'eau…

Ally me tend une serviette que j'enroule autour de mon corps, en plus de la veste de Bonnie. Puis je me dirige vers le feu en tremblant.

– Tu mens, dit Paix, sur mes talons.

Pat lève les mains.

– Bon, apparemment, on a un problème : deux versions d'un même événement, et deux personnes très en colère. Nous allons en parler. Mais je vous suggère d'aller d'abord vous rhabiller chacun de votre côté.

Je sais que je tremble, mais au lieu de me sentir frigorifiée, je bouillonne de rage. Mes oreilles bourdonnent. J'ai envie de hurler à l'idée de devoir argumenter contre Paix.

Tout s'est passé dans le noir…

Et dans l'eau…

Où personne ne pouvait ni nous voir ni nous entendre.

Ce qui est précisément la raison pour laquelle il a choisi ce moment.

– Attendez ! déclare une voix féminine un peu cassée. J'ai quelque chose à dire.

C'est Melissa, accompagnée de Jin qui lui tient la main.

– Après ce que j'ai vécu… ce n'est pas facile pour moi de… (Elle lève furtivement les yeux, puis les baisse de nouveau.) J'ai eu si peur… Mais je dois… c'est même très important pour moi…

– Vas-y, dit Jin en lui serrant la main. Tu peux le faire.

– J'ai entendu Paix dire ça, déclare Melissa à Bonnie et Pat. Qu'il aurait pu la… b… baiser et la… noyer. J'ai tout entendu. J'étais allée m'asseoir sur un rocher pour réfléchir. Le vent portait les voix. Et je n'ai pas entendu que ça ; avant, j'avais entendu Ingrid lui demander plusieurs fois de la laisser tranquille, de partir, les éclaboussures, et le truc sur la noyade… Je revenais chercher de l'aide quand Ingrid a crié. Elle dit vrai.

Silence de mort.

À la périphérie de mon champ de vision, je vois Pat s'approcher calmement de Paix, et Tavik se placer de l'autre côté. Paix se tortille. Comme s'il les défiait de le toucher. Tavik a l'air implacable, et Pat a un regard déterminé. Tout à coup, Bonnie court vers sa tente.

Paix a l'air prêt à sauter sur quelqu'un : moi,

Melissa, Pat ou Tavik. Ally se rapproche, de même que Harvey et Henry. Jin le tient à distance du regard.

– C'est n'importe quoi, lâche-t-il. Je me tire.

Comme s'il allait partir dans les bois en pleine nuit.

J'espère presque qu'il le fasse, sauf qu'on devrait ensuite le chercher.

Mais il ne fait pas deux pas. D'un geste étonnamment preste, Pat lui encercle la poitrine, et en cinq secondes, Tavik et lui le maintiennent à terre grâce à une clef dans le dos. Il hurle comme une bête, il donne des coups de pied et de poing, dont l'un atteint l'épaule de Tavik. Ce dernier réplique par un coup dans le ventre, puis lui fait une clef de cou jusqu'à ce que Pat lui ordonne d'arrêter. Il se contente alors d'immobiliser Paix.

Celui-ci cesse de se débattre, mais il continue à proférer des insultes en demandant qu'on lui foute la paix avec ces « conneries de capitalistes ».

– Du calme, Paix, lance Bonnie en revenant avec un téléphone à la main. Ton vœu va être exaucé.

Trois quarts d'heure plus tard, heureuse d'avoir enfilé des vêtements puants mais secs, je me tiens debout sur la rive. Duncan est en train d'amarrer le bateau dans la baie.

– Ça a été rapide, dis-je à Bonnie, qui est près de moi.

– On a des procédures d'urgence.

– Pour des urgences autres que les trop-pleins d'émotions ?

– Ouais. Les crises émotionnelles, c'est notre boulot. Là, c'est différent. Je suis désolée. Tu vas bien ?

– Oui. Autant que possible, en tout cas. Qu'est-ce qui va se passer pour Paix ?

– On va faire un rapport, et il ne sera pas remboursé. Tu pourrais aussi… porter plainte contre lui. Tu devrais le faire, même. Mais tu n'es pas obligée de décider ça maintenant.

– J'y réfléchirai.

– Ingrid, je sais que tu n'as jamais demandé à venir ici…

– Exact.

Bonnie inspire une grande bouffée d'air, comme si elle prenait de l'élan, puis elle dit :

– Si tu veux, tu peux partir.

– Quoi ?

– Par le bateau. J'ai… une petite idée de ce que tu as enduré ces derniers temps. Libre à toi d'en parler ou non…

– C'est non.

– Cela m'embête que tu aies découvert la réalité du camp sur place, sans y être préparée. Qu'on ne t'aie pas dit à l'avance de quoi il s'agissait. C'est assez dur comme ça. À la réflexion, ta mère a exigé beaucoup de toi, elle exige que tu gères beaucoup trop de choses.

– Et tu me laisserais partir ? Maintenant ?

– Je te donnerais ma permission, ma recommandation et mon approbation. Je ne peux imaginer que ta mère ne comprenne pas.

– N'en sois pas si certaine.

– Néanmoins, moi, je dis que tu peux partir.

– Avec lui ? dis-je en désignant la rive où Paix est gardé par Tavik, Harvey et Henry. Je n'ai pas envie de partir à ce point.

– Tu pourrais partir en premier. Tout de suite. Duncan reviendra le chercher demain. On peut se charger de lui cette nuit.

Je me rends enfin compte de ce qu'elle est en train de me dire. J'imagine ce que ça me ferait de rentrer chez moi.

Une douche chaude, des vêtements propres, mon lit… De la nourriture variée, pas de boue, de moustiques ni de sac à dos qui pèse une tonne, personne qui essaie de se mêler de mes affaires, ni de tout révolutionner dans ma tête…

Sachant que maman a déjà opéré une première révolution dans ma tête…

Manifestement, je me sentirais mieux si j'étais propre, au chaud et au sec, et reposée. J'arrêterais de pleurer, et j'aurais les moyens de me sortir des griffes de ma mère.

Ma santé mentale a-t-elle à voir dans cette décision, ou bien est-ce juste une affaire de principes ?

– Pas de pression, me dit Bonnie, ce qui me sort de mes pensées. Mais j'ai besoin de le savoir maintenant.

– Je comprends.

La décision n'est pas simple.

Je déteste presque tout à Peak Wilderness. Je suis furieuse d'avoir été envoyée là, et la plupart du temps, je m'y sens vraiment mal.

Et pourtant…

J'apprécie l'offre de Bonnie, et j'adorerais l'accepter. Mais je ne peux pas partir. J'ai promis de tenir bon, je dois respecter ma parole.

– Merci. Mais j'irai jusqu'au bout, j'annonce.

Personne ne salue Paix/Bob quand il part. On se rassemble tous sur la rive pour le regarder s'éloigner avec Duncan. L'humeur collective est sombre.

Mais une fois qu'il a disparu, tout le monde se détend. Bonnie et Pat n'attendent pas le tour de table pour qu'on débriefe sur ce qui vient de se passer. Le dîner est intense, et le tour de table s'impose de lui-même.

Je ne sais pas si je suis sous le choc, ou juste épuisée, ou si tout simplement le départ de Paix me soulage vraiment, en tout cas, Melissa va bien plus mal que moi. Et, contrairement à moi, alors qu'elle est silencieuse depuis des jours, ce soir, elle a très envie de parler.

– Partout où je vais, il y a quelqu'un comme lui, murmure-t-elle, blottie tout près du feu, son sac de couchage sur les épaules. Le gourou de notre secte était comme lui. Ce sont des dingues, des narcissiques et des menteurs. Je savais que Paix était comme ça. Je le sais depuis le début.

– Du coup, tu t'es tenue à bonne distance de lui, avance doucement Bonnie.

Melissa acquiesce.

– Mais je voyais bien qu'il me regardait. Et qu'il regardait Ingrid. Alors, ça m'a… renvoyée à moi-même… J'ai eu peur. J'ai encore peur. J'ai peur de devoir passer toute ma vie sur mes gardes. Même si Bob ne pourra jamais devenir gourou. Il manque de charisme, il n'a pas cette capacité à te bombarder d'amour, à incarner tout ce dont tu as toujours rêvé. À te faire croire qu'il est ton sauveur.

– C'est juste un connard, je marmonne.

– Pendant la première étape du lavage de cerveau, la personne est tellement gentille… Elle perçoit tes besoins les plus secrets, et elle sait y répondre. C'est une sensation incroyable. Mais ça aboutit à ce que tu te sentes tellement faible que tu te mets à avoir peur d'aller aux toilettes sans permission, et que tu t'accuses toi-même de tout ce qui ne va pas… Tu cherches à retrouver l'état du début, où tu étais si bien, et tu n'y arrives jamais.

– C'est pourri, lâche Jin.

– Je suis désolée de monopoliser la parole comme ça, me dit Melissa. Alors que c'est toi qui as été agressée. C'est juste que… toute cette histoire m'a ramenée à ce que j'ai vécu. J'ai été tellement stupide, tellement lâche.

– Pas ce soir, dis-je en lui prenant la main. Je te remercie. Parle autant que tu veux. Je… Il faut que je réfléchisse à beaucoup de choses, en revanche, je n'ai pas grand-chose à dire. En tout cas, pas ce soir. Je vais bien. Je me sens tellement mieux depuis qu'il est parti.

Bonnie et Pat aident Melissa à démêler ce qui se passe en elle, puis ils s'adressent à chacun de nous. Bien entendu, ils finissent par moi. Je sais que je dois parler, sinon, ils auront l'impression de ne pas avoir fait leur job.

– Quand je dis que je vais bien, c'est vrai. Ça a été effrayant, mais je me suis battue, Melissa m'a apporté son soutien et… en un sens, Paix m'a fait un cadeau.

Ils gardent le silence, surpris de toute évidence.

– Dans le lac, avant qu'il me rejoigne, je songeais à la mort, j'explique, ayant décidé que je me moquais qu'ils sachent ça. À ma propre mort. Pendant quelques instants, je me suis dit que ça serait plus simple. (Jin ne me quitte pas des yeux, Melissa hoche la tête, Seth regarde par terre, Ally a l'air au bord des larmes, et Tavik me lance un regard farouche que j'ai du mal à analyser.) Tout à coup, Paix surgit et me menace, il me maintient la tête sous l'eau, et je découvre que ma vision mélodramatique de la mort, c'est des conneries. Parfois, je déteste ma vie, il n'empêche que j'ai envie de la vivre. Alors maintenant, je me sens mieux qu'avant cet incident. Je sais que ça peut paraître bizarre…

Au bout de quelques instants de silence, Ally s'écrie :

– Ouah !

– Ouah ! je répète, prête à me départir de mon sérieux. Alors, longue vie à Paix !

Jin éclate de rire, presque tout le monde l'imite, et je bâille. Je demande :

– On peut aller se coucher, maintenant ?

Pat clôt la séance avec un exercice de méditation pour nous aider à nous sortir de boucles émotionnelles. Il explique :

– Si on quitte la boucle, nos émotions changent. Et si on change nos émotions, notre comportement change. Ou l'inverse. En fait, faire bouger un élément provoque une réaction en chaîne.

Bonnie ajoute :

– Quand on ne peut pas changer la situation, en revanche, on peut toujours changer notre façon de la vivre.

Quelques minutes plus tard, alors que je me brosse les dents, Tavik me rejoint à grands pas.

– Bonnie vient dormir avec nous, annonce-t-il.

– Quoi ? Et pourquoi ?

– Au cas où tu te sentes…

– Tellement excitée que je te saute dessus en pleine nuit ?

– Non, dit-il en riant. Au cas où tu te sentes vulnérable… à cause de ce qui vient de se passer.

– Oh, non…

J'aperçois Bonnie qui arrive avec son sac de couchage sur l'épaule.

– Bonnie, je n'ai pas peur de Tavik, je lui déclare.

– La procédure m'oblige à…

– En fait, je me sens même plus en sécurité juste avec Tavik que quand Paix était avec nous, et puis, je rêvais d'avoir un peu plus d'espace…

– La règle, c'est trois par tente. Et avec tout ce qui vient de se passer, je prends toutes les précautions, dit-elle en coupant court à la conversation.

– Eh bien, dis-je à Tavik en tuant un moustique, le numéro un million et quelques (j'ai cessé de compter), j'espère qu'elle ne ronfle pas…

22. *L'INQUIÉTUDE DE GLINDA*
(Quinze ans)

Andreas rentra enfin, juste avant une grosse tempête hivernale.

– Maman t'a parlé ? lui demandai-je avant même qu'il retire ses chaussures.

– De quoi ?

– De la pièce ?

Elle ne lui avait rien dit. Elle avait fait comme si ça n'existait pas.

Je lui expliquai tout.

– Bravo, dit-il en me serrant très fort dans ses bras. Ça va être magnifique !

– Qu'est-ce qui va être magnifique ? demanda maman en descendant l'escalier.

– Ingrid dans *Le Magicien d'Oz*, déclara Andreas.

– Nous verrons. J'espère simplement qu'elle ne va pas négliger son travail scolaire pour autant.

– C'est une sacrée bonne nouvelle, ma chérie, insista Andreas. De celles qui n'arrivent qu'une fois dans la vie.

– Ça, je l'espère bien, lança ma mère. Je

préférerais qu'elle consacre du temps à se préparer au monde réel, au lieu de jouer la comédie.

Depuis le début, j'espérais qu'elle assisterait à la représentation de la pièce. J'avais même secrètement imaginé que ça l'aiderait de me voir jouer Dorothy, qu'elle serait si fière de moi qu'elle finirait par surmonter sa peine d'avoir perdu sa voix.

Mais là, je devais être à bout de patience.

– Je l'espère bien, répétai-je. Maman, tu t'entends parler ?

– C'est la voix de la raison. Celle de l'expérience. Tu sais aussi bien que moi tout ce qui peut mal tourner.

– C'est une pièce pour l'école. Et puis, ce n'est pas parce qu'il t'est arrivé quelque chose de difficile… Comment oses-tu te comporter comme si cette aventure n'avait aucune importance pour moi ? Au cas où tu ne l'aurais pas remarqué, je ne suis pas toi. Si à l'échelle terrestre, cette pièce n'est pas un événement majeur, en ce qui me concerne, ça l'est. Pourquoi tu ne peux tout simplement pas être heureuse pour moi ?

– Ne crois pas que tu sais ce que j'éprouve.

– Je ne crois rien du tout. Je vis avec toi. J'ai des yeux, des oreilles, et je ne suis pas stupide, maman ! Je n'ose même pas répéter mon texte à la maison, encore moins chanter un seul morceau !

– Eh bien, ne te gêne pas pour moi, m'assena-t-elle avec un regard noir. Je ne voudrais pas que, si tu ne connais pas ton texte, et que, du coup, tu te ridiculises sur scène, tu m'en veuilles par la suite. Car je doute que mon salaire suffise à te payer une thérapie.

– Tu ne veux pas que je joue, mais tu veux bien que je répète ?

– De toute façon, ce que je veux n'a aucune importance, de même que la sagesse que j'ai pu acquérir. Puisque tu dois le faire, autant le faire bien. Je n'ai pas envie d'avoir honte de toi dans le public.

Sur ce, elle tourna les talons pour quitter la pièce.

– Attends ! m'écriai-je.

Elle me lança un regard glacial.

– Oui ?

– Tu... as l'intention de venir ?

– Bien sûr.

– Je ne te comprendrai jamais.

Elle plissa les yeux et s'autorisa un petit sourire.

– Je l'espère bien, dit-elle en se dirigeant vers l'escalier.

Nous laissant, Andreas et moi, à notre ahurissement.

Je commençai donc à répéter à la maison. Pas les chansons, juste mes textes. Je le fis même alors qu'elle était présente, en fermant toutefois la porte de ma chambre. Pourtant, je me sentais inquiète, car son humeur variait beaucoup. Un jour, elle était distante, le lendemain, affectueuse.

La bonne nouvelle, c'était que Juno jouerait la Méchante Sorcière de l'Ouest.

La mauvaise, c'était qu'Autumn incarnerait Glinda, la Bonne Sorcière du Sud, et qu'elle passait son temps à essayer de donner plus d'importance à son rôle.

– Glinda pourrait apparaître maintenant, disait-elle alors qu'on était en train de travailler la scène du champ de coquelicots, où elle ne figurait pourtant pas. On pourrait la voir passer en arrière-plan pour montrer son inquiétude.

« Montrer son inquiétude. »

– Je ne vois pas en quoi cette scène a un rapport avec ton inquiétude, rétorqua Juno avec un regard noir.

– Nous en parlerons lors d'une répétition où tu apparais, Autumn, intervint Rhea, diplomate.

Je m'interdis difficilement tout commentaire sarcastique en jetant un coup d'œil à Isaac.

Il eut une sorte de ricanement.

Mes lèvres tressautèrent, et je dus détourner la tête pour ne pas rire.

Une fois Juno partie prendre un verre avec L'Homme de Fer-Blanc et le Lion (Toff allait être jaloux), Isaac me rejoignit en coulisses.

– J'ai eu une idée, dit-il en s'approchant. On oublie la trame de la pièce originale. Ce qu'il nous faut, c'est un duel. Entre Glinda et la Méchante Sorcière de l'Ouest. Au-dessus de la cité d'Émeraude.

Je dissimulai mon rire.

– Ou alors, dans une fosse de boue, continua-t-il avec un sourire.

Je gloussai :

– Pervers, va.

– Peut-être. Mais on vendrait des tonnes de billets. Sérieux, Autumn, elle…

– Chut.

– Ne t'inquiète pas, elle est partie. Rhea m'a dit qu'elle allait lui demander de cesser d'assister aux répétitions des scènes où elle ne joue pas.

– Il faut dire que c'est énervant, sa façon de tout commenter et de critiquer dès que quelqu'un se trompe. (Elle passait son temps à regarder par-dessus l'épaule d'Isaac, à croire qu'il lui appartenait. Je voyais bien que ça l'énervait, lui aussi.) C'est ton boulot de diriger les acteurs, pas le sien.

– Je suis désolé.

– Pourquoi tu es désolé ? C'est elle qui fait ça.

– Je… Tu as sans doute raison. Mais je devrais lui dire de… ne pas… (Il baissa la tête et haussa les épaules.) Je ne sais pas faire… et je n'ai pas envie de la vexer.

J'attrapai la baguette magique de Glinda (une très jolie baguette couverte de paillettes ; Autumn l'avait fabriquée elle-même) et la fis tournoyer.

– Il faudrait qu'elle consacre son énergie à autre chose. Elle devrait travailler sur une pièce secondaire, qu'elle intitulerait : *L'Inquiétude de Glinda*.

Isaac éclata de rire.

– Ou alors, on pourrait modifier la pièce pour jouer tous les rôles : Oz, la Méchante Sorcière de l'Ouest, etc.

J'agitai la baguette comme une matraque en gloussant, puis je m'arrêtai d'un coup.

– Et vous êtes encore amis ?

– Euh… (Il rougit.) Oui, mais… ces derniers temps, on ne se voit pas beaucoup…

– Je ne t'interdis pas de le faire.

– Je sais mais, du coup, je suis un salaud de parler d'elle comme ça. C'est ce que tu es en train de me dire.

– Isaac, elle est énervante. Elle m'a toujours agacée. Sa perfection est agaçante. Son sérieux est agaçant. Et maintenant, pendant les répétitions, elle me rend dingue. Pourtant, elle n'est pas méchante. Et je n'ai surtout pas envie…

– De te transformer en une personne qui en enferme une autre dans un placard à l'heure du déjeuner ?

Je n'en revenais pas qu'il pense la même chose que moi.

– On discute, c'est tout. On exprime notre énervement. Et je suis partie prenante dans tout ça, alors ne me prends pas trop au sérieux.

– Je te prends toujours très au sérieux, Ingrid.

– Me plaindre d'Autumn, ça me vient naturellement. Mais en aucun cas, je n'enfermerais quelqu'un dans un placard.

– C'est la nature humaine, Ingrid. *Sa Majesté des Mouches*, *La Route*, dans tous les romans dystopiques, ce sont les plus adaptés qui s'en sortent. Dès que les gens s'affranchissent des règles de la société, ils se comportent comme des bêtes.

– Ou alors, ils se font des amis, dis-je. Comme Dorothy.

– *Le Magicien d'Oz* n'est qu'un conte de fées.

– Peut-être que nous avons tous besoin de contes de fées.

– Peut-être.

– Et si on arrêtait de parler d'Autumn ? proposai-je.

– D'accord, dit-il avec un soupir forcé.

– Parlons d'autre chose.

– Marché conclu. (Il y eut un silence.) Écoute, reprit-il finalement, je sais que ça date, mais… je suis encore désolé de… la façon dont les choses se sont passées entre nous. À mon arrivée ici.

– Moi aussi, je suis désolée.

– Mais je tiens à te dire de façon officielle que je suis plein de remords.

Ses paroles formelles, ses vêtements froissés, ses grands yeux. Tout ça le rendait tout simplement adorable. Ce qui supprima toute barrière entre mon cerveau et mon corps.

– Isaac, tu es si gentil, dis-je en me hissant sur la pointe des pieds pour me blottir dans ses bras.

À ma grande surprise, il devint tout rouge, ce qui le rendit encore plus adorable. Puis il s'éclaircit la gorge, toussa, marmonna qu'il ne fallait pas que je sois en retard aux répétitions – ce qui ne m'était jamais arrivé jusqu'à présent – et il disparut.

– Les garçons n'aiment pas qu'on leur dise qu'ils sont gentils ? demandai-je à Juno quelques jours plus tard au cours d'une répétition.

Elle m'observa d'un air surpris.

– Tu as dit à un garçon qu'il était gentil ?

– Ouais. C'est pas une affaire d'État.

– Gentil, genre peluche ?

– Peut-être. Maintenant, il a l'air… vexé.

– À qui tu as dit ça ?

Je jetai un coup d'œil autour de moi et lui soufflai tout bas :

– À Isaac.

– Argh !

– Quoi ?

– Parce qu'il est *vraiment* gentil, lui ! Et pourquoi tu penses que ça ne lui a pas plu ?

– Depuis, il ne me parle plus.

– Je ne savais même pas qu'il t'adressait la parole… Je veux dire, je ne savais pas que vous étiez proches.

– Pour moi, on l'était. Ou on l'est. Je ne sais plus.

– Tu le sais, de nous deux, c'est moi l'experte en garçons. (J'acquiesçai.) Alors, règle numéro un, un ours en peluche, c'est gentil, mais ça n'a pas de pénis.

– Juno !

– Je suis sérieuse. Peut-être qu'il a trouvé tes paroles castratrices.

– Chut !

– Ou alors, ça lui a fait trop plaisir.

– Tu crois ?

– Tu as l'air de penser beaucoup à lui, dis-moi…

– Oui.

– Tout revient toujours au pénis, tu sais. Et que ça te plaise ou non, Isaac en a un, et pas toi. Donc, vous ne pouvez pas être juste amis. Vous êtes soit moins, soit plus. C'est tout de même la première fois que tu me parles d'un garçon.

– Mais je…

Elle m'interrompit.

– Tu n'es pas obligée de prendre en compte le fait qu'il a un pénis, mais vous n'êtes pas amis. Dans la mesure où je pars du principe que vous êtes tous les deux hétérosexuels. Tu as envie de ne plus être amie avec lui ?

– Non.

– OK. Dans ce cas, prends en compte le pénis.

– Oh…

J'avais une demi-heure d'avance pour la répétition générale. J'étais en train de faire les cent pas en coulisses, au bord de la scène.

Entre le spectacle qui approchait, la tension à la maison, et Isaac qui m'évitait, j'avais sans cesse besoin de faire les cent pas.

– Salut.

Je poussai un cri de surprise. C'était Isaac.

– Désolé, dit-il. Je ne voulais pas…

– Non, c'est moi qui suis désolée. Je suis un peu nerveuse. Qu'est-ce qu'il y a ?

– J'ai… quelques notes pour toi.

– Ah, d'accord, dis-je en attrapant mes papiers et mon crayon.

Ces derniers temps, Isaac avait toujours sous le bras un grand cahier qui contenait le scénario, les plannings, les numéros de téléphone des acteurs et de l'équipe, les notes techniques… Mais là, justement, il ne l'avait pas.

– Euh…, dit-il en relevant les yeux, croisant mon regard pour la première fois depuis le jour où je m'étais blottie dans ses bras. Tu sais quoi ?

En fait, je n'ai pas une seule note pour toi. Tu es juste géniale. Parfaite.

– Ah… merci, je dis en serrant mes feuilles contre ma poitrine. Mais…

– Pourquoi je viens te dire que j'ai des notes pour toi alors que je n'en ai pas ?

– Exactement.

– Ce n'est sans doute pas bien, dit-il en prenant une bouffée d'air. Je ferais vraiment mieux d'attendre la fin des représentations. Et puis, vu notre passé, ça pourrait être une mauvaise idée, dans ce cas, quoi qu'il arrive, je vais le regretter. Et pourtant, j'ai envie d'effacer le passé, ça vaudra toujours mieux, ça serait bien, même si ce n'était pas bien en soi, et de toute façon, on pourra toujours en rire…

– Isaac, de quoi tu parles ?

– Ingrid… Je n'arrête pas de penser à… Peut-être que je vais le regretter, mais je le regretterai encore plus si je n'essaie pas, alors…

Entre sa gêne, la vitesse à laquelle battait mon cœur, mon propre trouble, je crus comprendre où il voulait en venir. Je voulais l'aider, mais j'étais paralysée car j'entendais Juno me dire : « pénis, pénis, pénis ».

– Ingrid.

– Oui, croassai-je.

– Ce que j'essaie de te dire, c'est que la situation est bizarre entre nous parce que… il y a une question à laquelle nous n'avons pas répondu…

« Pénis… »

– En fait…

– Isaac…

– Entre nous…

« Pénis, pénis. »

« Oh, mon Dieu. »

Je devais être rouge des pieds à la tête. J'avais l'impression que je pouvais à tout instant partir dans un éclat de rire hystérique. Qu'il soit vraiment de rire ou qu'il finisse en larmes. Dans tous les cas, je mourrais de honte.

– Je me dis que ça pourrait aider à… voir les choses autrement…, dit Isaac. Si je… euh…

– Oui ?

– Si je t'embrassais.

– Ça pourrait nous aider à voir les choses autrement…, répétai-je comme un perroquet.

– Si je t'embrassais, répéta-t-il, terriblement sérieux. Qu'est-ce que tu en penses ?

– Isaac, j'ai juste l'impression que je vais mourir.

– Je suis désolé.

– Je vais te dire le fond de ma pensée, ajoutai-je. Il y a deux points. Un : des fois, tu parles trop.

– C'est totalement vrai. Je suis vraiment désolé. C'est juste que… Et c'est quoi le deuxième point ?

– Oui.

– Oui ?

– Oui, dis-je en soutenant son regard. Le deuxième point, c'est oui, je pense que tu devrais m'embrasser.

– D'accord, dit-il en hochant vigoureusement la tête.

– Et le troisième, c'est que je te remercie. Je

craignais que tu me demandes de coucher avec toi.

– De coucher ?

– Non que ça soit… à jamais hors de question, mais… c'est de toute évidence prématuré. Oublie ce que je viens de dire.

Il rejeta la tête en arrière et éclata de rire. J'étais mortifiée.

– Et si on réservait cette conversation gênante à une autre fois ? proposa-t-il.

– D'accord !

– Ouf.

– Sinon, pour le reste, tu… parlais de maintenant ? je finis par demander, puisqu'il ne faisait pas un geste.

– Oui, bien sûr.

– Dans ce cas, il vaudrait mieux…

– Nous rapprocher ? suggéra-t-il en faisant un pas vers moi.

– Oui. C'est l'idée.

– Ha ha, très drôle.

– Isaac ! Tais-toi !

– Je ne suis pas le seul à parler tout le temps…

Il s'approcha, posa doucement mes feuilles par terre, puis mit ses mains sur mes épaules.

– On… compte jusqu'à trois ? suggérai-je.

– Bonne idée. Tu commences.

– Pourquoi moi ?

– Pourquoi tu discutes ? C'était ton idée ! Tu retardes encore le moment ! Tu comptes, je t'embrasse.

– D'accord. Un…

Je levai les yeux vers lui et vis sa pomme d'Adam s'agiter alors qu'il déglutissait péniblement.

– Deux…

Luttant contre la nervosité, je fis un petit pas en avant.

– Tr…

Je n'attendis pas davantage.

Une drôle de répétition générale.

23. *MEURTRIER*
(Peak Wilderness, jour 12)

Le douzième jour, je me réveille le tibia et tous les muscles douloureux, à tel point que je peux à peine bouger.

– Après la journée d'hier, ça n'a rien d'étonnant, me dit Bonnie quand je me plains. En plus des événements de la soirée, la coulée de boue a sans doute sollicité des muscles qui ne travaillent pas d'habitude.

Je hoche la tête. Tout en moi, y compris mes émotions, est douloureux et difficilement mobilisable. Chaque jour ici est aussi intense que toute une vie et, ce matin-là, c'est trop.

Je n'ai pas envie de pleurer, juste de dormir.

Mais comme je suis à nouveau leader pour la journée, je n'ai aucun espoir qu'on me laisse tranquille. Peut-être que ce sera le jour magique où on arrivera au camp de bonne heure sans que rien ne morde sur mon temps libre.

Tavik marche juste derrière moi. Au bout de vingt minutes, une fois que la file indienne s'est étirée, il se met à me poser des questions :

– Alors comme ça, tu avais envie de mourir ? C'est quoi, ton problème ?

– Quoi ? je dis en me tournant vers lui d'un coup, puis je m'écrie : Mais pas du tout !

– T'énerve pas. C'est toi qui as dit ça hier soir. Que tu songeais à la mort, et tout ça.

– Mais non ! Penser à la mort, mesurer le sens de cette pensée, ce n'est pas du tout vouloir mourir. J'ai imaginé un instant ce que ça serait, mais je ne comptais pas passer à l'acte. Et après, on se demande pourquoi je n'ai pas envie de raconter ma vie…

– Ça va, je te crois. C'est vrai, t'as pas l'air du genre suicidaire. D'un autre côté, tu as passé des jours à pleurer toutes les larmes de ton corps…

– N'exagérons rien.

– Quand même…

– Tavik, je n'ai pas envie de parler de ça. On peut changer de sujet ?

– Bien sûr, dit-il, pourtant, il continue à me poser des questions.

Beaucoup de questions.

Celles que les gens posent d'habitude quand ils ne se connaissent pas très bien. Même si je pense que chez Tavik, ça n'a rien d'habituel. Il pose ses questions et écoute mes réponses avec une avidité presque palpable, puis il en pose d'autres qui prouvent qu'il a vraiment écouté ce que je viens de dire. Il a l'air très intéressé.

Alors, même si je n'ai pas l'habitude de parler de moi, je finis par me lancer dans le récit de ma vie… Après la première pause, il ne montre aucun signe de lassitude. J'essaie de le faire parler de lui, pour changer.

Personne n'a posé de questions à Tavik. À part Bonnie et Pat, qui n'ont rien obtenu de lui. « Et pourquoi tu t'es retrouvé en taule ? » me semble un peu déplacé, et puis, depuis le début, il n'est pas facile, il se moquait sans arrêt de moi, même s'il s'est calmé.

– Et toi ? Tu as l'air plus serein, dis-je en guise d'ouverture.

– Tu ne me trouvais pas serein, avant ?

– T'as vu assez de ciel comme ça ?

– J'en ai ras le cul.

– Moi aussi.

Il glousse.

– Et avant… ton incarcération ? Tu faisais quoi ?

– Je tenais une table de jeu. Dans mon sous-sol. De façon illégale.

– C'est donc pour ça…

La fameuse question, même s'il sait que je ne voulais pas la poser, alors que j'en ai très envie.

– Nan, c'est pas à cause de ça, dit Tavik en ricanant. En fait, j'ai tué quelqu'un.

J'essaie de ne pas avoir l'air tétanisée ni de tomber face contre terre.

– Vraiment ?

– Ouais.

– Euh…, dis-je en essayant de rester cool. Quelqu'un qui le méritait ?

– Personne ne mérite jamais ce genre de choses.

– Et…

– Tu as peur de moi, maintenant ?

– Si tu avais dû me tuer, je pense que ça serait déjà arrivé. (Il ricane.) Et puis, tu n'as pas l'air cinglé. Sanguin, sans doute, mais pas cinglé.

– Merci.

– Celle qui a l'air cinglée, c'est moi. Un jour je pleure, un jour je râle, un jour je ne dis plus rien.

– Tu as l'air en manque de chez toi.

– Tu crois ?

– Ouais. Et aussi, tu es en colère. La colère, ça a une fréquence. Et il faut savoir localiser cette fréquence. Pour la changer.

– Quand on est en prison ?

– N'importe où. Notre ancien camarade, Paix, il se disait contre tout le monde, contre l'injustice, mais en fait, sa colère, c'était juste du narcissisme, avec apparemment, en plus, un petit côté psychopathe.

– Laisse-moi essayer, dis-je en prenant mon courage à deux mains, puisque je parle à un meurtrier. Chez toi, la colère a l'air d'être sur la fréquence de la défense. Genre, tiens-toi à bonne distance de moi.

– C'est possible.

– Et moi ? je demande. Puisque c'est toi, l'expert.

Il sourit, comme s'il se savait irrésistible.

– Toi ? Tu détestes l'injustice, surtout celle qui fait que tu es ici. Sinon, on dirait que tu pleures toutes les larmes de ton corps comme une petite fille qui a perdu son ours en peluche ou sa boule de glace.

– Je serais donc une enfant capricieuse ?

– Pas vraiment. C'est plus profond que ça. Je cherche encore à te comprendre, parce que tu es bien davantage que ce que tu montres. Tu es ici pour d'autres raisons que ce que tu dis.

– Tu me traites de menteuse ?

– On ment tous au sujet de quelque chose.

Puis on garde le silence. Étonnamment, c'est très dur de mentir à Tavik. Je ne sais pas quoi répondre. Un picotement part de mon tibia. J'ai très envie de lui raconter mon accident avec la hache. Il adorerait entendre ça. Et il comprendrait. Mais il refuserait que je m'arrête là, et ça deviendrait insupportable.

Je prends quelques profondes inspirations. Je suis troublée. Je me sens oppressée.

Une main se pose sur mon épaule. J'ai dû arrêter de marcher, parce qu'il est juste derrière moi. Sa main est chaude et étonnamment agréable.

Je me retourne. Le groupe est loin. La règle, c'est de toujours garder un contact visuel, mais dans la journée, on se rassemble par affinités. Le sentier est à présent plus dégagé, il y a davantage de visibilité, ce qui permet de prendre ses distances.

– Ne t'inquiète pas, je lui dis.

– Je ne suis pas inquiet.

– Vraiment ?

– Au fait, pour ta gouverne, je n'ai jamais tué personne.

– Hein ?

Il me sourit, un grand et beau sourire sans la moindre ironie. Il secoue la tête.

– Pourquoi tu as dit ça, alors ? Quand on parle de menteur…

– Parce que c'est la réponse que tu attendais.

– C'est faux.

– Dit autrement : c'est la réponse que tu craignais.

– Ou bien tu craignais que je la craigne, et tu as voulu me tester.

– Pour voir si tu partais en courant ? Tu l'as plutôt bien pris.

J'éclate de rire. Lui aussi.

– Cela signifie que même si j'avais tué quelqu'un, tu serais quand même mon amie ?

– Ah, bon, on est donc amis ?

– Peut-être.

Il me regarde droit dans les yeux.

– Si tu en as envie.

– Bien sûr, je réponds, mais tout à coup, je me dis qu'il a autre chose en tête, quelque chose que je ne souhaite pas, parce que, même si on en avait le droit, je ne suis absolument pas prête. D'accord, il est beau gosse, mais tout de même.

– J'aurais dû tuer Bob pour toi, histoire que tu me croies.

– Très drôle.

– Je peux être ce genre d'ami, tu sais.

– Je n'ai pas envie de ce genre d'ami, je réponds, sans savoir s'il plaisante ou non. J'ai juste envie d'un ami normal et sincère.

– Je blaguais. Je suis ton homme.

– Pas un criminel.

– Rien que pour tes yeux.

– Alors, si tu n'es pas un tueur de sang-froid, qu'as-tu fait ?

– Et si je te réponds que ça te regarde pas ?

– Tu auras raison. Mais aucune des questions que tu m'as posées ne te regardait non plus. Partager son histoire, ça peut aussi être tout simplement de l'amitié. En tout cas, c'est comme ça que je l'entends.

– Je suis d'accord. Je n'ai fait de mal à personne, dit-il d'un ton finalement très sérieux.

Il ne me quitte plus des yeux, si bien que je me sens gênée.

– Mais encore ?

– Juste des conneries. Une histoire de cambriolage. Mon pote et moi, on était bourrés. C'est vrai que je tenais un tripot. Je crois que les flics le savaient, c'est pour ça qu'on s'est fait choper. Ils nous surveillaient.

– OK.

– C'est tout.

– Ils nous rattrapent, dis-je en désignant le groupe. (Tout à coup, je n'ai pas envie qu'on nous voie en pleine conversation.) On devrait se remettre en route.

Il hoche la tête, et on repart, en silence cette fois.

Ce soir-là, j'ai beau être épuisée, je reste devant le feu après le tour de table, mon journal intime posé près de moi.

Tavik me rejoint. Il ajoute une bûche dans le feu.

– Tu acceptes un peu de compagnie ? demande-t-il, alors que de toute évidence, il a déjà décidé de rester.

– Ça m'est égal. De toute façon, je ne suis pas en train d'écrire.

– Ce séjour… ça fait réfléchir, non ?

Tout à coup, je sens ma gorge se serrer et des larmes se former dans mes yeux. S'il recommence à me poser des questions, je vais encore pleurer.

– Un peu…, dis-je en déglutissant avec peine. Et toi ?

Il s'accroupit devant le feu et souffle sur les braises pour les attiser.

– Je… Je vais devoir me trouver un boulot. Et me dégoter un autre endroit pour vivre, dit-il en s'asseyant près de moi. Je ne peux pas retourner chez moi. Rien ne changera jamais, là-bas.

– Tu risquerais de retrouver tes mauvaises fréquentations, c'est ça ?

– Oui. C'est comme les boucles émotionnelles, sauf que là, c'est une vie en boucle. Dont je ne veux plus.

– Qu'est-ce que tu as envie de faire, dans la vie ?

Je préfère discuter de lui que de moi.

– Pour commencer, des études, si je peux. J'ai passé mon diplôme de fin de secondaire en taule. Avec de bonnes notes, ajoute-t-il en souriant. Et puis, j'aime bien lire.

– Du porno ?

Jusque-là, on regardait surtout le feu mais, tout à coup, il me dévisage intensément, sans la moindre trace de moquerie.

– Je suis désolé. Ce n'était pas... Je me suis comporté comme un connard. Après tout ce qui s'est passé ensuite pour toi, ça n'était vraiment pas cool.

– Pas grave. Alors c'est quoi, ton livre ?

– Le manuel des Alcooliques Anonymes.

– Ah. Parce que tu...

– Non, je le lis, c'est tout. Parce que je connais pas mal d'alcoolos, et qu'ils organisaient des réunions en prison, alors c'était bien vu d'y assister.

– Ah.

Jin nous rejoint.

– Je lis tout, continue Tavik. De l'histoire, de la littérature, des polars. Mais comme boulot... J'aime bien réparer les choses. En même temps, j'aime bien être dehors. Alors, je ne sais pas.

– Prof d'histoire, mécano, ingénieur... Guide à Peak Wilderness ?

– C'est tes propositions pour quand il sera grand ? me lance Jin.

Je hausse les épaules.

– On discutait, c'est tout. Tu peux aussi te décider une fois que tu seras à l'université.

Jin secoue la tête.

– Quoi ? je fais.

– Ça se voit que t'es une privilégiée. Sans vouloir te vexer. Ça se voit que tu viens d'un milieu privilégié.

– Si tu le dis.

– Moi aussi, j'étais comme ça, avant, me dit-elle. Sur la même voie que toi.

– Quelle voie ?

– Viser de bonnes universités, faire des études.

– Et qu'est-ce qui s'est passé ?

– Tu connais des parents asiatiques ? Ou des enfants de parents asiatiques ?

– Des enfants, oui. Plein.

– Tu les vois souvent s'amuser ou bien avoir des activités extrascolaires, à part pour leur CV ? En gros, faire autre chose que leurs devoirs ?

– Je… je ne sais pas. C'est pas un peu stéréotypé, ce que tu dis ?

– C'est vrai, mais il n'y a pas de fumée sans feu. Pour ces parents-là, la seule chose qui compte, ce sont les notes. Ils se moquent que tu te bousilles le cerveau, à partir du moment où ça te permet d'intégrer une bonne université et de devenir ingénieur, dentiste ou médecin. Parce que autrement, ils perdront leur statut.

– Leur statut auprès de qui ?

– De leurs amis dont les enfants font des études, de la famille à Hong Kong…

– Ah.

– Dans mon cas, ç'a été très loin, parce que mon père ne pense vraiment qu'aux notes. (Elle est visiblement submergée par ses émotions.) Je pouvais faire de la musique, mais juste parce que c'est supposé aider pour les maths. Du sport, mais juste parce que c'est bon pour le développement du cerveau, et surtout, sans que ça me prenne trop de temps.

– Ma mère fonctionne presque pareil, dis-je.

– Il n'empêche qu'elle va te payer cette école de musique.

– Il faut dire que j'ai aussi obtenu une bourse.

– Alors que moi, je n'ai pas eu cette liberté…, lance Jin. Et Tavik, qui va lui payer ses études ? Tu y as pensé ?

– Ouais, il intervient, je peux pas me permettre d'étudier juste les arts ou les sciences. J'aime les livres, mais il vaut mieux que je fasse du commerce.

– Pourquoi ?

– Pour gagner ma vie.

– Je vois.

Il s'adresse ensuite à Jin :

– Du coup, qu'est-ce qui s'est passé pour toi ? T'as craqué ? T'as fugué ?

– J'ai étudié cinquante-cinq nuits d'affilée parce que mon père me hurlait dessus au sujet de la propriété de la matière et de la théorie de l'atome. Il a été jusqu'à m'empêcher de dormir. Il a payé quelqu'un pour écrire mes devoirs d'anglais à ma place, alors que j'adorais cette matière, et que je voulais les rédiger moi-même. Mais il considérait que ça me prenait trop de temps par rapport aux sciences. Pour finir, mon prof a découvert la supercherie. Pour les devoirs d'anglais. Ça a été inscrit dans mon dossier, et mon père me l'a reproché. Il m'a forcée à arrêter le volley-ball, qui était ma seule détente… Je suis partie. J'ai quitté la maison, j'ai un peu vécu de la prostitution. Ça n'était pas drôle non plus.

– Quel connard, fait Tavik.

– Mon Dieu, je soupire.

– Bref. C'est pour ça que je tiens le coup ici,

reprend-elle. C'est le Plaza, comparé à la rue. Mais assez parlé de moi. Qu'est-ce que tu écris dans ton carnet, Ingrid ?

– En plus de mes lamentations sur le séjour ? (Jin a un petit sourire, et Tavik rit ouvertement.) C'est un journal intime. Ma mère m'a acheté cent carnets, tous différents. Alors, dedans, il y a surtout… des lettres pour elle.

– Pour ta mère ?

– Ouaip, je réponds vaguement, espérant qu'elle comprenne que je n'ai pas envie d'en parler.

– Et tu les lui donneras, ensuite ? me demande Tavik.

Je regarde fixement le feu.

– Non.

– Pourquoi ? demande Jin.

– Pourquoi tu lui écris, alors ? insiste Tavik.

– C'est… c'est une longue histoire. Une histoire compliquée.

– Mais encore ? fait Tavik.

Jin me regarde fixement, comme si elle me défiait. Je réponds doucement :

– Je suis beaucoup trop fatiguée ce soir pour vous raconter tout ça. Mais c'était agréable de discuter avec vous deux.

Alors que je me lève et que je résiste à l'envie de partir en courant, j'entends Jin me lancer :

– Poule mouillée !

24. *FOUTEZ-MOI LA PAIX*
(Quinze ans)

Non seulement ma mère avait eu une réaction étrange vis-à-vis de ma participation au *Magicien d'Oz*, mais en plus, Andreas et elle semblaient en froid. Il y avait entre eux comme une tension muette. Ou alors des conversations nocturnes. Maman avait beau prendre des somnifères, elle passait certaines nuits à arpenter la maison. Au début, je craignis que ce soit à cause de moi.

En temps normal, j'aurais cherché à l'aider, tout du moins tenté de comprendre ce qui se passait. Mais là, je n'en avais pas envie. Cela m'aurait pris trop de temps, or, avec la pièce qui approchait, je ne pouvais pas me le permettre.

Et puis, toutes mes tentatives avaient-elles un jour servi à quelque chose ? Peut-être que ça ne changeait rien que je me mette dans tous mes états, à part à me sentir mal. Alors je décidai que j'avais le droit d'être heureuse, même si ma mère ne l'était pas. Une pensée révolutionnaire.

Je vivais à cent à l'heure, je surfais sur une énergie nouvelle. Je vibrais. De musique, de mots, de Dorothy, d'Isaac, de nos petits moments secrets.

Entre la fin des cours et la répétition, on faisait si possible de longues promenades. On allait boire des cappuccinos et on discutait de tout. Isaac savait tant de choses. Il était capable de parler d'art, de musique, de politique, de sciences, d'éthique, de psychologie, et même de sport. Il était également capable, rien qu'en me regardant, de percevoir mon état d'esprit, de savoir s'il fallait me faire rire, me serrer dans ses bras, ou les deux.

Comme moi, il n'abordait jamais de sujets personnels. Il y avait un tabou quant à son passé, surtout concernant l'époque où il avait été une victime. Il n'avait pas besoin de me le dire, je le savais.

Comme moi, il était bourré de contradictions. Ce qui signifiait vivre avec plein de paradoxes et de conflits intérieurs. Être soi-même un champ de bataille.

On ne parlait pas de nous, mais de tout le reste. Au théâtre, il m'entraînait derrière un rideau ou dans un coin sombre, me passait une main dans le dos et m'embrassait jusqu'à ce que je fonde.

– Il faut croire que tu as vaincu ta claustrophobie, lui murmurai-je un jour entre deux baisers.

– Il n'y a pas de portes fermées, ici. Mais si tu as envie de m'accompagner dans un placard…

– Non, merci.

« Nous deux » n'était pas non plus un sujet. Nous n'avions parlé de notre relation à personne, nous ne nous montrions jamais enlacés, ni main dans la main. Juno m'avait bien lancé quelques regards interrogateurs, mais elle était trop préoccupée par sa dernière dispute avec Toff – au sujet de la crise de jalousie dont elle était responsable – pour y faire vraiment attention. Garder notre relation secrète convenait tout autant à Isaac qu'à moi.

Le jour de la répétition en costumes, maman et Andreas se disputèrent au petit déjeuner.

Alors qu'il parcourait les nouvelles sur son ordinateur, Andreas évoqua la découverte d'un nouveau médicament contre la maladie d'Alzheimer. Et là, sans que j'en comprenne la raison, ma mère explosa de rage.

– Arrête tout de suite, lui assena-t-elle.

– Pardon ? fit-il en levant la tête, l'air surpris.

– Je vois très bien ton petit manège.

– Je ne…

– Andreas, ne me prends pas pour une idiote. Je ne veux pas qu'on s'immisce comme ça dans ma vie. Tu n'es pas aussi subtil que tu le crois.

– Margot-Sophia, si tu pouvais…, dit-il, ignorant les signaux qui lui indiquaient pourtant de faire profil bas.

– Le sujet est clos ! s'écria-t-elle avant de fondre en larmes. Je ne tolérerai plus aucune allusion à ce sujet, ni la moindre tentative de ta part !

– Je faisais juste la conversation au petit déjeuner, protesta-t-il, énervé à son tour.

– Non ! Tu essaies une fois de plus d'avancer un pion, comme toujours. Tu ne m'écoutes pas ! Tu continues à chercher des solutions, alors que j'ai dit non. Non, non et non !

– Très bien !

– Tu sais pourquoi, Andreas ? Parce que ça me fait mal ! À chaque fois, ça me fait mal, et je n'aime pas avoir mal. Du coup, ça me met très en colère !

Je me levai. Ils me regardèrent tous deux comme s'ils venaient de se souvenir de ma présence.

– C'est quoi, le problème ? demandai-je.

– Rien qui doive t'inquiéter, me répondit Andreas.

– Rien que je puisse faire pour vous ?

– Non ! répondirent-ils en chœur.

– Bon, alors j'y vais. C'est une semaine très importante pour moi, ma journée va être chargée, et votre dispute… me stresse. Pourriez-vous vous réconcilier, s'il vous plaît ?

Maman me regarda avec des yeux hantés. Andreas s'éclaircit la voix.

Maman détourna la tête en disant :

– Ce n'est pas moi qui ai commencé.

– Je suis désolé, déclara Andreas.

Je les laissai dans cet état et je partis en cours d'un pas lourd. Puis je remisai ça dans un coin de ma tête.

La répétition en costumes n'échappa pas à la folie de toutes les répétitions en costumes : elle fut terrifiante, hilarante, avec des trous de mémoire, de la tension, du matériel qui casse, etc. Rhea et Isaac nous firent des tonnes de remarques puis nous renvoyèrent chacun chez nous en considérant qu'une bonne nuit de sommeil valait mieux que tout.

Comme tout le monde se changeait et qu'Isaac rangeait le matériel en discutant avec Rhea, je revins sur scène faire une dernière fois mes entrées et mes sorties en murmurant mes répliques et en chantant dans ma tête. J'avais vu Margot-Sophia Lalonde travailler, et je voulais être aussi bonne, sinon meilleure qu'elle.

Rhea réapparut sur scène. Je m'interrompis.

– Dorothy, rentre chez toi, me dit-elle.

– C'est très drôle.

– Je ne cherche pas à être drôle.

– Rhea, vous allez réussir à dormir, vous ?

– Oui, dit-elle, puis elle corrigea : Mais c'est sans doute parce que je suis plus âgée que toi et que c'est indispensable pour moi. Et puis, moi, je n'ai pas le trac.

– Je vais bientôt rentrer. Je voulais juste répéter les chansons une dernière fois, lui promis-je.

Mon regard se dirigea vers la porte, où le reste de la troupe riait très fort. J'aurais aimé me sentir aussi enthousiaste qu'eux, mais je m'en sentais incapable.

– Rhea, je fermerai si vous voulez, annonça Isaac en surgissant à ses côtés. J'en ai encore pour cinq ou dix minutes, cela devrait laisser à Ingrid le temps de finir.

Le regard de Rhea alla de mon visage à celui d'Isaac. Elle leva un sourcil d'une façon qui faisait penser qu'elle avait compris ce qui se passait entre nous, et dit en haussant les épaules :

– D'accord.

Les autres partirent en même temps qu'elle.

Isaac était dans les coulisses pendant que je me tenais sur la scène à peine éclairée, où je chantai *Over the Rainbow* six fois d'affilée. Ma voix fatiguait mais, à la pensée de maman et Andreas, je n'avais pas envie de rentrer. Maman ne prenait jamais mes désirs ni mes besoins en compte. Par conséquent, la seule solution, c'était de m'immerger dans ce que je faisais.

Je m'apprêtais à recommencer quand Isaac surgit sur scène.

– Il faut qu'on y aille, déclara-t-il.

– D'accord, répondis-je sans bouger.

– Qu'est-ce qui ne va pas ? Tu as le trac ?

– Oui, bien sûr. Mais surtout… (je balayai d'un geste la salle plongée dans le noir) j'ai envie de rester ici. J'ai envie que tout ça… devienne ma vie.

– Tu aimerais être Dorothy ? demanda-t-il en inclinant la tête.

– Non, pas simplement, mais jouer sur scène. Tout ça… tout ce qu'on fait ici, même le jour de la chaotique répétition en costumes… c'est…

– Ton univers.

– Oui, soupirai-je. Dans cet univers, tout est tellement plus simple que dans le monde réel.

Isaac alla s'asseoir au bord de la scène et tapota la place à côté de lui.

– Ingrid, qu'est-ce qui ne va pas ? me demanda-t-il tandis que je m'installai à son côté. Tu parles de…

Il fit un geste allant de lui à moi.

– Non, pas de nous. Je parlais de… Dans

un spectacle, on sait ce qu'on doit faire. Les problèmes que rencontre Dorothy… Certes, au final, elle doit accepter l'idée qu'« on n'est jamais aussi bien que chez soi ». Mais les obstacles qu'elle trouve sur son chemin, ce qu'elle doit faire pour les dépasser, tout ça est clair. Elle doit rentrer chez elle. Pour cela, elle doit trouver le magicien. Rester en vie. Tuer la sorcière. (Isaac se contentait de hocher la tête.) Mais parfois, on ne peut pas tuer la sorcière. Dans la vie réelle.

– Pourquoi ?

– Parce qu'il n'y a pas vraiment de sorcière. Ou parce que la Méchante Sorcière est aussi une bonne sorcière, ou parce que la sorcière est en fait quelqu'un que tu aimes, ou qu'elle fait partie de toi. Ou bien parce que la sorcière, c'est un problème entre deux personnes que tu aimes. Et là… tu peux jeter autant d'eau que tu veux, tu ne la tueras pas, parce que ce n'est pas à toi de le faire. Et même si tu la tuais, elle reviendrait.

– Ingrid…, dit-il en plaçant une main sur la mienne, qu'est-ce qui se passe ?

– Je…

J'aurais pu tout lui raconter. Je sais qu'il aurait compris, qu'il aurait mesuré l'ampleur du problème, se serait fait du souci pour moi. Mais j'en étais incapable. Je n'en avais pas non plus parlé à Juno. Parce que si j'en parlais, j'allais craquer. Or, j'avais besoin de toute mon énergie pour les trois jours à venir. Et puis, me rassurais-je, maman et Andreas avaient déjà eu des hauts et des bas. Ça leur passerait. D'autant plus vite si je faisais comme si ça n'existait pas.

– Juste des petits problèmes à la maison. C'est trop long à raconter ce soir. Ne t'inquiète pas.

Je gardai sa main dans la mienne en me laissant glisser de la scène. Je voyais bien dans son regard qu'il était blessé.

Juste après qu'il eut baissé le dernier loquet, je l'attirai à moi et me hissai sur la pointe des pieds pour l'embrasser.

Mon sac glissa jusqu'au sol, puis le sien.

– Tu peux tout me dire.

– Je sais, murmurai-je en me blottissant contre lui. On aura du temps, après. Pour l'instant, on a du pain sur la planche, non ?

Sur le trajet du retour, je sentais encore sa douceur sur mes lèvres et la chaleur de ses bras autour de mon corps.

En moi, l'orchestre jouait et les feux de la rampe brillaient.

Isaac et Oz, mes deux passions.

Avant d'arriver chez moi, j'essayai de glisser mentalement ces sensations dans une sorte de bouteille à la mer afin de les récupérer quand j'en aurais besoin, un peu comme une potion magique.

Mais cette potion magique se révéla inefficace contre la scène que je découvris à mon retour : Andreas au volant de sa voiture, les vitres baissées, pendant que maman jetait toutes ses affaires sur la banquette arrière.

Elle ne criait pas. Au contraire, ses cheveux coiffés en une queue-de-cheval sévère, elle était silencieuse, vêtue de bottes noires à talons, d'un legging noir et d'une tunique ornée de perles. Dans le bref instant où j'aperçus son visage, j'y remarquai du rouge à lèvres. On aurait dit, au choix, une cantatrice/ballerine/sorcière/folle. Une diva. À croire qu'elle s'était habillée pour le finale.

Elle rentra dans la maison, et je me précipitai vers la voiture.

– Andreas…

Mais pourquoi n'avais-je pas prêté attention à leur dispute ? Pourquoi n'avais-je pas tenté de les aider ?

– Ingrid. (Des larmes coulaient sur ses joues, et l'arrière de sa voiture était plein à ras bord.) Je voulais pouvoir te parler calmement mais là…

– Non, non, non, protestai-je en ouvrant la portière et en repoussant des vêtements afin de m'asseoir. Tu ne peux pas partir.

– Je n'en ai pas envie, mais elle ne me laisse pas le choix, dit-il d'une voix éraillée.

– Comment en êtes-vous arrivés là ?

– J'ai commis des erreurs.

– Toi ? Et quelles erreurs ?

Il garda la tête baissée quelques instants, puis la releva.

– Elle m'avait très clairement dit qu'elle refusait que je cherche une solution pour sa voix.

– Et ?

– Je ne l'ai pas crue. (Je gémis. C'était donc ça.) Je pensais… que si je trouvais quelqu'un qui puisse la guérir, qu'elle soit à nouveau capable de chanter, elle serait... tout deviendrait... plus facile.

– Et qu'as-tu fait ?

– J'ai rencontré un spécialiste, dit-il doucement. Je me disais qu'il devait y avoir eu des avancées médicales depuis son accident. En effet. Il y avait une chance pour qu'elle retrouve sa voix. Une partie, en tout cas. Peut-être toute sa voix. Je sais qu'elle m'avait prévenu. Malgré tout, pour moi, c'était le plus beau cadeau que je puisse lui faire. Je croyais qu'elle changerait d'avis. Mais ça l'a rendue furieuse. Elle s'est sentie trahie. Elle a refusé d'aller voir ce médecin. Pour elle, c'est comme si je ne l'aimais pas telle qu'elle est, ce qui est faux, bien entendu.

De rage, je serrai le bord de la vitre.

– Andreas, tu veux toujours aider les gens. Tu veux les réparer... Mais maman ne veut pas être réparée.

– J'ai vraiment compris, cette fois. J'ai été stupide.

– Pas du tout. C'est vrai, parfois, tu veux trop bien faire. Tu es coupable de... ne pas l'avoir écoutée, de ne pas l'avoir crue. Mais ça m'énerve qu'elle s'accroche à son triste sort, pour mieux le jeter à la figure des autres ensuite. C'est elle qui est stupide de prendre le risque de te perdre. Tu es la meilleure chose qui nous soit arrivée.

Andreas prit une grande inspiration.

– Peut-être qu'elle a trop peur, avança-t-il. Trop peur d'être déçue.

– C'est débile. Et triste, aussi, dis-je, alors qu'en moi, la colère prenait le pas sur la stupeur et le désespoir. J'en ai marre. Laisse-moi venir avec toi. Ou alors, tu rentres et je me bats pour toi.

– Ingrid, elle a fait changer les serrures.

– Quoi ?

– Pour l'instant, me battre ne ferait que la renforcer dans sa détermination. Crois-moi. Je dois partir, et toi rentrer.

Il me prit dans ses bras et me serra fort.

– Tu es supposé être mon père, dis-je en retenant mes larmes.

Quatre mois plus tôt, il avait complété les formulaires d'adoption. Nous attendions le rendez-vous administratif. Mais comment la procédure pourrait-elle aboutir si maman et lui se séparaient ? Et pourquoi Andreas voudrait-il tout simplement la poursuivre ?

– Je suis toujours ton père. Ma chérie, je serai à la représentation demain, et je serai toujours là pour toi. Je te le promets. Mais ce soir, tu dois rester avec ta mère. Même si elle ne le dit pas, elle a besoin de toi.

– Et moi, mes besoins ?

Maman avait laissé la porte entrouverte.

Je la trouvai à la table de la salle à manger, très raide, un verre de vin devant elle.

– Maman, dis-je en me frottant les yeux, mais qu'est-ce qui se passe ?

Elle continua à regarder fixement son verre.

– Il est parti ? demanda-t-elle.

– Oui. C'est la nouvelle la plus pourrie que j'aie entendue depuis longtemps.

– Surveille ton langage. (Elle déglutit et repoussa une clef sur la table.) Voici ta nouvelle clef. Tu as fait tes devoirs ?

– Mes devoirs ? Non mais tu plaisantes ?

Elle leva enfin les yeux vers moi.

– Je ne plaisante jamais au sujet de ton éducation.

– Je n'ai pas de devoirs, ce soir. Contrairement à toi, tous les professeurs savent que la première représentation a lieu demain. La moitié de l'école y participe, maman.

– Ah oui, la pièce, souffla-t-elle d'un ton las.

– C'est sans importance. En revanche, Andreas…

– Ingrid, les fins heureuses, ça n'existe pas, lâcha-t-elle, puis elle prit une gorgée de vin. Il vaut mieux le savoir. S'attendre à souffrir. À être déçu. Comme ça, de temps en temps, on est agréablement surpris.

– Ouah ! C'est la vision de la vie que tu as envie de me transmettre ?

– Oui.

– Notre vie est en train de s'effondrer. C'est vraiment gentil et rassurant. Merci.

– Tu devrais être rassurée que je sois sincère.

– Maman, Andreas fait partie de la famille, maintenant. Tu n'as pas compris ? Tout ce qu'il a essayé de faire, c'est de t'aider parce qu'il t'aime. Et toi, tu le mets dehors. Et tu fais changer les serrures.

– Cela veut dire que tu es de son côté ?

– De son côté ? Je suis du côté de « on est une famille, et je veux qu'on reste soudés ». Voilà tout.

Elle ricana en se servant un autre verre. Son bras tremblait. Elle était honnête avec moi ? Eh bien, dans ce cas, j'allais l'être aussi !

– Bon, dis-je en posant les mains sur la table pour me pencher vers elle, peut-être que je suis de son côté parce qu'il est raisonnable, plein d'empathie, généreux, qu'il t'aime et qu'il veut t'aider.

– Il ne me comprend pas.

– Moi non plus. Il faut croire que tu aimes être malheureuse et rendre tout le monde malheureux autour de toi. Vivre ta petite vie minable et m'encourager à faire de même. Avec toi, c'est impossible d'avoir de l'espoir, de voir les choses en grand ou bien de tenter quelque chose. Il faudrait passer sa vie dans un terrier. Tu détruis tout ce qui t'arrive de bien, et tu fais pareil pour moi, juste au cas où je commencerais à être heureuse. Tu sais quoi, maman ? Eh bien, c'est dur à comprendre.

– Alors finalement, c'est toi dont on parle ? Je suis encore sous le coup de la trahison d'Andreas, et on discute du fait que tu veuilles devenir artiste. Excuse-moi de vouloir m'assurer que tu aies un avenir solide, de t'empêcher d'avoir une vie pauvre et sordide.

– Une vie pauvre et sordide ? Non mais tu t'entends ?

Elle blêmit, attrapa le bord de la table et me fit face.

– Tu ne sais rien, siffla-t-elle, tu ne sais rien de ce que j'ai vécu.

– Bien sûr. Ce n'est pas moi qui suis à tes côtés depuis ma naissance. Rien de tout ce que tu as vécu n'a évidemment pu m'affecter. Tu crois vraiment que je ne suis pas solide ?

Maman pinça les lèvres et inspira par le nez. Et à l'instant où je croyais qu'elle allait se mettre à hurler, une larme s'échappa de son œil pour couler le long de sa joue.

– Va te coucher, dit-elle.

– Et toi, tu vas faire quoi ? m'écriai-je, partagée entre la colère et l'inquiétude.

– Boire cette bouteille.

– Génial. Eh bien, bonne soirée, dis-je en me dirigeant vers l'escalier.

Mais je m'arrêtai au pied des marches.

D'un côté, j'avais envie de rester, de m'excuser et de la réconforter. D'être là au cas où elle s'effondrerait, d'autant qu'elle ne buvait jamais. D'un autre côté, c'était la veille de la première représentation, et même si leur dispute ne me concernait pas, elle avait de l'impact sur moi, et je lui en voulais.

Alors tant mieux si je lui faisais mal. Parce qu'elle aussi.

J'en avais assez de souffrir à cause d'elle, assez de marcher sur des œufs, assez de craindre sans cesse qu'elle retourne se coucher. C'était trop de responsabilités et trop d'inquiétudes. Toutes ces fois où je n'avais pensé qu'à elle, allant jusqu'à la laisser détruire ma vie, m'empêcher de faire ce que j'aimais.

Dans ces moments-là, elle était si fragile qu'on avait l'impression qu'un seul coup de vent pouvait l'emporter.

Ou bien un seau d'eau la faire disparaître, comme dans *Le Magicien d'Oz.*

Qu'elle pouvait se noyer dans cette bouteille de vin. Mais moi aussi, j'avais mes soucis.

Alors j'allai me coucher en cherchant à récupérer le contenu de ma bouteille jetée à la mer, celle où j'avais enfermé mon bonheur au sujet d'Isaac et du *Magicien d'Oz*...

Au petit matin, je me réveillai avec Margot-Sophia blottie dans mon lit.

Je restai sans bouger comme une petite fille que sa mère est venue rassurer après un cauchemar, et non une fille dont la mère lui conseille de mener une existence de souris.

Je me serrai contre elle, elle resserra son étreinte, et je me rendormis.

Nous n'avions toujours pas bougé quand mon réveil sonna. Je l'éteignis, me détachai d'elle et me glissai hors du lit. Elle roula de l'autre côté et se rendormit. Elle avait trop bu la veille. La journée allait être dure pour elle.

Je déposai un baiser sur sa joue. Elle entrouvrit les yeux, me lança un regard plombé et me caressa la joue.

– Quoi qu'il arrive, je t'aime, chuchota-t-elle.

J'eus envie de me recoucher près d'elle, parce que j'éprouvais la même chose. Son amour, c'était tout ce que j'avais.

Mais je dis :
– À ce soir. Tu viendras ?
– Je suis Margot-Sophia Lalonde, annonça-t-elle farouchement. Bien sûr que je viendrai.
Mon téléphone sonna. C'était un sms d'Isaac : « Regarde dehors. Vers l'est. »
Je m'approchai de la fenêtre, tirai les rideaux et découvris avec bonheur, après cette nuit abominable et face à une vie pleine d'incertitude, un arc-en-ciel.

25. *NE PAS TOUT DÉTRUIRE*

(Quinze ans)

Toute la journée, j'eus l'impression de marcher en équilibre sur un fil.

On me saluait dans les couloirs, on me tapait dans le dos, on me souhaitait bonne chance, on me demandait si j'avais le trac. Bien sûr que j'avais le trac. Si seulement il n'y avait eu que ça…

Autumn surgit à la fin de mon cours de français.

– Juno m'a dit que tu avais une sale tête, annonça-t-elle. Elle a raison.

– Merci bien. Mais n'espère pas que je craquerai pour autant.

Elle prit une expression peinée et recula d'un pas.

– Ingrid, je venais juste te proposer un peu d'aromathérapie. Je t'ai aussi acheté un smoothie, parce que j'ai remarqué que tu n'avais rien mangé ce midi, et qu'il se trouve que tu es notre Dorothy. On a tous besoin que tu sois en forme. Tant pis…

Elle tourna les talons et là, je vis le smoothie dans ses mains.

– Autumn, attends !

Elle me regarda par-dessus son épaule. Même ses cheveux bouclés avaient l'air indignés.

– Excuse-moi. Tu as raison, je ne suis pas en forme. Il y a quoi, dans ton smoothie ?

– Spiruline, protéine de petit-lait, myrtille, banane et beurre de graines de courge. Un vrai repas. Plein de bonne énergie.

– Autumn, c'est… adorable. Je te remercie.

– De rien. C'est le préféré d'Isaac.

Et là, je ressentis une pique de jalousie. À croire qu'Isaac lui appartenait. Mais je ne pouvais lui en vouloir alors qu'elle faisait des efforts pour être gentille. Elle reprit :

– Dans mon casier, j'ai aussi…

Je lui emboîtai le pas.

– Je prends tout. L'aromathérapie, le smoothie, la gemmothérapie… Tout.

– Tu veux méditer, aussi ?

– Pourquoi pas ?

– On dirait que tu sors d'un magasin bio, tellement tu sens les huiles essentielles, me dit Isaac alors que je me dirigeais vers le théâtre.

– Cannelle et orange pour l'énergie, lavande pour la relaxation. J'ai eu droit à la totale. Toi aussi, il paraît.

– Quoi ?

– Tu veux que je te récite la composition de ton smoothie préféré ?

Il se dandina, l'air un peu gêné, puis éclata de rire.

– Autumn adore faire boire des smoothies.

– J'ai eu droit au package.

– Euh, oui, je t'ai vue méditer avec elle.

– Ça remplace le sommeil.

– Ça va aller, ce soir ?

– Oui, bien sûr.

– Je ne te crois pas, mais je te fais confiance.

– J'ai adoré l'arc-en-ciel. C'était comme un cadeau que tu me faisais.

– Si j'avais le pouvoir de fabriquer les arcs-en-ciel, il y en aurait un chaque matin devant ta fenêtre.

– Ouah, Isaac. Comme c'est… romantique.

Il rougit. Moi aussi. Nous étions ridicules.

– Bon, se reprit-il, tu es prête ?

– Non. Mais je ne pense pas que ce soit important de se sentir prête.

Au moment où le public prenait place, je jetai un coup d'œil par l'interstice entre les rideaux afin de repérer Margot-Sophia. J'avais vu, à chaque spectacle joué par des élèves, les acteurs chercher leurs parents du regard en entrant sur scène, et je ne voulais pas être à mon tour l'auteure de ce geste puéril.

Elle était assise au centre, assez loin de la scène, sans doute parce qu'elle avait jugé que l'acoustique y serait meilleure. Andreas était installé au premier rang du balcon.

Cela me fit mal de les voir ainsi séparés, mais je refusais d'y penser. Je devais faire abstraction du public. Ma mère allait bientôt m'entendre chanter, et j'avais juste envie de disparaître. Pourtant, j'espérais encore que, charmés par la pièce, Andreas et elle se réconcilieraient. Même si ce n'était qu'un rêve.

Le rideau se leva, et je me transportai au Kansas. Je compris alors un intérêt supplémentaire des répétitions : grâce aux automatismes qu'on a acquis, même quand on a l'impression qu'on va mourir sur scène, qu'on craint de faire pipi dans sa culotte ou de vomir devant tout le monde, vos pieds vous conduisent au bon endroit.

Puis votre bouche s'ouvre, et vous déclamez votre texte…

Sans mourir, ni faire pipi, ni vomir sur scène.

Et pourtant, quand j'arrivai à *Over the Rainbow* (mais pourquoi cette chanson était-elle placée si tôt dans le spectacle ?), j'eus l'impression de vivre une expérience de sortie de corps.

Aveuglée par les spots, seule face à deux cents personnes. Ma mère avait souvent chanté devant des salles qui contenaient un millier de gens, et elle n'en faisait jamais cas. Mais comment avait-elle surmonté son trac ? Et surtout, pourquoi ?

J'écoutai les premières notes du piano en me disant que, au pire, même si ça se passait mal, mon supplice serait de courte durée et que, contrairement à elle, je n'aurais plus jamais à monter sur scène.

Je commençai d'une voix tremblante. Pire que le jour de l'audition.

Puis je pensai à l'arc-en-ciel.

Je parvins à respirer…

Arc-en-ciel, Isaac, arc-en-ciel, Isaac…

Et je m'élançai.

Tout ne fut pas facile, et j'eus l'impression de traverser ce moment comme une équilibriste. Mais quand j'atteignis la note aiguë finale, puis que j'entendis les applaudissements, je ressentis un tel soulagement que je fus projetée sur un petit nuage.

Le reste du spectacle fut de la joie pure.

Je vécus pleinement chaque réplique, chaque geste, chaque note, chaque instant. Quand on se raccroche à l'essentiel, tout coule de source.

En attendant que le rideau se baisse, j'étais électrisée et je ne voulais jamais plus redescendre de scène…

Alors, je compris pourquoi ma mère avait fait ça. Je compris tout ce qu'elle avait perdu. Combien être sur scène avait été important pour elle. Dans le public, je vis ses yeux fiers et secs alors qu'elle m'applaudissait debout…

Et là, j'eus envie de pleurer.

Après la représentation, une petite soirée était organisée dans la serre. Juno joua un peu de musique et dansa dans son costume de Méchante Sorcière de l'Ouest.

Je reçus des montagnes de fleurs. Des lys de la part d'Andreas, qui me serra très fort dans ses bras en me disant toute sa fierté. Des gerberas signés « Pour toi », sans doute d'Isaac, qui m'avait déjà dit qu'il trouvait les roses trop cliché.

Maman, superbe en robe noire et or décorée de perles et cape de velours, s'approcha de moi quand Andreas fut parti et me tendit une orchidée, une plante connue pour sa beauté, mais aussi pour sa fragilité…

– Essaie de ne pas la faire mourir, me dit-elle avec un sourire presque diabolique.

C'était tout elle, ça.

J'acquiesçai. Autour de moi, tout le monde virevoltait, me complimentait, il y avait des cris, des rires. Pendant ce temps, je n'avais qu'une envie, demander à Margot-Sophia ce qu'elle pensait de ma prestation. Tout en sachant qu'il fallait surtout ne pas le faire.

– Alors, maman, ton avis ?

Et qu'il fallait surtout ne pas s'arrêter à sa seule opinion.

Elle posa les mains sur mes épaules, m'embrassa sur les deux joues et déclara :

– Tu n'as pas ma voix, néanmoins, tu es ma fille.

– Qu'est-ce que ça veut dire ?

– Ce n'était pas mal du tout.

– Pas mal du tout ? répétai-je.

J'avais fait bien mieux que ça. Je le savais à la réaction du public. Je le sentais au fond de moi. Et je savais qu'elle savait. En tout cas, je le croyais.

J'aperçus Isaac qui me fit un clin d'œil, un signe de victoire et s'éloigna.

Ce que j'espérais, mais pas seulement de lui.

Je me retournai vers maman en disant :

– J'espère que j'aurai un peu moins le trac aux représentations suivantes.

– Ne compte pas là-dessus, me dit-elle. Ce sera pire. Surtout si tu es moins bonne.

Sur ce, elle m'annonça qu'elle rentrait.

Isaac la regarda s'éloigner. Il se tenait ni trop près ni trop loin de moi. Il portait un pantalon slim noir et une chemise bleu marine boutonnée jusqu'en haut. Des couleurs sombres pour les coulisses, certes, mais ça lui donnait encore plus de classe.

L'arc-en-ciel de ma vie.

Alors, sans réfléchir, je me frayai un chemin jusqu'à lui, lui sautai au cou et l'embrassai en disant :

– Fini les secrets.

Plusieurs personnes poussèrent un cri de surprise, et j'entendis Juno applaudir.

Mais la réaction d'Isaac fut terrible.

Il se figea puis recula.

Dans ce qui me sembla être un long travelling, ses yeux allèrent vers Autumn, qui avait l'air défaite et blessée, et revinrent vers moi.

Cela ne dura qu'un instant, mais un instant de trop. Puis il passa un bras autour de mes épaules et me conduisit à l'écart de tout le monde. D'elle, surtout.

Je repoussai son bras. J'étais écarlate, furieuse, éberluée.

J'attrapai mon sac, mon manteau, et courus vers le théâtre désert.

– Ingrid !

– Quoi ?

– Reviens !

– Maintenant, tu veux bien de moi ?
– Je suis désolé, je t'ai…
– Humiliée et rejetée ?
– Tu aurais dû m'avertir, c'est tout. Je ne savais pas qu'on allait rendre notre relation officielle.
– Apparemment, ça te pose problème.
– Mais non. C'est juste que je croyais que tu voulais garder ça secret, alors…
– Alors quoi ? Pendant ce temps, tu as continué à fréquenter Autumn en douce ? Ou plutôt, c'était moi que tu voyais en douce !
– Je ne fréquente pas Autumn… Pas vraiment.
– Pas vraiment ?
– Non, mais…
– Mais quoi ?
– On a… un peu… Mais pour moi, ça n'était pas sérieux. Alors qu'elle, elle avait vraiment l'air amoureuse. Pendant un moment, je me suis laissé faire. J'étais flatté. Puis, toi et moi, on a commencé à se voir, alors j'ai essayé de… lui faire passer le message.
– Apparemment, elle n'a pas reçu ton message, Isaac.
Ses épaules s'affaissèrent. Il dit :
– En effet.
– De quelle manière lui as-tu envoyé ce message ? En te contentant de l'ignorer ?
Il me regarda d'un air plein de honte et de culpabilité.
– Je voulais lui parler, mais… Ingrid, je ne savais pas quoi lui dire. Je le reconnais, j'ai été lâche. Et puis… je ne savais pas ce qu'il y avait

entre toi et moi. Je me disais que c'était peut-être juste une parenthèse. Qui s'arrêterait après la pièce.

– Alors comme ça, tu l'as gardée en roue de secours ? C'est bien ça ?

– Non. Mais je ne voulais pas non plus lui dire si ce n'était pas nécessaire. Je voulais éviter de la blesser.

– Et tu as pensé à ce que je pouvais éprouver, moi ?

– Je ne savais pas ce que tu éprouvais ! Et je ne le sais toujours pas ! Tu ne dis jamais ce que tu ressens. Il y a plein de choses dont tu ne me parles pas.

– Excuse-moi de ne pas t'avoir jeté toute ma vie à la figure depuis trois semaines qu'on s'embrasse ! crachai-je. J'ignorais que c'était une condition !

– Je suis désolé. Ce n'est pas juste de ma part.

– Sans blague. Mais continue tes explications. Je brûle de connaître la suite.

– Je me sentais coupable vis-à-vis d'elle. Et aussi responsable de ne rien lui avoir dit, parce qu'elle me croit attaché à elle. J'ai espéré qu'elle comprendrait le message sans que j'aie besoin de le lui dire, que ça se réglerait tout seul au fil du temps. Je me rends compte à présent que c'était idiot.

Isaac était au plus mal, mais j'étais trop blessée pour m'apitoyer sur son sort. Une idée me vint à l'esprit.

– Tu as couché avec elle, déclarai-je, tandis qu'un pic à glace me transperçait le cœur.

Il faillit nier. J'espérais tant m'être trompée. Mais il hocha la tête.

– Isaac !

– Seulement… quelques fois.

Je crus défaillir.

– Quand ça ? demandai-je d'une voix glaciale.

– Quelle importance ?

– Tu ne veux pas me le dire ?

– À peu près deux semaines avant que… toi et moi on s'embrasse, ça a été la dernière fois. Et avant… c'était il y a longtemps. Genre deux mois. J'ai tout fait pour l'éviter, parce que je pensais tout le temps à toi. Je suis allé chez elle pour lui parler, mais j'en étais malade, parce que je n'aime pas faire de mal aux gens. Elle… ne m'a pas laissé parler, et je ne sais pas dire non.

– Enfoiré.

– Je ne t'avais pas encore embrassée, je te le jure ! Je te promets qu'il n'y a pas eu de chevauchement !

– Ça n'est même pas le problème. Tu couches avec elle, mais tu ne prends même pas la peine de rompre ? Tu t'attends à ce qu'elle comprenne toute seule ? Tu es un lâche et un connard. Et pendant ce temps, tu me fais passer pour une allumeuse. Tu imagines un peu ?

– Je vais lui parler, dit-il en remontant l'allée, les bras tendus vers moi. Je vais tout lui expliquer. Tout lui dire.

Je ne supportais pas l'idée qu'il lui parle de moi tellement je considérais tout ce qu'il y avait entre nous comme précieux, beau, et intime. Moi, je croyais vivre quelque chose d'unique avec lui alors que, en réalité, il avait déjà couché. Avec Autumn. Sans prendre la peine de me le dire. Tout en niant leur relation.

– Je refuse que tu lui dises un seul mot sur moi. Je vais t'épargner le tracas de lui dire quoi que ce soit, parce qu'il n'y a rien à dire !

Sur ce, je partis en courant jusqu'au métro, les poings, les lèvres et les yeux serrés très fort pour retenir mes larmes, tout en me disant que ma mère avait raison : il n'y a jamais de fin heureuse, et on ne peut jamais faire confiance à personne. Ni à ses amis, ni à sa famille, ni même au type le plus gentil, intelligent, intéressant qu'on ait jamais rencontré, qui se révèle au final être un lâche et un menteur. Surtout pas à lui.

26. LIBÉRATION EN COURS
(Peak Wilderness, jour 13)

Chère maman,

1) (Je t'aimerai toujours mais) là, je te déteste.

2) Après deux jours relativement normaux, je suis réveillée (ainsi que tout le camp) par mes hurlements à cause d'un cauchemar, et je me sens à nouveau au plus mal. Ça fait des mois que ça dure. Je me demande si je vais m'en sortir un jour.

Bonnie, Tavik et moi étions encore dans nos sacs de couchage ; ils tentaient de reprendre leurs esprits après ce réveil sous adrénaline, et moi j'étais recroquevillée sur le mien, en larmes.

– Ça a un rapport avec Paix ? m'a demandé Bonnie.

– Ce connard, a lâché Tavik.

– Non, ai-je répondu.

Même si l'agression ne m'avait sans doute pas aidée.

– Donc j'en conclus que c'est personnel, Ingrid. Mais…

– Oui ?

– Ça saute aux yeux que tu es… traumatisée.

Va savoir pour quelle raison ce commentaire a mis fin à mes larmes. J'ai éclaté de rire.

– Qu'est-ce qu'il y a de drôle ? m'a demandé Bonnie, l'air étonnée.

J'ai continué à rire. J'étais incapable de m'arrêter. Et je ne savais pas quoi lui répondre.

Traumatisée. Ce n'est rien de le dire !

Et si je n'arrive plus jamais à avoir une vraie nuit de sommeil ? Et si je passe mon année à Londres à pleurer ? Pourtant, je refuse de renoncer à la seule chose qui donne du sens à ma vie. Je dois donc prendre sur moi. Une fois de plus.

Je t'embrasse, et je te souhaite bien des choses.

Ingrid

Tavik me croit sans doute folle.

Mais ça lui plaît.

Je m'en rends compte alors qu'on se prépare à affronter notre dernière journée de marche, avant de continuer la suite du périple en kayak. Il s'arrête juste derrière moi et me dit :

– Tu as vraiment un trouble de la personnalité.

– Très drôle, dis-je en emboîtant le pas à Melissa, qui est leader ce jour-là.

– Pas vraiment. Tu commences ta journée en hurlant, puis tu pleures, puis tu te mets à rire, et maintenant, tu ne dis plus un mot.

– Je ne suis pas en train de parler, là ?

– Pas de ton propre gré.

– Tavik, ce n'est pas un trouble de la personnalité, c'est juste l'expression de mes émotions. Je sais que je suis en vrac. Mais ne t'inquiète pas, je ne vais pas me transformer en M. Hyde pour autant.

– D'accord… Dr Jekyll.

Je souris.

– Alors ? dit-il quelques minutes plus tard, tandis qu'on avance le long d'une crête qui domine le lac.

– Alors quoi ?

– C'est joli ici.

– Oui, dis-je en continuant à regarder mes pieds, essentiellement pour éviter de tomber.

– Tu es en train de pleurer ?

– Non.

– Tu vas me raconter la suite de ta vie ?

– Pas aujourd'hui, Tavik, dis-je en me frottant les tempes, qui sont douloureuses, et en m'arrêtant pour reprendre mon souffle. Et toi, si tu me racontais des histoires de mauvais garçons ? Sinon, sans vouloir te vexer, je préfère tout simplement… marcher.

– Quoi ? Tu préfères écouter le bruit des arbres ? Ou bien les voix dans ta tête ?

– Très drôle.

– Je t'en prie.

Mais je vois qu'il est vexé, parce que, après la première pause de la journée, il se met tout au bout de la file. Je m'en veux. Et je me sens encore plus mal.

La bonne nouvelle, c'est que la dernière marche du séjour est courte. On atteint le camp en début d'après-midi, et Bonnie et Pat ne nous font faire aucune activité de groupe, ce qui signifie qu'on a enfin le temps libre dont je rêvais. Je vais pouvoir laver mes vêtements, les étendre au soleil, et me reprendre un peu en main.

Harvey me prête son savon. Il fait toujours mine de ne pas être sympa, mais rien à voir avec Paix/Bob. Je mets une heure à tout frotter, rincer et essorer. Ensuite, je grimpe sur un rocher en granit orange, rose et gris qui surplombe la plage et j'y étends mes affaires en prenant soin de tout fixer avec des pierres. La roche est chaude, le soleil brille, il y a une petite brise…

Si jamais il se met à pleuvoir, je suis foutue, parce que j'ai lavé tout ce que je possède, à part le bikini que je porte.

J'ai même pris le risque de rincer mon sac de couchage.

Au bord du lac, certains lavent ou aèrent leurs affaires, d'autres jouent aux cartes, nagent et discutent.

Je songe à les rejoindre.

Mais alors, ils voudront me faire parler. Tavik rêve d'entendre la suite de mon histoire. Je n'aurais jamais dû commencer à la lui raconter. Pourquoi tout le monde veut-il que je raconte ma vie ? Comme si cela allait arranger les choses…

Je m'allonge sur la pierre chaude à côté de mes vêtements, je ferme les yeux et je regarde l'intérieur de mes paupières en faisant mine de dormir pour qu'on me laisse tranquille.

Encore sept jours. Je n'ai plus que sept jours à tenir.

Ou plutôt, à subir.

Et ensuite, tout ira bien.

Évidemment.

27. *TENTER DE RESTER EN VIE*

(Quinze ans)

La nuit qui suivit ma rupture avec Isaac, la veille de la deuxième représentation d'Oz, je me réveillai en sursaut au son de quelque chose que je n'avais pas entendu depuis des années : Margot-Sophia qui chantait.

Elle chantait tout bas, elle murmurait presque. Il n'empêche, sa voix était riche, pleine et belle.

Ce n'était pas vraiment de la musique, juste un échauffement vocal. Des arpèges compliqués que je connaissais bien. Pendant quelques instants, je me sentis emplie d'un émerveillement et d'un espoir douloureux, néanmoins si bons.

À moi aussi, cette voix me manquait. C'est là que je compris combien la musique me manquait, combien j'en avais besoin pour vivre.

Sans doute par crainte, maman ne s'aventura pas dans les aigus, ces notes qu'elle ne pouvait plus du tout chanter, ou alors qu'elle chantait faux. Elle redescendit en gamme.

Je restai assise dans mon lit, inquiète, en me demandant pourquoi elle chantait après tout ce temps. C'était sans doute en lien avec *Le*

Magicien d'Oz. Et si elle essayait de chanter parce que, finalement, elle songeait à consulter le spécialiste d'Andreas ? Que cela lui manquait autant qu'à moi ?

Ou bien qu'elle avait bu ? Car ce n'était pas bon signe, qu'elle soit debout en pleine nuit…

Quelle qu'en soit la raison, ces notes m'apaisèrent et déclenchèrent en moi un bonheur palpable. Je fermai les yeux très fort et, quand elle se tut, je me rendormis.

Le samedi matin, j'avais reçu quinze sms d'Isaac, que je refusai de lire en détail. C'était une variation autour de « parlons-nous » et « je t'en supplie ». Cela me faisait tellement mal qu'il valait mieux que je referme la porte sur cette histoire. Je refusais de savoir si ma réaction était appropriée ou si elle relevait d'un ego démesuré, d'une jalousie déplacée, ou encore de ce qui me paraissait être une terrible injustice. Je trouvais son attitude impardonnable. J'étais à jamais déçue par sa faiblesse. Je ne pouvais concevoir une histoire d'amour qu'avec quelqu'un de fort, honnête, capable de prendre des décisions. Pas un garçon qui choisissait une relation, voire un lit, un peu par hasard.

Je pris mon petit déjeuner avec maman, qui mit sans doute le compte de ma tristesse sur sa propre rupture avec Andreas.

On passa la journée à la maison sans se parler. Je ne mentionnai pas le fait qu'elle ait chanté en pleine nuit. Elle avait l'air épuisée, fragile, refermée sur elle-même. Je savais que, dans ces moments-là, vouloir la faire parler était voué à l'échec.

Elle ne vint pas assister au spectacle du samedi. Elle avait décidé de se limiter à la première et à la dernière. Je me préparai à partir, l'embrassai et me dirigeai vers la porte.

– Tu as été très bonne, me dit-elle alors que j'avais un pied dehors.

– Qu'est-ce que tu viens de dire ?

– J'ai dit que tu avais été très bonne. Je n'ai pas pour habitude de faire des compliments quand ils ne sont pas mérités, or je viens déjà de te le dire deux fois. Donc, c'est vraiment sincère.

– Je le sais, dis-je, la gorge serrée en me jetant à son cou. Merci.

– De rien. (Elle me serra fort et je sentis qu'en dépit de sa voix ferme, elle tremblait.) Ce soir, tu dois être aussi bonne.

– D'accord.

– Et même encore meilleure. Toujours meilleure.

– D'accord.

– Pour moi.

– OK.

– Très bien.

– Je t'aime.

– Moi aussi.

– Bonne chance.

Je rejouai *Le Magicien d'Oz* devant un public et, malgré ma vie qui partait en vrille, ou peut-être à cause de ça justement, ce moment fut magique. Je savais que si je n'avais pas été obligée de me produire sur scène ce soir-là, je me serais contentée de m'apitoyer sur mon sort. Au moins, là, j'avais un moyen d'utiliser mes émotions.

Avec Isaac, je communiquai dans la limite du strict nécessaire. Juno voulut me parler. Elle avait passé la journée à m'envoyer des sms, elle aussi, mais j'esquivai ses questions en lui demandant de ses nouvelles.

– Je vois bien à quoi tu joues, dit-elle en roulant des yeux. Mais je sais que c'est inutile de chercher à te faire parler quand tu es comme ça.

– Quand je suis comment ?

– Verrouillée comme une prison.

– Juno, je suis désolée…

– Ne t'inquiète pas. Je te connais. Mais tu as conscience que dans la mesure où on ne parle jamais de toi, ça ne fait que renforcer mon égocentrisme ?

J'éclatai de rire. Elle m'emmena voir l'Homme de Fer-Blanc et le Lion qui, encore en costume, exécutaient une danse drolatique devant quelqu'un qui les filmait avec un iPhone.

Je restai un petit moment, le temps que mon taux d'adrénaline baisse un peu, mais l'attitude d'Autumn, triste et boudeuse, et celle d'Isaac, qui ne savait pas où se mettre, eurent vite raison de moi. Je ne pouvais pas être dans la même pièce qu'eux sans risquer de fondre en larmes ou de vouloir tout casser. Je ne pouvais m'empêcher de les imaginer nus dans un bain aphrodisiaque bio…

Je décidai de rentrer me blottir dans mon lit.

Sauf que ma soirée ne se termina pas de cette façon.

J'arrivai chez moi le cœur lourd en pensant toujours à Andreas, à Isaac, à maman qui avait chanté en pleine nuit, à la signification de tout ça. Je devais trouver un refuge. Mon Kansas à moi.

Je posai mon sac et mon manteau, retirai mes chaussures et les rangeai côte à côte.

Dès l'entrée, on sentait l'absence d'Andreas. Il n'était pas parti en voyage, il était parti tout court. Le cœur brisé, il essayait sans doute de dormir dans un appartement de location ou une chambre d'hôtel.

Je montai l'escalier sur la pointe des pieds, j'observai mes yeux maquillés et mes cheveux tressés dans le miroir de la salle de bains, et me fis un pâle sourire.

En sortant de la salle de bains, je sentis un liquide froid sous mes pieds nus. Je m'agenouillai pour le renifler.

Du vin blanc.

C'était tout sauf normal.

L'instant d'après, je frappai à la porte de maman. Puis j'essayai d'ouvrir.

Fermée à clef.

– Maman ?

Quand elle ne me répondit pas, je sus qu'il y avait un problème.

– Maman ! Maman ! Margot-Sophia !

Silence.

Le silence le plus assourdissant que j'aie jamais entendu.

Je paniquai. Je me mis à hurler en donnant des coups de pied dans la porte.

C'était peut-être irrationnel, mais je courus à travers la maison à la recherche d'un objet pour briser la porte. Au passage, j'appelai Andreas pour lui dire d'une voix hystérique qu'il y avait un problème. Il répondit qu'il arrivait tout de suite en me demandant de lui ouvrir.

Je cherchai en vain un outil dans la maison quand j'aperçus le tisonnier. Je remontai à l'étage, je frappai à la porte et, comme ma mère continuait à ne pas répondre, je donnai des coups de tisonnier dans le battant. Mais il était solide, et je n'aboutis à rien.

Tout à coup, j'eus l'impression d'entendre un bruit dans la chambre. Je me mis à supplier. Je rêvais de briser cette porte pour me rendre compte que tout allait bien, même si cela signifiait que je n'étais tout simplement plus saine d'esprit. J'acceptais d'être considérée comme une folle si ma mère allait bien.

Mais la porte ne s'ouvrit pas.

Je redescendis sous le porche et attrapai une poubelle. Je montai dessus et tentai de sauter sur l'avant-toit. Mais je glissai et retombai par terre.

Je me fis mal, sans rien me casser toutefois. À la seconde tentative, je réussis à m'accrocher et atteignis la fenêtre.

Les rideaux étaient tirés. Je ne pris pas la

peine de frapper : si elle ne m'autorisait pas à entrer par la porte, pourquoi le ferait-elle par la fenêtre ?

C'était une baie vitrée composée de trois vantaux. Fermés. Si j'avais eu le tisonnier, j'aurais pu briser un carreau mais, évidemment, je l'avais laissé dans la maison.

Le seul moyen d'entrer, c'était de casser une vitre.

J'essayai d'abord avec mon coude, mais je n'avais pas assez de force, surtout en équilibre sur le toit.

Alors j'essayai avec mon poing.

Je réussis juste à me faire mal.

Pour finir, je donnai un coup de pied de tout mon poids, si bien que mon pied et mon mollet traversèrent le verre en faisant un bruit infernal.

Je retirai les éclats pour éviter de me blesser davantage (j'avais des coupures partout, mais je ne sentais rien. Car, dans la panique, j'étais restée pieds nus) et j'entrepris de passer par la fenêtre.

Andreas arriva au moment où je me faufilais à l'intérieur.

– Ingrid ! cria-t-il en remontant l'allée.

Je lui répondis que j'allais lui ouvrir la porte de la chambre.

Je rampai sur les bris de verre en clignant des yeux dans la pénombre.

Maman était étendue au pied du lit, non loin de deux bouteilles de vin vides. Dans sa main, un flacon de médicaments, vide, lui aussi.

J'avais pourtant l'habitude de traquer son souffle. Et cette fois, je ne la voyais pas respirer.

Je m'approchai tout doucement, alors que je venais de tenter de défoncer la porte et que j'avais brisé un carreau. Je repensai à la nuit précédente, qu'elle avait passée à boire et à chanter. À combien elle avait eu l'air fragile toute la journée. De plus, les médicaments qu'elle prenait ne faisaient pas bon ménage avec l'alcool.

J'allumai le plafonnier et je vis sa poitrine se soulever légèrement. Elle respirait, mais à peine.

J'entendis des coups sourds. Je crus que c'était mon cœur qui battait, puis je me souvins qu'Andreas était dans le couloir. Là, seulement, j'entendis ses cris. J'avais oublié de lui ouvrir la porte.

– Une ambulance! soufflai-je en lui ouvrant avant de rejoindre ma mère. Elle respire encore, mais elle a perdu connaissance. Je pense qu'elle a pris des médicaments.

Il était déjà en train de téléphoner. Je récupérai le flacon pour lire l'étiquette. C'était un anxiolytique, le médicament qui lui permettait de dormir. Couplé à l'alcool, ça pouvait être… fatal.

28. *SUR L'EAU*
(Peak Wilderness, jour 14)

Duncan arriva le matin du quatorzième jour en tirant derrière lui une flottille de kayaks et de nouvelles rations de nourriture.

– Juste au moment où nos sacs commençaient à s'alléger, gémit Ally.

– S'ils ne sont pas assez lourds, Pat et Bonnie y mettront des cailloux, de toute façon, dis-je d'un air las. Tu as déjà fait du kayak ?

– Nan. J'imagine que c'est pas facile.

– Avec les exercices que tu fais chaque soir avec Seth, tu vas très bien t'en tirer.

– Au moins, on n'aura plus à marcher, dit-elle comme pour mieux se convaincre que c'était une bonne nouvelle. Peut-être que ça sera même moins douloureux…

Ses pieds allaient mieux, puisque la première série d'ampoules avait cicatrisé, et que les suivantes s'étaient développées sur une peau moins fragile, ce qui faisait moins mal. Mais comme ses chaussures étaient un peu petites, elle avait toujours des ampoules. Un jour, elle avait même passé la journée pieds nus.

Avant qu'on ait le temps de poursuivre nos spéculations, Duncan nous appelle. Il va nous enseigner les rudiments du canoë-kayak.

Notre première découverte, c'est qu'un kayak, ça se renverse très facilement.

La deuxième ? Le redresser est horriblement difficile.

On commence par apprendre (en pratique, bien sûr) tout ce qui fait basculer un kayak. Duncan insiste jusqu'à ce qu'on se soit tous retournés et que chacun ait réussi à se redresser par ses propres moyens. Non sans avoir bu la tasse.

On crie, on rit. Même Duncan finit par sourire.

J'ai peur de me noyer. Et aussi que le kayak se retourne avec son contenu à un moment où Duncan ne pourra pas venir nous repêcher. C'est pour ça qu'on a des gilets de sauvetage, mais je me demande pourquoi on a aussi besoin de casques. Au lieu d'être excitée, je suis perplexe, je ne sais pas sur quel pied danser. Je me sens lourde quand les autres sont légers, prisonnière quand ils se sentent libres.

Mais je ne pleure pas. C'est déjà ça.

Quand on regagne la rive, épuisés et tétanisés de froid, un miracle s'est produit : Pat et Bonnie ont tout préparé. Les tentes sont démontées et pliées, le feu éteint. On n'a plus qu'à récupérer nos sacs et à se répartir les provisions.

La nourriture sera désormais stockée dans des bidons en plastique étanches. Un par kayak. Comme ça, en cas d'incident, on pourra toujours s'alléger sans perdre nos provisions. J'ai une boule dans la gorge en me demandant quels incidents peuvent entraîner une mesure aussi radicale, mais j'essaie de ne pas y penser.

On a aussi des sacs étanches à glisser dans nos sacs à dos, pour que si on se renverse, cela ne tourne pas à la catastrophe.

– Ça aurait été pratique d'avoir ça dès le début, dis-je à Bonnie et Pat. Vous êtes fiers de vous ?

Bonnie fait un petit sourire. Pat aussi.

Je me demande si, à force de contester leur tactique à la con, je n'ai pas fini par percer leur carapace.

Avec un peu de chance, le séjour pourrait presque devenir agréable… Une autre aventure commence. Finies, les longues marches. J'ai des vêtements (un peu plus) propres, secs, ainsi qu'un sac étanche, et je ne verrai plus jamais le cul de Paix/Bob. Peut-être que pagayer ne sera pas vraiment plus facile que marcher, mais ça peut difficilement être pire. Et puis, je suis en meilleure forme physique qu'il y a deux semaines. En bien meilleure forme.

Peut-être qu'on s'est juste entraînés à basculer dans l'eau par précaution, et qu'on va pagayer tranquillement en longeant la rive d'un lac dans la brume du matin, avec des poissons qui sautent tout autour de nous, les huards qui chantent, tous vêtus du même sweat-shirt, comme sur un catalogue de vacances.

Bon, d'accord, on n'a pas les sweat-shirts mais, pour l'instant, je ne déteste pas (encore) le kayak.

J'ai le cœur un peu plus léger. J'ai même hâte de démarrer.

Ce qui est évidemment une erreur.

J'apprends bientôt un nouveau mot : portage.

Apparemment, ça rime avec kayak...

Ce n'est pas le kayak qui vous porte, c'est vous qui le portez.

– Pour aller jusqu'à la rivière, on a environ un kilomètre de marche, nous annonce Bonnie en montrant un point sur la carte. Chacun prend son sac et vous vous répartissez le reste : les bidons, les pagaies, les gilets de sauvetage et les kayaks.

Il y a des kayaks deux places, d'autres trois places. Je fais équipe avec Jin et Ally. Bonnie et Pat ont un kayak pour eux, Tavik se retrouve avec Harvey, et le dernier kayak est pour Melissa, Seth et Henry. Pour nous, ça implique qu'une fille se charge du bidon et des gilets, une autre des pagaies et des casques, la troisième du kayak. Où est le problème ?

Dieu merci, Jin se porte volontaire pour le kayak. Je récupère les pagaies et les casques.

Le groupe se met péniblement en route. Ceux qui sont dans des kayaks pour deux sont vraiment chargés. Au début, j'ai l'impression que pour moi, ça va aller. Mais le sentier est couvert de racines, et il ne cesse de faire des lacets. Je me rends rapidement compte que c'est dur de porter tout ça. Les pagaies tombent sans cesse, les casques s'accrochent dans les arbres.

Tout le monde a des problèmes, et on passe notre temps à s'attendre les uns les autres.

On râle, on transpire, on souffre. Jin lâche le kayak pour tuer une mouche plate qui l'a piquée à la nuque. Au bout de vingt minutes, tout le monde est énervé et épuisé.

Moi qui m'imaginais pagayer tranquillement dans la brume matinale…

Je suis vraiment stupide.

– Bon, intervient Pat en se plaçant au centre du groupe, qu'est-ce qu'on est en train de comprendre ?

– Que porter un kayak plus ses affaires, c'est insupportable, crache Tavik.

– Que les bidons remplis de nourriture, c'est lourd, souffle Ally.

– Que c'est impossible, conclut Henry.

– Rien n'est impossible, le corrige Pat.

Je n'essaie même pas de cacher que je lève les yeux au ciel.

– Ingrid ? me lance Pat. On peut toujours compter sur toi pour des remarques pertinentes…

– Je suis la seule à avoir une impression de déjà-vu, ou quoi ?

– Dis ce que tu penses.

– Vous faites chier.

– Mais encore ?

– Une fois de plus, vous nous conduisez dans une impasse. Je ne devrais pas être surprise, et pourtant, je le suis.

Pat se tait en attendant la suite. Dans mon énervement, je promène mon regard sur le matériel éparpillé par terre.

– Et quelle est la solution ? insiste Pat.

Je hausse les épaules. Puis je dis en gémissant :

– Ne me dis pas qu'on doit faire plusieurs voyages ?

– Bingo ! fait Pat avec un immense sourire. On attrape tout ce qu'on peut, puis on revient chercher le reste. Ça ira beaucoup plus vite. Ça peut nous prendre deux ou trois voyages.

– Vous nous l'auriez dit d'emblée, on vous aurait crus, je déclare. Vous venez juste de renforcer l'idée qu'on ne peut pas vous faire confiance…

Bonnie a la décence de paraître penaude.

Pat me lance un regard du style « arrête de faire ta maligne » en déclarant :

– C'est en toi que tu dois avoir confiance, Ingrid.

Je le hais.

Si j'avais de la force à revendre, je serais capable de le frapper.

Mais comme les autres, je mets au bord du sentier ce qu'on ne peut pas transporter, et je repars. Ally a pris le bidon de nourriture, qu'elle essaie de charger sur son épaule. Il faut quelqu'un d'autre pour le kayak car Jin a la nuque gonflée et douloureuse à cause de la piqûre d'insecte, alors je n'ai pas le choix.

Le kayak n'est pas trop lourd quand on trouve le moyen de l'attraper, mais c'est quand même pénible à porter. Plus dur que le matériel, et bien plus difficile qu'un sac à dos. Entre les racines, les virages, les montées et les descentes, je suis sans cesse déséquilibrée. Mes épaules et mes omoplates me font mal, mes bras tremblent. Je suis furieuse. Je déteste ma vie. Je déteste l'idée que j'aurais pu choisir de rentrer chez moi il y a trois jours, et que j'ai refusé. De toute évidence, je suis stupide, pour ne pas dire bornée. À présent, je n'ai plus le choix.

La seule bonne nouvelle, c'est que porter ce kayak me demande tellement de concentration que je n'ai pas le temps de réfléchir au reste.

Au bout de trois allers et retours, on réussit à tout apporter au bord de l'eau.

On est épuisés, et maintenant, on a trois heures de kayak à faire.

Alors que la plupart d'entre nous ne vont même pas réussir à soulever une pagaie.

Tavik me rejoint pendant qu'on prend un goûter, histoire de récupérer un peu de forces. Il me lance :

– Et si on faisait ça en mode interview ?

– Pardon ?

– L'histoire de ta vie.

– Tavik, je peux à peine bouger tellement je suis fatiguée. Alors parler…

– T'as un petit ami ?

– Quoi ? Non.

– Quelqu'un t'a brisé le cœur ?

– C'est pas tes affaires.

– J'ai jamais dit que ça l'était. Mais ta réponse sonne comme un oui. Tu vois, c'était pas dur. Je te pose une question, tu réponds.

– Tavik…

– Tu ne vas pas te débarrasser de moi comme ça. Je suis comme un train en route.

– Et moi, je suis ligotée sur les rails, c'est ça ?

– Peut-être. Mais tu vois ? On a une vraie conversation, là. (Je prends ma tête entre mes mains et je pousse un gémissement.) Moi, je pense que tu as besoin de parler. Pourquoi tu te retrouves ligotée sur mon trajet ? Ça symbolise quoi, ces liens ? C'est quoi, le sens de tout ça ?

– Oh Tavik, non…

– Qui était ce garçon ?

– On part, dis-je, soulagée, en désignant Bonnie et Pat qui sont en train de mettre leur kayak à l'eau.

– Tu pourras me raconter tout ça après le dîner, si tu veux.

– Ouais, bien sûr, dis-je sans en penser un mot, mais trop fatiguée pour argumenter.

Chère maman,

Tu ne trouves pas ça drôle que j'aie décidé de rester et que, du coup, je me retrouve à porter un kayak avant de pouvoir monter dedans ? Là où tu es, tu entends mon rire ? Non ? Attends, je ris plus fort.

Maintenant, voici une petite leçon de nature pour toi.

Si un jour tu dois porter un kayak dans la forêt avant de pagayer pendant cent heures d'affilée, qu'au coucher du soleil, tes bras et tes épaules sont en feu, et qu'en guise de dîner, tu dois te contenter d'insectes au riz avant de t'écrouler dans ta tente…

Et que là, tu découvres que les responsables ont refilé les tentes à un immense Écossais et qu'ils te disent que pour dormir, tu dois te construire une cabane…

Oui, une cabane…

Pour les sept nuits qui restent de ce putain de séjour de merde.

Alors voilà : tu te rends compte, en même temps que tes camarades d'infortune, que les chefs, qui refusent de t'aider, ne te font pas la moindre démonstration de construction de cabane parce que, devine quoi ? Eux, ils ont gardé leur tente…

Donc tu cherches deux arbres pas trop éloignés l'un de l'autre.

Tu ramasses deux longs bâtons et trois branches, de préférence avec du feuillage.

Tu fabriques un cadre avec les trois grosses branches entre les deux arbres. Avec un peu de chance, tu as de la corde. (Note : si tu te retrouves dans ce genre de situation, c'est que tu n'as pas de chance.)

Tu consolides le cadre avec les bâtons. En fait, ils te servent de piquets. Compris ?

Puis tu tisses des branchages sur le toit en essayant de ne pas faire tomber tout l'édifice. Tu recommences avec des feuilles plus larges et plus plates, sur lesquelles la pluie coulera au lieu de pénétrer par le toit, si jamais il pleut.

Puis tu étales ton sac de couchage sous cet abri.

Et là, tu pleures toutes les larmes de ton corps, ce qui est totalement inutile, tout en te disant que tu donnerais tout pour récupérer ta tente puante…

Tu détestes la terre entière.

Ta fille en vrac, qui t'aime malgré tout,

Ingrid

Harvey, Jin et Seth ont construit des abris qui ont l'air plutôt solides.

Henry devra ramper sous le sien, car il a choisi de se mettre au-dessus d'un trou. L'abri d'Ally a l'air précaire, celui de Melissa ressemble à un barrage de castor, et le mien à un piège à rats.

Quant à Tavik, qui nous a généreusement donné des conseils, il s'est construit un palace. Les branches de son abri sont serrées et régulières, il est presque assez haut pour y tenir debout, et adossé à un talus, si bien qu'il a même une paroi.

– Contrairement à moi, tu as des chances de survivre à l'apocalypse, lui dis-je en me moquant totalement qu'on voie les larmes sur mon visage.

– Quand j'étais gamin, il y avait un bois près de chez moi. Quand mon père se bourrait la gueule, mes frères et moi, on allait construire une cabane pour nous cacher toute la journée, ou même toute la nuit. Un jour, on en a fait une tellement solide qu'elle a tenu des années.

– Carrément !

Depuis le début du séjour, chaque fois que je commence à m'apitoyer sur mon sort, j'entends une histoire tellement terrible que j'ai honte d'être malheureuse.

– C'est dur, ce que tu racontes.

Tavik sourit.

– Mais non, on était à l'abri, et on s'amusait. Je suis content que ma cabane te plaise. La tienne est…

Il fait une drôle de tête.

Je réponds :

– Vu la journée qu'on a passée, je n'arrive même pas à lever les bras, alors c'est déjà un miracle que j'en aie construit une tout court.

J'ai essayé de rendre le toit très dense, au cas où il pleuvrait. Il est lourd, du coup, l'ensemble tangue dans le vent.

– Très… acrobatique, commente-t-il en essayant de ne pas rire.

– Soyons honnêtes : j'aurai de la chance si elle ne s'écroule pas. Et demain, quand j'aurai une commotion cérébrale, Pat m'expliquera ce que j'aurais dû faire.

– Si tu as besoin d'un refuge, je suis juste en face.

– Comme ça, tu pourras me bombarder de questions sur ma vie amoureuse ?

– Alors, qu'est-ce qui s'est passé avec ce garçon ? demande-t-il. Puisque c'est toi qui en parles ?

Je n'ai aucune idée de pourquoi je lui réponds, mais je me lance :

– Il s'appelle Isaac.

Et là, je lui raconte l'aventure du *Magicien d'Oz*. Ce qui concerne Isaac, pas maman.

Je parle calmement, et il m'écoute jusqu'à ce qu'on nous appelle pour dîner.

Le repas est très silencieux. À part Harvey et Tavik, tout le monde est furieux de ne plus avoir sa tente, et trop fatigué pour protester. De toute façon, à quoi bon ?

Bonnie nous dispense du tour de table, ce qui est accueilli avec approbation.

Mais, du coup, l'heure d'aller se coucher arrive bien trop vite.

Jusque-là, je ne m'étais pas rendu compte à quel point une tente protégeait non seulement des moustiques, mais aussi des bruits. Il y a des chauves-souris partout. Parfois, on les voit même passer devant la lune. Elles sont certainement là depuis le début, mais bien sûr, je ne les remarque que ce soir.

J'enfile mon masque antimoustiques pour dormir puis je me glisse dans mon sac de couchage de façon à n'avoir pas le moindre bout de peau exposé.

La température ne cesse de baisser. Je me mets à trembler.

Épuisée, j'imagine une chauve-souris qui plonge dans mon sac de couchage, ou bien un serpent venimeux qui me frôle, un ours qui vient me dévorer membre par membre…

La lampe de Tavik s'allume. Quelques instants plus tard, je me présente devant sa cabane, mon sac de couchage à la main, mon masque sur la tête.

– Toc, toc, je murmure.

Avec stupéfaction je découvre que l'entrée de sa cabane est protégée par une moustiquaire.

– Je t'ai entendue arriver, me dit-il en l'écartant pour passer la tête dehors. Ton abri s'est écroulé ?

– Pas encore. Mais… j'ai peur et j'ai froid.

– Viens.

Il me fait un peu de place.

Je vais me blottir dans un coin.

– Où t'as trouvé ça ? je lui demande en montrant la moustiquaire.

– Je l'avais apportée, au cas où. Ça ne prend pas de place dans un sac. Ça va ?

– Non.

Je me glisse dans mon sac de couchage, que je remonte jusqu'à mon cou – même ce mouvement me fait mal depuis que j'ai porté le kayak –, et je m'assieds face à lui.

– T'es irrésistible comme ça, tu sais, me dit-il en effleurant mon masque.

– Tu peux ajouter ça à la longue liste des choses dont je n'ai plus rien à foutre.

– Bien répondu, dit-il avec un sourire. Mais ici, tu peux t'en passer. J'ai tué tous les moustiques qui ont voulu entrer.

Je retire mon masque, si bien que je respire un peu mieux. C'est bon d'être dans une cabane de qualité supérieure, et pas seule.

– Je regrette notre tente.

– Dehors, la nuit, les bruits sont toujours plus impressionnants, et puis, on se tenait chaud. Nous tous, je veux dire.

– Ouais.

Je continue à trembler.

– Demain matin, je serai un bloc de glace composé d'acide lactique.

– Viens, dit-il en me tendant les bras. Viens contre moi. Ça t'aidera à te réchauffer. Moi, je me calerai contre le talus.

J'hésite. L'idée de me blottir contre un corps

chaud est terriblement tentante. Tout à coup, je rêve de chaleur et de contact physique. Mais Tavik…

– Je suis inoffensif, tu sais, me dit-il, comme s'il lisait dans mes pensées.

– C'est des conneries, ça.

– Parce que je sors de taule ?

– Oui, et…

– Et quoi ?

Je fais un grand geste.

– Et les trains en route et les voyous, et…

– Vraiment ?

Ses yeux sombres m'attirent de plus en plus.

– Ne me regarde pas comme ça, je le supplie.

– Comment ?

– Ton regard n'a rien d'innocent.

Tout en lui demandant d'arrêter, j'avoue que j'aime l'effet que son regard me fait. C'est bien plus agréable que tout ce que je vis en ce moment. Je rêve de prolonger cette sensation…

– J'aime bien te voir réfléchir, c'est tout, dit-il très vite.

Il y a un long silence pendant lequel ni l'un ni l'autre ne bouge, jusqu'à ce que je finisse par détourner la tête.

– Alors…, reprend Tavik, qu'est-ce qui est arrivé à ce pauvre Isaac ?

– Eh bien…

Je n'ai pas envie d'en parler, mais je vois maintenant Tavik d'un tout autre œil, et sa question me permet de concentrer mon attention sur autre chose que lui.

– Pendant toute l'année, Isaac a essayé de se réconcilier avec moi, mais j'étais trop en colère. Au cours de l'été dernier, je me suis finalement dit que j'allais lui laisser une chance. Mais à la rentrée, il sortait à nouveau avec Autumn. Ça a achevé de me briser. Ça me rendait folle de les voir ensemble. Puis il a rompu avec elle pendant les vacances de Noël et m'a envoyé un e-mail pour me dire qu'il pensait toujours à moi, qu'il savait qu'il n'aurait jamais dû sortir avec elle… Mais à cette époque, je n'avais plus le temps de penser à ça. Et voilà.

– C'est triste.

– Peut-être.

– Tu trembles encore. Viens ici.

– Mais…

– Ne sois pas stupide. Tu es frigorifiée. On dort dans la même tente depuis le début du séjour. Tu ne risques rien, je ne te veux aucun mal.

– D'accord.

Je mets le dos contre sa poitrine entre ses jambes. Il passe ses bras autour de moi et je pose la tête sur son épaule. Il est incroyablement chaud. Cette proximité me trouble.

– Tu vois ? dit-il. C'est agréable, et ça ne fait de mal à personne.

– Oui, dis-je, en me serrant encore plus contre lui.

– De toute façon, ce soir, je suis trop fatigué pour t'embêter, dit-il en bâillant.

Je bâille à mon tour. Sa chaleur me réchauffe jusqu'aux os, et je tombe de sommeil.

– Je devrais retourner dans mon abri, je murmure au bout de quelques minutes.

En guise de réponse, il me serre encore plus fort et dit :

– Chut. Passe la nuit avec moi.

Je me redresse d'un coup.

– Juste pour dormir, il insiste. Tu n'as donc pas confiance en moi ?

– Je devrais ?

– Tu me rends dingue. Allez, chut.

– On ne va pas avoir d'ennuis ?

– Qu'est-ce qu'ils peuvent nous faire ? Et puis, je me réveille tôt. Tu retourneras dans ton abri au petit matin. Allez, chut…

Il attrape ses vêtements pour fabriquer des oreillers, éteint sa lampe, et on s'allonge l'un contre l'autre.

Je suis tellement au chaud, tellement fatiguée, tellement courbatue, que je n'ai pas la force de lutter.

Quand j'ouvre les yeux, le ciel s'éclaire tout juste, et Tavik respire dans mon cou, un bras encore autour de moi, profondément endormi. C'est étrange de se réveiller avec quelqu'un. Un tel sentiment d'intimité.

Mais le matin est toujours pour moi un moment difficile. Surtout quand je suis trop fatiguée pour chasser l'image de maman par terre avec son flacon de médicaments à la main. Parfois, je me réveille le cœur battant alors que, dans mon rêve, je cherchais à briser la fenêtre de sa chambre.

Je me dégage doucement de l'étreinte de Tavik,

manquant de crier tellement j'ai mal à chaque muscle. Je peux à peine bouger les bras, le dos et les épaules, mais aussi les abdominaux, les hanches, les côtes. Jusqu'à mes doigts. Et pourtant, j'attrape mon masque, je quitte la cabane de Tavik et je me faufile jusqu'à la mienne. Puis je me glisse de nouveau dans mon sac de couchage sous ma structure branlante.

Une heure plus tard, je croise son regard pardessus nos bols de muesli.

– Bonjour, Ingrid, dit-il comme si de rien n'était.

– Bonjour, je réponds sur le même ton.

– Tu as bien dormi ?

– Merveilleusement bien.

On se sourit, puis on détourne les yeux, et j'ai du mal à ignorer mon cœur qui bat fort dans ma poitrine.

29. *DOROTHY DE CHIFFON*

(Quinze ans)

À l'arrivée de l'ambulance, maman était toujours sans connaissance.

À l'hôpital, on lui fit un lavage d'estomac, ce qui permit d'éliminer un peu l'alcool, mais on ne pouvait rien faire contre les médicaments, qui étaient déjà passés dans le sang.

Il fallait attendre que les substances s'évacuent. Elle s'en remettrait peut-être, ou pas. J'avais des entailles partout sur les bras et les jambes, mes vêtements étaient tachés de sang. Une infirmière eut la gentillesse de me panser, mais je remarquai à peine ce qui se passait.

L'attente était insupportable.

Ce furent les heures les plus noires de ma vie. Je ne m'imaginais pas vivre après sa mort. Si elle mourait, je mourrais aussi. J'avais déjà l'impression de mourir.

Je ne cessais de songer à ce que j'aurais pu faire autrement. Je me torturais avec l'idée que c'était ma faute, que je n'aurais pas dû jouer dans cette pièce, que je n'aurais pas dû accepter d'être heureuse parce que, pendant ce temps, elle s'était approchée du gouffre sans que je m'en aperçoive.

Aux petites heures du matin, elle se réveilla.

Comme si de rien n'était. Hargneuse, ne supportant pas de rester couchée. Elle arracha la perfusion de son bras et sortit de son lit en chancelant. Andreas dut la retenir et l'obliger à se recoucher. Mais puisqu'elle avait repris ses esprits, l'hôpital ne pouvait pas la garder contre sa volonté.

– Tu as pris des médicaments, m'écriai-je. Tu as failli mourir!

– N'importe quoi. Vous en faites dix fois trop, tous les deux.

J'ouvris la bouche mais la refermai, à court de mots.

À dix heures, on était de retour à la maison. Elle refusa d'aller se coucher et entreprit de ranger sa chambre façon bulldozer, me reprochant même d'avoir abîmé la porte et cassé la fenêtre. On changea les draps (couverts de mon sang), Andreas retira soigneusement tous les éclats de verre et mit un plastique sur la vitre brisée en attendant qu'elle soit remplacée.

– L'assurance ne va pas prendre ça en charge, me dit-elle.

– L'assurance n'aurait pas non plus aidé si tu étais morte, répondis-je d'un ton lugubre.

– Ça suffit comme ça, me coupa-t-elle.

Mais elle se mit à trembler, devint toute rouge, et une larme roula sur sa joue.

– Maman! dis-je en courant me jeter à son cou. Chut, tout va bien se passer…

Elle sanglotait en silence tout en me serrant fort.

– Margot-Sophia Lalonde n'a pas le droit de se comporter de façon aussi stupide, de se montrer aussi faible. Promets-moi que tu ne le diras jamais à personne.

– Bien sûr, bien sûr…

– Non! protesta-t-elle en reculant pour me regarder droit dans les yeux. Pas de bien sûr. Jamais. Tu ne dois jamais raconter ça. Tu dois me le jurer.

– D'accord, je te le jure. De toute façon, il n'y a rien à raconter.

C'était la fin de l'après-midi. On venait de commander des plats chinois quand le téléphone de la maison sonna. Je me rendis compte alors que mon téléphone était éteint depuis des heures. Je regardai l'heure et là…

Oh, noooonnn!

J'aurais dû être sur scène vingt minutes plus tard.

C'était évidemment Isaac qui m'appelait, en tant que metteur en scène.

– Je ne peux pas venir, lui annonçai-je.

– Quoi?

– Je suis sûre qu'Autumn connaît mon rôle. Elle va très bien s'en sortir.

– Ingrid, tu plaisantes? On ne peut pas jouer la pièce sans toi. La salle est déjà à moitié pleine. Qu'est-ce qui t'arrive?

– Je ne peux pas jouer. Je suis désolée… (Les larmes coulaient sur mon visage, mais je tentai d'éviter les sanglots dans ma voix.) Je suis désolée…

Et là, Margot-Sophia s'empara du téléphone.

– Ici, la mère d'Ingrid, dit-elle à Isaac. Jeune homme, je vous prie d'excuser ma fille pour les bêtises qu'elle vient de vous raconter. Bien sûr qu'elle va jouer… C'était juste un malentendu. Ingrid sera là. Au revoir, jeune homme.

Et elle raccrocha.

– Maman, je ne peux pas te laisser comme ça. Je ne peux pas… aller là-bas et chanter sur un arc-en-ciel…

– Tu es nulle à ce point ?

– Quoi ?

– Tu te dois à ton public. Quoi qu'il se passe dans ta vie, tu te dois à lui. La règle veut que tu montes sur scène.

– Mais maman, tu viens de…

– De rien du tout ! Quand tu es attendue sur scène, tu y vas. Sauf à être morte. Tu n'as droit à aucune faiblesse. Tu dois être forte. Je n'ai pas envie de t'avoir dans mes pattes à surveiller chacun de mes gestes. Je vais bien. Mais si tu ne joues pas, je n'irai pas bien.

– Ingrid n'est pas en forme, intervint Andreas, elle est encore sous le choc…

Margot-Sophia rejeta son objection d'un regard hautain. Elle était capable de ça, même vingt-quatre heures après avoir avalé trop de médicaments.

Elle se leva, monta jusqu'à sa chambre et réapparut dans une splendide robe bleu électrique, avec des talons hauts et du rouge à lèvres.

– J'ai acheté ma place, j'espère en avoir pour mon argent, annonça-t-elle, un léger tremblement perceptible dans sa voix, mais le menton fier. Je veux voir ma talentueuse fille sur scène. Andreas, mon amour, va chercher la voiture.

Je m'exécutai. Je ne sais pas comment je réussis à jouer, mais des gens fondirent en larmes pendant *Over the Rainbow*.

J'avais l'impression de devoir canaliser un océan d'émotions avec une paille. Cela me prenait toute mon énergie. Même une énergie que je ne possédais pas. Margot-Sophia était dans la salle, elle ne tolérerait rien de moins.

Pendant le dernier rappel, je fus couverte de fleurs et de compliments. En coulisses, il y avait un joyeux chahut. Tout le monde voulait me féliciter, mais je n'étais plus moi.

Cette Ingrid-là était morte. J'étais comme Dorothy après la tornade, en pire. Je ne me sentais ni courageuse, ni téméraire, ni solide. Et je n'avais aucun moyen de retrouver mon Kansas.

J'étais comme une poupée de chiffon, une Dorothy de chiffon. Je regagnai la fête parce que je ne savais pas quoi faire d'autre.

Andreas et maman m'attendaient. Ensemble. Alors je décidai de ne pas rester longtemps.

Isaac me rejoignit à la porte du vestiaire au moment où je partais.

– Tu t'en vas ?

– Oui, dis-je, les bras chargés de fleurs.

– Tu ne restes pas ?

– Partir, c'est synonyme de ne pas rester.

– Ingrid, je t'en supplie…

– Si je ne veux pas rentrer à pied, c'est maintenant.

– Qu'est-ce que tu as aux mains ? (Elles étaient pansées, mais Isaac était le premier à m'en parler.) Qu'est-ce qui s'est passé ? Il s'est passé quelque chose.

Je secouai la tête.

– Ingrid, il faut qu'on parle. Il faut que je t'explique. Autumn, et…

– Je n'en ai rien à faire d'Autumn. Et je n'ai pas envie de te parler. J'en suis incapable.

J'étais sur le point de m'effondrer dans le vestiaire. Tout le monde penserait que c'était à cause de lui, alors que je n'avais pas une once d'énergie à lui consacrer. Peut-être ma réaction au sujet d'Autumn avait-elle été exagérée, et dans des circonstances normales, j'aurais pu voir les choses autrement. Mais pas maintenant. J'avais été amoureuse d'Isaac, et je l'étais sans doute encore. Mais ça ne faisait qu'empirer la situation et la rendre encore plus insupportable.

J'étais une poupée de chiffon. Molle, trouée, sans colonne vertébrale.

– C'est pas grave, Isaac, dis-je en forçant le passage, les mâchoires et les lèvres serrées pour éviter de pleurer. Bonsoir.

30. *OPTIONS*
(Peak Wilderness, jours 15 à 18)

Une journée en kayak, c'est long. On passe chaque jour six ou sept heures à pagayer sous le soleil brûlant en ayant mal aux épaules, aux bras, aux abdominaux. Heure après heure, jour après jour, on compte le temps qui nous reste. C'est une vraie souffrance. Une longue souffrance. De temps en temps, on échange nos places dans le kayak. Au milieu, il n'y a même pas de siège, alors on s'assied sur les sacs.

Pagayer et barrer, ça demande de la coordination. Or, dans le groupe, chacun a ses problèmes. Vis-à-vis de lui-même et des autres. Dans notre kayak, il y a de longues périodes de silence uniquement troublées par des protestations quand l'une de nous fait un mauvais geste, que nos pagaies se cognent, qu'on s'éclabousse, que le kayak part dans la mauvaise direction. Ally a tendance à s'excuser mais Jin et moi, on râle beaucoup.

Jin n'a vraiment pas l'air en forme. Je finis par comprendre qu'elle a peur de l'eau, même si elle refuse de le reconnaître.

– Heureusement qu'on n'a pas commencé par ça, je marmonne.

– On se serait noyés, dit-elle tristement.

C'est l'un de nos échanges les plus positifs.

Quand tout va bien, ce qui se produit de plus en plus souvent parce qu'on maîtrise de mieux en mieux le kayak, c'est presque apaisant. Apaisant car on sent que notre corps est capable de gérer tout en laissant l'esprit divaguer.

Même si je n'aime pas trop que mon esprit divague.

Parler d'Isaac et du *Magicien d'Oz* à Tavik, cela a fait remonter mes souvenirs à la surface. Je repars dans les boucles infernales des heures où je me demandais si ma mère allait survivre et je la revois exiger que je ne le dise à personne.

Je suis sur le point de briser ma promesse avec Tavik, déjà parce que je sais qu'il ne va pas se contenter que je lui parle d'Isaac, mais aussi parce que je suis furieuse qu'elle m'ait demandé ça. Garder ses petits secrets ne m'a jamais rien apporté de bon, et je ne crois pas que ça l'ait aidée non plus. Là, en pleine nature, je me rends compte à quel point je suis tendue, sur la défensive, refermée sur moi. C'est devenu instinctif. Je ne sais pas faire autrement. Si je ne suis pas sur le qui-vive, je me sens menacée, alors c'est devenu ma façon d'être. Au début, je prenais cette attitude solitaire pour de la force. Mais du coup, je me suis retrouvée vraiment seule, ce qui peut-être m'effraie le plus, surtout en pleine nature. Ici, je ressens cruellement mon incapacité à faire le pas vers une autre personne.

Au cours des deux dernières semaines, plusieurs personnes du groupe ont fini par s'ouvrir. Certains devant tout le monde, d'autres en privé. Depuis le départ de Paix, Melissa parle à tout le monde. Elle est transformée.

Ally est plus discrète, mais elle aussi change aux côtés de Seth. À force de tours de table, aussi. Elle est en train de se construire. À part Jin et moi, tout le monde est détendu. Ils sont soudés à présent, alors que nous, on reste encore en retrait.

Mon corps est plus fort, et je m'émerveille de ce que je parviens à faire dans la nature, y compris de mes talents de leader. Je suis capable de parler quand quelque chose ne va pas, aussi. C'est une bonne chose, je pense. Même si je consacre toujours autant d'énergie à renforcer mes murailles de protection.

J'ai réussi à me protéger.

Mais je me sens seule.

Peut-être que c'est pour ça que j'ai tellement envie de parler à Tavik.

Pour ça que j'ai passé la plus grande partie du quinzième jour à me demander si j'irais le rejoindre le soir pour qu'il s'enroule autour de moi, et si c'est vraiment du sommeil que je cherche.

C'est pour ça que, ce soir-là, je n'y vais pas.

Le seizième jour, on fait une pause pour admirer, en retenant notre souffle, un élan au bord de la rivière. En kayak, on voit beaucoup plus d'animaux qu'à pied, déjà à cause de la vitesse, mais aussi parce que les randonneurs font beaucoup de bruit, et qu'ils effraient les animaux, surtout aussi loin vers le nord, où ils sont si peu habitués aux humains, nous a expliqué Pat. En kayak, j'ai vu des renards, des ratons laveurs, des cerfs et plein de crapauds, en plus de cet élan.

Comme on a pris un peu de retard ce jour-là, Bonnie propose un « déjeuner sur l'eau », ce qui nous évite d'accoster, de descendre des kayaks, etc. En amont d'un pan de rivière tout droit, on passe tous les jambes dans le kayak voisin, créant ainsi une sorte de miniville flottante. Melissa, Henry et Seth nous préparent des sandwiches, et on se laisse dériver en mangeant tranquillement.

On vient juste de terminer ce merveilleux déjeuner quand on franchit un coude de rivière. Jusque-là, on était sur un affluent et, tout à coup, on rejoint une portion plus large. Où tout va plus vite. Très vite. On se dépêche de remettre nos jambes dans nos kayaks, et on attrape nos pagaies.

– Yo, Henry, c'est des rapides ? crie Harvey.

– Nan, répond tranquillement Pat, juste une partie plus rapide.

– Des rapides, donc, je dis.

– Pas de panique.

Panique ou pas, le kayak de Tavik et de Harvey se coince dans un rocher. Pat et Bonnie remontent le courant pour les aider, du coup on les croise. On a du mal à contrôler notre kayak.

– Rapprochez-vous de la rive, nous dit Bonnie, attrapez une branche et tenez-vous prêtes à récupérer leur baril de nourriture !

J'imagine que c'est ce qu'ils appellent un incident.

On réussit à se mettre à l'abri. Jin et moi, on agrippe des branches basses tandis qu'Ally pagaie pour maintenir le kayak à la même hauteur.

Bonnie et Pat nous envoient le baril de nourriture.

– Si je lâche la branche pour l'attraper, ça va aller ? me demande Jin.

Je n'en suis pas sûre, malgré tout, je dis : « Vas-y ! » entre mes dents serrées, et je me prépare. Les bras tendus, les jambes qui serrent le siège sous moi.

Jin lâche, j'encaisse le coup et je tiens bon alors que le bidon se rapproche.

J'essaie d'ignorer mes bras qui tremblent…

C'est là que j'aperçois un ours sous l'arbre auquel je me tiens. Il est dressé sur ses pattes arrière, à trois mètres de nous. Il est brun, énorme, et il me regarde fixement.

Du coin de l'œil, je vois Jin se pencher pour rattraper le bidon. On en a besoin de ce bidon. La nourriture est calculée de façon très précise jusqu'au dernier repas, sans surplus. Même si, là, on risque en fait de se transformer en pâtée pour ours. Ce qui me traverse l'esprit : les ours attaquent rarement les humains ; les ours se nourrissent surtout de baies ; les ours sont moins affamés en été qu'au printemps ; les ours ne s'en prennent à nous que si on menace leur progéniture, or, il n'y a aucun ourson dans les parages. Les ours ont aussi peur de nous qu'on a peur d'eux.

Je cherche à me persuader de tout ça.

– Jin, je t'en supplie…

– Je l'ai ! s'exclame-t-elle en déposant le bidon dans le kayak.

– Bravo ! s'exclame Ally. Bravo !

– Bon, les filles, dis-je très calmement. Ce n'est pas que je veuille vous faire peur, mais on doit s'éloigner. Très vite. Je vais lâcher la branche, et vous allez pagayer le plus fort possible. D'accord ?

Ni l'une ni l'autre ne sait quel est le problème, mais à la façon dont elles m'obéissent, elles me croient. Je lâche la branche et me baisse tout doucement en essayant de ne pas faire chavirer le kayak, puis elles se mettent à pagayer comme des folles. J'attrape ma pagaie et je fais comme elles.

Avec le poids d'un bidon supplémentaire, on s'enfonce beaucoup plus dans l'eau, du coup, on va moins vite.

– Putain de bordel de merde, fait Jin derrière moi.

– Qu'est-ce qu'il y a ? demande Ally d'une voix rendue aiguë par la panique.

– Contente-toi de pagayer, je rétorque.

– Il y a un ours, lâche Jin. Sur la rive.

Ally pousse un petit cri et s'active davantage encore.

– Il ne nous attaquera pas, je leur assène, essayant de croire à ce que je dis.

– Mais un ours, ça… nage, proteste Ally.

– Ouais, fait Jin.

– Je pense qu'on devrait s'émerveiller d'avoir vu un animal si majestueux, dis-je d'une voix tendue.

Il nous observe toujours depuis la rive, puis il redescend sur ses quatre pattes et se met en marche le long de la rive, comme s'il nous suivait.

– Plus tard, je serai pleine d'émerveillement, crache Jin. Mais pour l'instant, j'ai juste envie de vomir.

On atteint le milieu de la rivière, là où le courant est plus fort. L'ours se désintéresse de nous. Je viens de prendre dix ans d'un coup.

Chère maman,

L'apprentissage du kayak m'a mise dans un état étrange. J'ai parfois l'impression de faire des expériences de sortie de corps. Comme si je flottais autour ou au-dessus de moi, que je vivais ma vie à cinquante centimètres de moi-même. Ou que je me promenais dans la forêt, très loin de mon corps. Cela pourrait être un état méditatif, mais je crains que ça soit plutôt dissociatif, autrement dit, que je sois juste en train de devenir folle. J'ai l'impression de planer. Tu le sens dans mes mots ? Quand je dis « mots », ça résonne dix fois de suite dans ma tête, ce que je trouve inquiétant.

Peut-être suis-je tout simplement déprimée ?

Pourtant, je ne me sens ni vidée de mon énergie ni écrasée, et quand il faut secouer tout le monde ou réagir, j'en suis capable. Comme si à ce moment-là, j'appuyais sur un interrupteur et que je revenais dans mon corps faire ce que j'ai à faire. Une sensation très agréable.

Puis j'ai l'impression de le quitter de nouveau. Je me sens triste pour celle que je regarde, et pourtant, je l'encourage.

Aujourd'hui, j'aurais pu être tuée par un ours.

J'aurais également pu me noyer, m'étouffer, ou avoir un accident.

Ce soir, je vais me construire un abri solide. Pour mettre un peu plus mon courage à l'épreuve. Ou bien j'irai dormir avec un ex-détenu au corps chaud qui veut sans cesse que je lui raconte ma vie. Une autre sorte de défi. Une autre sorte de courage.

Si c'est de courage dont il s'agit.

Plus que cinq jours…

Bonne nuit, ma diva de maman.

Ingrid

Tavik agite sa lampe. Tout le monde pourrait voir qu'il m'appelle.

Mais Ally et Seth discutent près du feu, il n'y a aucune règle sur le fait de se rendre visite et, de toute façon, la tente de Bonnie et Pat est plantée plus loin, près de l'eau.

– Salut, il me fait quand j'arrive avec mon sac de couchage.

– Tu m'as appelée ?

– Plus ou moins.

J'ai suffisamment regagné mon corps pour sentir à quel point j'ai froid et je suis fatiguée. En fait, je suis présente en moi uniquement quand je suis avec Tavik. Quelque chose en lui réclame ma présence physique.

– On continue notre interview ? me demande-t-il, un petit sourire au coin des lèvres.

J'ai juste envie de me blottir contre lui en luttant contre mon désir pendant que je me réchauffe, puis de m'endormir. Mais ça serait malpoli.

– En fait, je suis venue passer la nuit avec toi, dis-je en soutenant son regard et en le mettant au défi de comprendre ce qu'il a envie de comprendre.

– Vraiment ?

– Oui. Si ça ne te dérange pas.

Il m'observe, puis secoue la tête.

– Non, ça ne me dérange pas.

– On peut parler, si tu veux. Si tu en as encore la force, après avoir porté un kayak, risqué la mort, et…

– Viens te coucher, dit-il en tapotant son sac de couchage. Passer la nuit avec moi.

Je glousse. En moins d'une minute, on est blottis l'un contre l'autre, et alors que je me réchauffe, la douleur et les peines de la journée me quittent peu à peu.

Pourtant, Tavik est très éveillé, et malgré ma fatigue, moi aussi.

– Tu me racontes une histoire pour que je m'endorme ? je lui demande.

– Du genre, *Il était une bergère* ?

– Ça, c'est une chanson. Même si personne ne me l'a jamais chantée.

– Ta mère ne te chantait pas de chansons ?

– Si, bien sûr. Mais du Verdi, du Puccini, du Mozart.

– Rien que de la musique classique.

– Toi, tu avais le droit à quelque chose ?

– Des coups de pied au cul.

– Au sens propre ?

– Ouais, mais ça, c'est pas une histoire qu'on raconte aux enfants.

– La mienne non plus.

– Peut-être, mais… (Il me serre plus fort contre lui.) J'ai compris ça en prison : au bout d'un moment, on a tous besoin de parler. Il faut que ça sorte. Tu en es arrivée là. Sinon, si tu veux, on peut baiser.

Je me redresse d'un coup, cette remarque me rappelle que Tavik n'est pas un garçon qui a juste envie d'échanger des baisers langoureux, au cas où je serais assez stupide pour commencer quelque chose.

– Je déconnais…, dit-il en se couvrant la bouche pour étouffer son rire. Tu verrais ta tête.

– Tavik…

– Je suis désolé. Rallonge-toi. Je te l'ai déjà dit, tu peux être tranquille avec moi. J'essaie juste de te faire rire. Et de te faire parler, aussi.

Je le dévisage un moment, puis je me rallonge, cette fois face à lui.

– Connard, dis-je.

– Attention, je sors de taule.

– Ce qui me donne encore plus de raisons d'être inquiète.

– Tu me vois comme un être désespérément en manque de sexe. (Je hausse les épaules.) Il n'y a pas besoin de plus longtemps que ce séjour pour que je sois en manque. Mais je t'ai dit que j'étais un escroc. Alors il faut bien que je choque de temps à autre. Pourtant, je peux aussi être honnête, gentil et, n'oublie pas, mon corps est chaud et j'ai une moustiquaire.

– C'est vrai.

– Non que je ne voudrais pas te baiser, dans d'autres circonstances.

– Merci.

– Dans presque n'importe quelles autres circonstances.

– Lesquelles ? je demande malgré moi.

– Par exemple, si tu disais oui.

Je devrais être consternée, mais en fait, je ris. Dans mon sac de couchage pour étouffer le bruit.

– Tu vois ? Tu trouves ça drôle.

– Je n'arrive pas à croire que tu aies dit ça.

– Ça permet de faire baisser la tension. Je te l'ai dit, et on en reste là.

– C'est ta vision des choses ?

Je repense à Juno et à sa « théorie du pénis ».

– Bien sûr. Et si tu n'as toujours pas envie de dormir… J'aime que tu me racontes ton histoire.

– J'ai vraiment sommeil, dis-je en bâillant.

– Fais de beaux rêves, Ingrid.

– Merci pour…

– Pour quoi ?

– Ce sentiment de sécurité.

Le lendemain, on se réveille de bonne heure.

– Construis-toi une cabane de merde ce soir, me murmure-t-il à l'oreille. Et viens dormir avec moi.

J'acquiesce en essayant de chasser le sentiment de bonheur que j'ai ressenti à dormir blottie contre lui.

Le dix-septième jour, il n'y a pas d'ours, mais des rochers et deux kilomètres de portage. Seth, qui est en tête et qui porte un kayak, manque de poser le pied sur un serpent à sonnette. Il hurle comme un fou en reculant, si bien qu'on tombe tous les uns sur les autres.

Pour une fois, Bonnie et Pat prennent la direction des opérations.

– On fait un détour, ordonne Pat.

– On passe à travers bois, confirme Bonnie.

Passer à travers bois, cela signifie se frayer un chemin au milieu des branches. C'est dur et c'est long, encore plus avec un kayak. Quand on repart chercher le reste des affaires, Seth craque.

– Je ne peux plus être leader, dit-il, couvert de sueur.

– Quel est le problème, Seth ? lui demande Bonnie.

– Un serpent à sonnette, voilà le problème ! hurle-t-il.

Et là, je me souviens de sa peur dans la coulée de boue. Il doit avoir une phobie des serpents.

– Si tu affrontes ta peur, elle va diminuer, déclare Pat avec sa voix de grand sage.

– Je l'ai déjà affrontée tout à l'heure. Je

l'affronte depuis que je suis ici. Je ne repars pas là-bas !

Tout le groupe doit s'y mettre pour convaincre Seth, non seulement de revenir chercher les affaires avec nous, mais aussi de conserver son poste de leader.

En me souvenant de l'apaisement qu'Isaac avait ressenti des années plus tôt, je me mets à chanter alors qu'on repart. J'entonne une aria. Puis Harvey s'occupe de nous faire rire et raconte à Seth une longue histoire sur un championnat de fusil à patate.

Quand on atteint le camp du soir, situé sur une très jolie île, Seth se place face à nous et déclare :

– Puisque je viens de vivre la journée la plus effrayante de ma vie, je voudrais la conclure en vous annonçant que je suis gay. Si ce séjour ne m'a pas fait renoncer à mon homosexualité, rien ne le fera.

Il s'attend à ce qu'on réagisse comme ses parents, alors il est ébahi de nous voir sourire et lui donner des claques dans le dos.

– Ça n'intéresse personne ? dit-il, l'air émerveillé.

– Ça n'étonne personne, précise Jin. Mais si, bien sûr que ça nous intéresse.

On discute longtemps, et je me sens heureuse d'avoir triomphé de cette journée, qui s'achève sur la révélation de Seth. Bonnie et Pat le prennent à part un moment pendant qu'on installe le camp.

Tout à coup, je me sens de nouveau seule.

Je suis tellement lasse que j'ai juste envie de m'effondrer.

Seule dans ma cabane.

Que je dois construire, même si je n'ai pas l'intention d'y dormir.

Le soir, au tour de table, on parle d'affronter ses peurs et de savoir s'entourer de gens bienveillants. De se constituer sa tribu.

Seth est inquiet. Sa famille risque de le mettre dehors, alors il n'aura plus d'endroit où dormir, sauf à aller chez un oncle qui désapprouve autant que ses parents ce qu'il est. Henry et Harvey lui annoncent que si ça arrive, il peut prendre un bus jusqu'à chez eux.

– Notre mère adore recueillir les âmes égarées, dit Henry. Sans prétendre que tu en es une.

– Mes parents ne sont pas capables d'accueillir quelqu'un, dit Ally. Mais quand j'aurai dix-huit ans, toi et moi, on pourrait prendre un appartement. Si tu supportes les bébés. Quoique Angel sera une enfant, d'ici là. Si j'ai trouvé un boulot, et que je l'ai récupérée.

– Tu peux venir chez moi, j'annonce en me tournant ensuite vers Jin. C'est valable pour toi aussi, au cas où ça se passe mal avec ta tante. Même si je suis à Londres, mes parents… ça ira. Ma chambre sera libre. Et Andreas, mon père, est génial dans les moments de crise.

– On peut remplacer ta famille, si tu veux, dit Melissa à Seth.

J'attends dans mon misérable abri que tout le monde soit couché, puis je rejoins Tavik à tâtons.

– J'ai presque cru que tu ne viendrais pas, me dit-il.

Je lâche d'une traite :

– Le soir de ma deuxième représentation du *Magicien d'Oz*, ma mère a pris trop de médicaments, soi-disant par erreur, et elle a failli mourir.

– Ah.

– Désolée, je ne sais pas raconter ça. C'est la première fois que j'en parle. Tu veux que je développe ?

– Euh… C'est comme tu veux. Je n'ai aucun conseil à te donner.

– Pendant longtemps, j'ai cru que c'était ma faute.

– Parce que tu es montée sur scène ?

J'acquiesce.

– Ça, c'est des conneries, affirme-t-il.

– Le croire et s'en convaincre, c'est deux choses différentes.

Il hoche lentement la tête.

– J'ai dû lui jurer que je ne le dirais jamais à personne. Elle m'y a obligée.

– Alors, pourquoi tu viens de me le dire ?

– Parce que des fois, j'ai si mal que… j'ai envie de tout casser.

– Une promesse, par exemple ?

– Par exemple. Mais aussi au sens propre, dis-je en portant une main à mon tibia.

Tavik me regarde de ses yeux noirs et profonds.

– Parfois, je ressens tout trop fort, dis-je, mes yeux dans ses yeux. Et à d'autres moments, je ne ressens rien.

– Et là, tu ressens quoi ?

Là, j'ai envie de lui raconter mon histoire. J'ai l'impression que ses yeux me nourrissent. Que si je posais la main sur sa joue puis la descendais jusqu'à sa poitrine, je saurais si je fais battre son cœur plus vite, ce qui vaut mieux que toutes les conversations du monde. J'ai l'impression que je pourrais passer cent ans à dormir, j'ai envie de pleurer, de chanter, de poser mes lèvres sur les siennes, de me glisser dans un terrier et d'y passer le reste de ma vie. J'ai envie de m'allonger sur le dos pour contempler le ciel et de laisser les étoiles me tomber dans les yeux.

– Tu as froid ? demande-t-il au bout d'un moment, car pendant tout ce temps, je suis restée silencieuse.

– Je devrais pouvoir dépasser tout ça, dis-je en ignorant sa dernière question.

– Quoi ?

– La tentative de suicide de ma mère. Le garçon dont j'étais amoureuse, qui sortait avec une autre. La fin de mon enfance dorée, la perte de la voix de maman, tout ça. J'ai trouvé beaucoup de solutions toute seule. Il arrive des choses bien pires à plein de gens. Regarde, rien que dans ce groupe. Mais qu'est-ce que deviennent nos problèmes, une fois qu'on les a résolus ?

– Je ne sais pas, répond Tavik.

– Et puis... j'ai peur de l'avenir, peur de vivre à Londres, d'étudier la musique. J'ai peur d'échouer, j'ai peur de réussir, j'ai peur de devenir comme ma mère, ou bien de ne pas lui ressembler assez.

Peur de ce qui me motive, parce que si je suis honnête… j'ai envie de la surpasser. Pourquoi ? Et en ai-je le droit ? Qu'est-ce que je ferai si ça se produit ? Qu'est-ce que ça me fera ?

– Ça fera de toi une personne qui réussit. Tu seras la fille de ta mère. Elle est adulte. C'est à elle de gérer tout ça.

Je respire avec peine, et je détourne les yeux.

– C'est terrible que tu te sentes responsable à sa place, dit Tavik. En même temps, qu'est-ce que j'en sais ? Qu'est-ce que j'y connais à la musique classique ? Moi, je finirai sans doute à réparer des chiottes ou des voitures, et encore, si j'ai de la chance.

– Tavik, je suis désolée, je…

– Je ne disais pas ça pour me plaindre. Je n'ai pas d'ambition. Je cherche juste à avoir une vie normale. Ça me conviendrait très bien. Ingrid… fonce. Voilà tout ce que je peux te dire. Et même si tu as peur, fonce quand même.

– C'est comme si… je guettais un signe. Tu comprends ? Qui me dise que je vais dans la bonne direction.

– Ça ne sert à rien de guetter des signes. Peut-être qu'il y en a, et peut-être pas.

– Là, tu n'es pas censé me mentir ?

– Tu passes la nuit avec moi, me dit-il avec un clin d'œil. Je n'ai pas besoin de grand-chose d'autre.

Je souris, et dans mon esprit, je le déshabille, puis je passe les doigts sur ses magnifiques muscles, alors qu'en réalité, je me contente de faire comme les nuits précédentes, de me rouler en boule, et de m'endormir, épuisée à force de contenir mon désir.

Dix-huitième jour. Plus que trois jours, et chacun rentrera chez soi. En kayak, ça va à la fois mieux et moins bien. Mieux parce qu'on s'est améliorés, moins bien parce que la rivière est plus dure à naviguer. On est dans un entrelacs de cours d'eau qui s'élargissent et rétrécissent sans prévenir. Grâce au courant, c'est plus facile de pagayer. En revanche, on doit barrer sans cesse. Il y a plus de rochers et de pièges, et tout le monde se fait coincer au moins une fois. Melissa, Seth et Henry chavirent dans un virage, et leur sauvetage est épique, mais heureusement, cette fois, il n'y a pas d'ours. Nous, les trois filles, on réussit à tenir bon dans notre kayak, mais on manque plusieurs fois de se retrouver à l'eau.

La dix-huitième nuit est froide. Je reste longtemps près du feu pour me réchauffer après ma baignade, cette torture que je m'inflige chaque jour. J'espère que mes cheveux, qui ne sont plus qu'un gigantesque nœud, seront secs avant que je me couche.

Mon journal est sur mes genoux, mais je n'écris rien. Je guette un signe.

31. OZ, ETC.

(Entre quinze et seize ans)

Oz ne fut bientôt qu'un souvenir. Oz, etc., car la suite ne fut que confusion et drame.

Au début, les choses s'arrangèrent un peu. Autrement dit, la situation ne vira pas à la catastrophe absolue.

J'avais pendant un moment laissé de côté mon inquiétude pour Margot-Sophia afin de connaître un peu de bonheur. Désormais, j'avais l'impression que l'univers tout entier me châtiait pour ce blasphème. La leçon, c'est que le prix à payer pour le bonheur est trop élevé, et qu'il en sera toujours ainsi.

Finis, le théâtre et la musique. Parce que, sinon, je vivrais toujours la peur au ventre. Parce que, sinon, j'allais me réveiller en sueur presque chaque nuit en rêvant que maman était perdue, ou morte, et que je courais partout pour la sauver.

Andreas revint, et il ne fut plus question de rupture. Il lui offrit un dispositif de luminothérapie et lut beaucoup sur la dépression, me faisant part de ses découvertes. Le problème n'était pas tant de trouver un traitement que de le gérer, dit-il.

Elle prenait à nouveau ses médicaments, et se mettait sous sa lampe chaque matin en buvant son café. Elle ne toucha pas à une seule goutte d'alcool pendant six mois. Andreas voulut l'inscrire dans une salle de sport, car faire de l'exercice est antidépresseur, mais elle refusa. En revanche, elle rejoignit un groupe de thérapie, et elle ne manquait jamais une réunion.

Je fis profil bas pendant toute la fin de mon année de seconde.

Isaac n'eut de cesse de chercher à me parler, de m'envoyer des sms ou des e-mails, de surgir devant mon casier avec des yeux de chien battu. Il me manquait. Je faillis céder cent fois, mais j'avais trop mal pour prendre ce risque.

Heureusement, à la fin du printemps, maman était redevenue elle-même. Dans l'été, Andreas, elle et moi, on partit visiter Vancouver. Ensuite, Andreas rentra à Toronto en avion tandis que maman et moi, on traversait le pays en train. On en profita pour faire des lectures à voix haute, commencer une collection de cartes qu'on collait dans un cahier, prendre des photos qu'on envoyait à Andreas.

J'avais l'impression que tout était à nouveau comme avant.

J'avais l'impression de vivre enfin.

À l'automne, mon adoption fut finalisée, et on partit tous les trois fêter l'événement à New York, le temps d'un week-end.

J'avais enfin un père.

Un jour, alors que je passais devant le théâtre, je vis la porte ouverte, et j'eus l'impression que la salle m'appelait. Je m'avançai. Ne voyant personne, je montai sur scène. Il n'y avait là que le piano, et je ressentis comme un malaise. Je crus entendre de la musique, je vis ma mère chanter sur scène, et je sus… qu'elle avait raison, bien sûr, que cette vie ne pouvait garantir le bonheur.

Et pourtant.

Je m'approchai du piano, je m'y installai et posai les doigts sur les touches. Je m'étais essayée au chant pour Oz, mais je n'avais plus touché de piano depuis l'enfance. Je ne savais pas si j'étais encore capable d'en jouer.

Je me décidai pour *Clair de lune,* de Debussy. Je jouai les premières notes. À dix ans, j'aurais pu interpréter ce morceau dans mon sommeil. Là, c'était une catastrophe. Mes doigts butaient sur les touches. Et pourtant, je m'obstinai. La deuxième fois, ce fut un peu moins abominable, et surtout, j'eus un déclic. J'eus l'impression de me glisser dans un lit chaud, le mien. J'étais chez moi.

Je faisais ma troisième tentative quand je sentis une présence, et découvris Rhea.

– Ne t'arrête pas, dit-elle.

Mais c'était trop tard.

– Je suis… désolée. Je…

Je fondis en larmes.

– Continue. Je te laisse tranquille.

– Non… Je… Putain, c'est trop dur. (Et là, je

rougis.) Maintenant, je dis des gros mots devant vous !

– À quoi sont dues ces larmes ? Sont-elles des larmes de joie ou de tristesse ? demanda-t-elle en venant s'accouder au piano.

– Je n'en sais rien. Je suis une adolescente. L'adolescent n'est-il pas supposé être débordé d'émotions ? dis-je en ricanant.

Elle se pencha plus près.

– Deux choses. Après, je te laisse tranquille. La première : je vais te laisser la clef d'une salle de répétition au deuxième étage.

– Je ne...

– Comme passe-temps, exutoire, espace à toi.

Je déglutis.

– Merci.

– La deuxième : j'y réfléchis depuis un moment, et là, en t'entendant jouer du piano... Je connais le directeur d'une école de musique très spéciale à Londres. Elle s'appelle Ayerton. Cette école accueille des élèves de terminale et leur donne une chance de développer leurs talents. L'année suivante, la plupart sont acceptés dans leur conservatoire ou d'autres écoles de musique. Ils ne prennent que les meilleurs. Les auditions ont lieu uniquement sur invitation, et ils acceptent trois étudiants en provenance d'Amérique du Nord par an. Je pourrais t'obtenir une audition.

– Moi ? Aller à Londres ? Dans une école de musique ?

C'était comme si Rhea venait de mettre au jour mon secret le plus profond. J'avais la gorge sèche.

Si j'essayais de me lever, mes jambes allaient céder sous mon poids. Faire de la musique à Londres…!

– Je peux t'aider à en parler à tes parents, proposa-t-elle.

– C'est impossible, dis-je en déglutissant. Malgré tout, merci beaucoup. Si cela devait se produire, ce serait comme un rêve qui devient réalité. Mais c'est inutile que je passe l'audition parce que, même si j'étais acceptée, je ne pourrais pas y aller. Et puis…

– Oui ?

– Je viens justement de me dire que la musique, ce n'est pas le genre de carrière qui conduit au bonheur.

– Cela signifie juste que tu n'es pas une idiote avec des étoiles plein les yeux, répondit Rhea d'un air solennel. Rien ne garantit le bonheur. Je ne suis même pas certaine qu'on doive le rechercher. La satisfaction, peut-être. Celle du devoir accompli. Participer à quelque chose. Être authentique. Mais le bonheur ? Ce n'est pas un accomplissement en soi. Et puis, à mon avis, plus on s'écarte de ce qu'on est vraiment, moins on a de chances de le connaître.

Je n'avais jamais vu les choses de cette manière.

– Commence par passer l'audition…, me dit-elle en me regardant droit dans les yeux, comme si elle voyait déjà que j'en rêvais à en avoir mal, à ne plus pouvoir respirer. Sinon, tu ne sauras jamais.

– Alors, je devrai vivre sans savoir.

Mais ça m'était impossible. Maman allait

mieux, et j'en avais tellement envie. Je voulus au moins essayer.

Je pris la clef de la salle de répétition et je consacrai des heures à m'exercer.

Sans le dire à personne.

Et pour finir, je passai l'audition.

Comme d'habitude, je manquai de défaillir en entrant sur scène, puis je fus incapable de juger de la qualité de ma performance.

Je m'efforçai de ne plus y penser, jusqu'au jour où, début décembre, Rhea me convoqua dans son bureau. À ma grande surprise, j'y découvris maman et Andreas. Rhea nous annonça que j'étais acceptée à Ayerton.

– C'est une école de grande qualité, déclara-t-elle. Unique en son genre.

– Je la connais, dit maman en se tournant vers moi, mais je ne veux pas de ça pour toi.

– Mais maman… Moi, je le veux.

– Et si vous emportiez la brochure pour en discuter tranquillement ? suggéra tout doucement Rhea.

Avant que je m'en rende compte, on était tous les trois debout, elle me tendait la lettre d'acceptation et le programme des cours.

Maman me fondit dessus dès que l'on atteignit la porte du relais de poste.

– Pourquoi tu m'as menti ?

Quand elle était en colère, elle paraissait toujours plus grande.

– Je ne t'ai pas menti, je me suis contentée de ne pas t'en parler, expliquai-je avec un calme que j'étais loin de ressentir. Parce que je ne voulais pas qu'on se dispute sans raison, si je n'étais pas acceptée. Maman, jamais je n'aurais cru réussir. Mais j'ai été prise ! Je t'en supplie, tu dois me laisser y aller.

– Je ne dois rien du tout. Combien de fois faudra-t-il que je te dise que je veux que tu aies une vie stable ? Je n'ai pas envie que tu connaisses ce dont j'ai souffert.

– Mais maman, je ne suis pas comme toi ! Je ne vivrai pas ce que tu as vécu.

– Pourquoi crois-tu que nous sommes parties si loin de l'Europe, que j'ai travaillé si dur pour t'offrir une stabilité, une éducation, la chance d'un avenir solide ? dit-elle d'un ton sérieux et sincère, presque comme si elle me suppliait. Tu ne vois donc pas que tu peux faire plein d'autres choses ? Tu n'es pas obligée de devenir l'esclave que j'ai été. La musique n'est pas le seul moyen d'accéder au bonheur.

– Comment le sais-tu ? Désolée de te décevoir, mais la vie que tu imagines pour moi me paraît surtout ennuyeuse, et pas du tout satisfaisante.

– Ingrid, je sais que ton sentiment pour la musique est… profond. Mais c'est un sentiment fugace. Un engouement. Quand tu verras ce monde tel qu'il est vraiment, tu découvriras qu'il est fait de gens mauvais, qu'ils n'attendent qu'une chose, c'est que tu chutes. Je n'ai pas perdu que ma voix. J'ai renoncé à tout pour chanter. À tout, à part toi. Peut-être que tu as un souvenir agréable de ces années. Mais tu étais une enfant. Je t'ai protégée. Tu n'as aucune idée de ce que j'ai vécu. Les critiques, les commentaires. Il faut être forte.

– Je suis forte.

– La réponse est non.

J'avais l'impression que de la lave bouillante allait jaillir de moi.

– Non ?

– Non. Tu es encore mineure, je peux donc décider pour toi. Quand tu auras dix-huit ans, tu pourras faire tes propres choix. D'ici là, c'est moi qui ai le dernier mot.

Je jetai un coup d'œil à Andreas, qui se tenait à l'écart. Lui aussi avait l'autorité parentale sur moi, à présent. Mais il prenait garde à ne plus jamais parler trop vite. Il me fit un petit signe de tête pour me dire d'attendre.

Attendre ? Alors que toute ma vie se jouait à cet instant ?

J'avais essayé de négocier, j'avais mis mon cœur sur la table, en vain. Je repris :

– Très bien. Et si tu étais honnête ? Et si tu admettais que tu ne peux pas supporter que j'aie peut-être ce que tu as perdu, et que tu ne peux pas récupérer parce que tu es trop lâche ? Tu joues les victimes, tu refuses ta part de responsabilité. Car oui, tu as une responsabilité dans le fait que tu as perdu ta voix. Et moi, je dois juste en subir les conséquences. Je dois passer ma vie à marcher sur des œufs, m'obliger à devenir autre chose que ce que je suis. Je dois être une victime comme toi, n'avoir aucun espoir, aucune envie, de peur que ça te fasse mal. Tu trouves ça juste ?

– Comment oses-tu ?

– Où est passée la mère qui me disait que si je travaillais assez dur, je pourrais réussir tout ce que je voulais ? Qu'est-elle devenue ? C'est en elle que je croyais. Je vais être très claire. Si tu ne me laisses pas partir, je ne te le pardonnerai jamais. Jamais.

Là-dessus, je montai jusqu'à ma chambre, puis je claquai la porte et hurlai dans mon oreiller. Je pleurai des heures avant de finir par m'endormir.

Nous avions une semaine pour renvoyer les formulaires d'inscription à l'école.

Ma mère ne m'adressa pas la parole pendant six jours.

Andreas me promettait qu'il faisait tout son possible, que l'aspect financier n'était pas un problème. Et pourtant, ma mère semblait implacable.

Le matin du septième jour, elle entra dans ma chambre avant même que je sois levée et se plaça au bout de mon lit. Elle avait un papier et un crayon à la main.

– Je ne serai pas toujours là pour t'aider, déclara-t-elle.

– Ce que tu dis est morbide, répondis-je d'une voix tremblante en levant les yeux au ciel.

– Je veux que tu aies plusieurs cordes à ton arc.

– Ça, j'ai bien compris.

– Tu n'es jamais partie loin de la maison, ni loin de moi.

– Je sais, mais…

– Et je ne peux pas aller vivre à Londres.

– Il y a un internat, là-bas.

– Ce que je veux dire, c'est que là-bas, pour la première fois de ta vie, tu seras sans moi.

– Je sais.

– J'accepte que tu y ailles. (Et là, elle leva la main pour m'empêcher de parler.) À une condition.

Je m'assis, le cœur battant.

– Laquelle ? Tout ce que tu voudras.

C'est le moment dont j'essaie sans cesse de me souvenir. Je cherche en vain ses mots précis…

Elle me tendit la brochure de Peak Wilderness, celle avec les jeunes à l'air sain devant les cabanes rustiques en bois.

– Que tu passes trois semaines dans ce camp, l'été prochain, m'annonça-t-elle.

Je lui arrachai la brochure des mains et y jetai un rapide coup d'œil.

– Celui d'Ella ?

Maman hocha la tête.

– Mais… quel rapport entre ce camp et l'école de musique ? Quel est l'intérêt ?

– Tu veux quelque chose, moi aussi.

– Mais pourquoi ?

– Pour t'endurcir, dit-elle avec un sourire presque diabolique. À quoi bon, sinon ?

Je n'en avais pas envie, je ne comprenais pas, mais après tout, ce n'était que trois semaines.

– D'accord, dis-je, trop excitée à l'idée d'aller à Ayerton pour m'en soucier davantage. Je signe où ?

Il se peut que dans les semaines qui suivirent, Margot-Sophia m'ait envoyé un lien sur Peak

Wilderness. Cela me dit vaguement quelque chose. Mais j'ai très bien pu inventer ce souvenir. En tout cas, si elle me l'a envoyé… je n'ai pas cliqué sur le lien, trop occupée à explorer Londres sur Internet et à rêver d'Ayerton. Il se peut qu'elle m'ait à dessein induite en erreur, il se peut qu'elle ait tenté de me prévenir, il se peut même qu'elle m'ait laissé le choix du programme.

Mais je ne peux pas passer mon temps à m'interroger et à me demander pourquoi. Surtout qu'à mesure que les jours passent, je ne suis pas sûre que ce soient vraiment les bonnes questions. Je ne peux pas non plus lui en vouloir à jamais. Car cela impliquerait que je suis juste sa créature, que je ne fais pas mes propres choix. Dans ce cas, à quoi bon me battre pour exister par moi-même ?

32. *RAPIDES*

(Peak Wilderness, jour 19)

Plus que deux jours. Je devrais commencer à me sentir mieux.

En réalité, je ne me sens pas mieux, je me sens différente.

D'un côté, je vais plus mal, parce qu'à mon retour à la maison, ma vie va réellement commencer. Peak Wilderness aura été un jalon. Il y aura un avant et un après Peak Wilderness. Et maintenant, ce qui compte, c'est l'après. Qui m'inquiète.

Mais je ne vais pas avoir le temps d'y réfléchir tout de suite, parce que, en ce dix-neuvième jour, on aborde nos premiers vrais rapides.

On le comprend quand Bonnie nous demande de mettre nos casques.

De loin, les remous ont l'air jolis et amusants. Mais une fois dedans, ça devient une expérience terrifiante à cause de la vitesse et des tourbillons. On n'a aucun contrôle ni sur notre kayak ni sur notre panique, alors que le moindre mauvais geste, le moindre rocher, pourrait se transformer en catastrophe.

Ally réagit en fille courageuse et décidée. Mais Jin a trop mal à l'estomac. Elle est blottie au fond du kayak.

– Pense à une chose, je lui crie alors qu'on est en plein rapides. Quand on sera de retour chez nous, on se dira qu'on a survécu à ça.

Elle lève le poing entre deux secousses.

Tavik et Harvey chavirent. Tout ce qui n'est pas dans un sac étanche est trempé, et ils manquent de perdre un paquetage. On est les seules à être assez proches pour leur venir en aide. On repêche le sac avec une pagaie, et on les aide à redresser leur kayak.

Juste après, nous heurtons un rocher, mais heureusement, Ally réussit à nous repousser du pied. C'est de la magie qui devient réalité, ou presque.

Après cette expérience terrifiante, alors qu'on est encore ahuris, il faut à nouveau marcher avec toutes les affaires. Jin et moi, on prend le matériel, Ally le kayak.

J'avance péniblement. Le taux d'adrénaline baisse, et l'angoisse de rentrer grandit en moi. J'aimerais revivre une expérience de sortie de corps, mais apparemment, ça ne se fait pas sur commande.

Bref. Je dois juste tenir toute la journée, puis la suivante, et la suite à la maison. Je suis plongée dans mes pensées quand je me rends compte que, devant moi, tout le monde s'arrête.

Alors qu'on vient juste de se mettre en route, le sentier a disparu.

Tout simplement parce qu'à partir de là, la forêt a brûlé.

Devant nous, ce n'est qu'une étendue de souches noires et d'arbres enchevêtrés à terre, de troncs à l'apparence fantomatique dirigés vers le ciel comme des piques. Le sol est une sorte de boue de charbon où rien n'a pu repousser. L'odeur, celle de cendre et de pourriture, est nauséabonde.

Ce spectacle est écœurant et sinistre. Douloureux, même.

– Il y a eu un feu de forêt, explique Bonnie devant notre silence.

– Sans blague, lâche Jin, mais elle n'est même pas sarcastique.

– Il a sans doute eu lieu assez récemment, sinon on verrait de la végétation sortir, ajoute Pat. La nature finit toujours par reprendre ses droits.

– Et personne ne vous l'a signalé ? Personne n'a pensé à le mettre sur la carte ? interroge Seth.

– Personne ne vient jusqu'ici, explique Pat. Ce sera à nous de le signaler à notre retour.

– Et comment… on le franchit ? demande Ally, les yeux écarquillés.

– Avec beaucoup de prudence, et non sans difficulté, répond Pat, qui pour une fois, ne fait pas le fier.

On étudie la carte tous ensemble en essayant de deviner où se trouvait le sentier. Puis Pat sort un compas de l'une de ses poches, et il organise la traversée avec Bonnie.

– Faites attention à là où vous mettez les pieds,

nous conseille-t-il en saisissant le kayak que Bonnie portait.

Il le place en équilibre sur sa tête.

Vu sa propension à nous obliger à nous débrouiller seuls, je trouve ça à la fois inquiétant et rassurant.

Ally n'a pas l'air tranquille. Je lui propose de prendre le kayak.

Je le hisse sur ma tête et j'avance dans la boue noire qui m'arrive à la cheville. Je comprends vite que ce n'est pas facile de garder l'équilibre dans ce magma. Ally et Jin se placent l'une devant, l'autre derrière moi pour redresser le kayak dès que je titube.

De gros nuages sombres surgissent et, si c'est possible, le paysage devient encore plus sinistre. Chacun de mes muscles est tendu, et bientôt, je suis dégoulinante de sueur.

Il y a sans cesse des bosses et des arbres couchés à franchir. Jin tombe à plusieurs reprises, y compris tête la première, mais elle ne se plaint pas. Personne ne parle, à part pour prévenir les autres d'un obstacle. On met dix minutes à parcourir trois mètres.

Je pense juste à ce que mon corps doit faire dans l'immédiat, à comment je vais y arriver, et ça n'a rien d'évident.

Moi qui cherchais un signe…

Si le signe, c'est celui-là, pas de doute, ma vie va être un enfer. Car il n'y a pas la moindre lueur d'espoir. Il n'y a là aucun brin d'herbe, aucune fleur, ni aucun oiseau. Rien. Peut-être qu'au bout de ce calvaire, on va tomber sur une fosse qui brûle encore.

À peu près à mi-chemin, on découvre deux bois de cerf dressés sur un tas de cendres. Un peu plus loin, ce qui a dû être une portée de ratons laveurs coincée sous un arbre.

Ally en a le souffle coupé.

Jin s'éloigne de quelques pas pour vomir.

Je ferme les yeux très fort.

Jin nous rejoint, et on reprend notre marche. En plus de la sueur, mon visage est à présent couvert de larmes. Déjà, à cause de la douleur physique. Mais aussi morale, car tout me revient en bloc : mes souvenirs, mes joies, mes chagrins, mes regrets font écho à la souffrance de mes muscles, à cette forêt dévastée, à la vision d'horreur de ces bébés ratons laveurs réduits en cendres. Je marche et je pleure. Mes bras, mes épaules, mes abdominaux, mes jambes et mes pieds hurlent d'une douleur silencieuse.

Je vois Tavik poser son kayak sur un tronc, passer dessous, et l'attraper par l'autre côté.

J'admire l'astuce un instant de trop, et je fais un mauvais pas. Je tombe à quatre pattes, le kayak sur moi. Le banc qui cogne contre mon dos me coupe la respiration.

Ally et Jin soulèvent le kayak, mais au lieu de me relever, je plante les deux poings dans la boue en hurlant ma rage.

– Je peux prendre le kayak, me dit Ally.

– Ou moi, renchérit Jin.

Je frappe par terre à plusieurs reprises, puis je me redresse.

– On y est presque, dis-je en essuyant les larmes et la sueur sur mon visage, ce qui ne sert qu'à les remplacer par de la boue. Je veux le porter jusqu'au bout. J'y tiens.

– Mais…

– Laisse-la faire, dit Jin à Ally.

Elles ne me demandent pas si ça va, parce que ma réponse ne changera rien à la situation. On doit traverser cet enfer avec le kayak. Puis on devra repartir chercher le reste du matériel.

On fait la dernière traversée toutes trois enlacées pour se soutenir, puis on s'effondre dans la boue.

Une fois que tout le monde a retrouvé un peu de forces, on monte sur un talus pour se repérer. Heureusement, la rivière qu'on doit rejoindre bouillonne en contrebas. Malheureusement, elle est au pied d'une falaise.

– Évidemment, bougonne Jin.

Ally et moi, on part dans un éclat de rire hystérique.

Cette fois, Pat nous laisse trouver la solution. Pour finir, on lance les kayaks, puis le matériel, sur la rive dix mètres plus bas.

La logique d'un groupe aussi fatigué est périlleuse, mais ça marche, et tout atterrit sans dommage sur le sable.

Jin dit qu'elle a envie de faire pareil.

Mais avec nos casques de kayak et une corde de rappel, on descend un par un le long de la falaise jusqu'à la rive.

Chère maman,

J'ai enfin compris à quoi sert Peak Wilderness : à briser toutes les barrières – physiques, psychologiques et mentales. À Peak Wilderness, on découvre ce qu'il y a de meilleur et de pire en soi, on apprend ce qu'on ignorait sur soi, on se confronte à ses démons.

Or, mon démon, c'est toi.

Ce que j'ai de pire et de meilleur, c'est toi : j'ai besoin de toi et j'ai peur de toi, j'ai peur de ce qui pourrait m'arriver sans toi, car je me suis construite par rapport à toi.

Mon démon, c'est aussi ce que tu as perdu, et qui t'empêche de vivre. Tu as cessé d'avoir envie de vivre. J'aimerais que tu saches ce que cette découverte a eu comme effet sur moi, sur chacune des bouffées d'air que je respire.

J'ai essayé de vivre a minima. *J'ai voulu correspondre à ce que tu souhaitais pour moi afin que tu résistes à la spirale qui t'entraînait. Mais à chercher à te maintenir en vie, j'ai tout perdu ou presque. Vivre comme ça, maman, ça équivaut à la mort.*

Or, j'ai envie de vivre.

Je l'ai compris quand Paix m'a maintenu la tête sous l'eau. Je l'ai compris dans la coulée de boue, et face à l'ours, et aujourd'hui dans cette forêt dévastée.

J'ai envie de vivre. J'ai envie de chanter, de raconter des histoires, de découvrir plein de choses, de connaître des choses qui me dépassent, aussi. J'ai envie de donner tout ce que j'ai, même si ça fait mal, même si ça me terrasse.

Mais je ne peux pas le vouloir pour toi. Je ne peux pas t'obliger à renoncer à ta douleur, je ne peux pas t'attacher à moi, je ne peux pas te garder près de moi.

Si je continue à te faire passer avant moi, je ne vivrai pas.

Et là, maman, on mourra toutes les deux.

À quoi bon ?

J'ai respecté ma parole, j'ai tenu le coup pendant ce séjour. J'ai fait mes choix. Et maintenant, je choisis de vivre.

Je t'embrasse,

Ingrid

On saute tous dans la rivière. J'y reste jusqu'à devenir bleue. J'ai un certain plaisir à sentir l'eau glacée apaiser la brûlure de mes muscles, ainsi que toutes les coupures et blessures de la journée.

Les nuits se font plus froides, le soleil se couche plus tôt. C'est notre avant-dernière nuit dehors. On a presque du mal à y croire.

Je m'habille chaudement en sortant de l'eau, puis je m'installe entre Ally et Jin pour le dîner et le tour de table.

Après, je vois Tavik descendre vers la bande de sable qui est trop étroite pour qu'on appelle ça une plage. Je vais le rejoindre.

Il se retourne. Ses yeux sombres brillent à la lueur de la lune.

– Tu as l'air mieux, dit-il.

– Je ne me suis jamais sentie aussi épuisée et débraillée de toute ma vie !

– Tes yeux. Dans tes yeux, tu as l'air mieux. La forêt et l'eau, ça te réussit.

– Je t'ai entendu hurler comme un fou dans ces rapides.

Il sourit en répondant :

– J'adore aller vite.

– Je l'ai bien compris.

– Peut-être que tu vas mieux depuis que tu me parles…

– Peut-être. Mais je t'ai presque tout dit.

– Zut.

– Il y a cependant un dernier épisode que tu pourrais trouver intéressant : il y a deux mois, j'ai détruit le garage à coups de hache.

– Quoi ?

Il a l'air tellement choqué que je me mets à rire.

– Rien que pour voir ta tête, ça valait le coup de t'annoncer ça !

– Tu as détruit un garage à coups de hache ? Tu es sérieuse ?

– Très sérieuse. (Et là, j'arrête de rire.) C'était un très vieux garage, plutôt une sorte d'appentis. À peine assez grand pour une voiture. Bref. C'était juste après dîner. J'étais… Je n'allais plus à l'école, à l'époque, mais ma meilleure amie m'avait convaincue de venir au bal du printemps. Pour voir des gens et m'amuser un peu. J'avais choisi une robe, je m'étais habillée mais, à l'heure dite, je n'ai pas pu y aller. Je craignais juste d'avoir l'air d'un monstre aux yeux des autres. Je n'allais vraiment pas bien.

– À cause de ta mère.

– De ma mère, et puis, j'avais appris qu'Isaac y amènerait sa nouvelle petite amie, alors… tout à coup, ça a été trop. J'ai ressenti en moi une force terrible. Du coup, avec ma robe et mes chaussures élégantes, je suis allée chercher une hache dans l'atelier. Je sais que ça peut paraître dingue, mais pour moi, ça faisait sens. Je voulais détruire ce garage. Je me suis attaquée aux vieilles planches. C'était une sensation incroyable. J'ai très vite eu le visage couvert de sueur. De larmes, sans doute aussi. Puis je suis montée sur un escabeau pour abattre le toit. Je voulais vraiment tout casser, sans me soucier des conséquences.

– Et personne ne t'en a empêchée ?

– Au printemps, en ville, en fin de journée, beaucoup de gens tondent leur pelouse ou font des travaux, alors le bruit est passé inaperçu.

– Donc tu as réussi à tout casser sans que personne ne t'arrête ?

– Presque. Parce que, au bout d'un moment, je suis tombée de l'escabeau et je me suis entaillé la jambe.

– Oh, non…

– Si. Avec le recul, cette histoire est presque drôle.

– Pas vraiment.

– D'accord, pas vraiment. Bref, j'ai poussé un hurlement, et mon beau-père, mon père en fait, est arrivé en courant. On pensait que ce n'était pas grand-chose, mais on est quand même allés aux urgences en laissant le garage à moitié détruit, et j'ai eu droit à des points de suture.

– Tes parents ne t'ont pas reproché d'avoir détruit le garage ?

Je déglutis en secouant la tête.

– Le lendemain matin, Andreas a acheté une deuxième hache, et il m'a aidée à finir. On a fait ça ensemble.

– Ta mère a dû vous prendre pour deux cinglés.

– Elle est un peu à l'origine de notre folie.

– Mais…

– On ne lui a pas demandé son avis, je réponds d'une voix dure.

Tavik recule d'un pas.

– D'accord.

– Donc, tu vois, moi aussi, je suis une délinquante.

– Et ça, c'était il y a deux mois ?

Je hoche la tête.

– Et comment va ta jambe ?

– Tu veux voir ?

Sans attendre sa réponse, je m'assieds sur le sable et soulève le bas de mon pantalon. Tavik s'agenouille pour examiner ma cicatrice à la lueur de la lune.

– C'est encore rouge, dit-il en posant le doigt dessus.

Je sens que ma respiration se bloque dans ma gorge.

– Ça fait mal ?

– Uniquement quand je suis en colère. Ce qui n'a aucun sens.

Il pose toute la main sur la cicatrice, et sa chaleur semble se diffuser en moi.

– Et là ?

– Non, là, c'est agréable.

Il retire sa main. Sans réfléchir, je l'attrape et la replace sur ma jambe.

– Ça faisait du bien, dis-je en voyant son regard changer, et en sentant le mien changer aussi.

J'ai l'impression de me promener au bord d'un précipice.

– Attention, me dit-il.

– À quoi ? je demande sans le quitter des yeux.

– Tu aimes toujours ce garçon…, répond-il tandis que sa main me caresse le tibia.

– Il n'est pas là. Il est peut-être avec une autre. Je ne le reverrai sans doute jamais. Et toi, tu…

– Je ?

– Tu es vraiment beau.

Il lâche un petit rire.

– Personne ne m'a jamais dit ça.

– Eh bien, moi, je te le dis.

Et là, je pose doucement les mains sur ses épaules, puis je les descends vers sa poitrine. Il a les mains sur ma taille, ses doigts sur ma peau.

– Et tu veux que je t'aide à l'oublier, dit-il en m'attirant contre lui, à tel point que nous sommes hanche contre hanche, torse contre torse.

– Je veux que tu m'aides à ressentir quelque chose d'agréable.

– Ça, je peux peut-être y arriver, dit-il en remontant lentement une main dans mon dos et en détachant mon soutien-gorge d'un geste expert, tandis que ses lèvres se collent aux miennes.

Il a une odeur de savon et de feu, puis un goût de chocolat, de fumée et de rivière. Mes doigts parcourent sa peau nue. Il sait vraiment se servir de sa bouche et de ses mains.

Tavik n'est pas aussi doux et délicat qu'Isaac.

Il aime aller vite, il sait où il va, et comment y arriver. Bientôt, on est allongés tous les deux, nos T-shirts remontés, nos fermetures à glissière baissées, et nos mains qui explorent tout.

On s'arrête juste avant d'être entièrement nus. C'est bien plus que ressentir quelque chose d'agréable, je me sens désespérément bien.

On revient au camp sur la pointe des pieds, je me glisse sous son abri et je sombre dans un lourd et profond sommeil.

33. *VIVRE*

(Peak Wilderness, jour 20)

Dans la nuit, je rêve de Londres, de Tavik, et d'Isaac qui m'attend sur une scène. Je vois maman au bord d'une crête qui scintille comme du cristal. Elle porte mes chaussures de randonnée, mais celles-ci sont couvertes de brillants. Elle porte aussi l'une de ses robes en drapé qui claque dans le vent. Elle brandit un bâton de marche en direction des cieux comme un Gandalf furieux et elle me bloque le passage. Je hurle, mais elle ne m'entend pas. Je dois escalader la crête. Derrière elle, une porte mène à une salle de spectacle, où je suis attendue. C'est à mon tour de me produire sur scène, alors que j'ignore même dans quelle pièce je joue.

À mon réveil, Tavik dort encore profondément. Je m'extirpe de ses bras, je mets mon sac de couchage sur mes épaules et vais m'asseoir sur un rocher au bord de la rivière.

Les oiseaux chantent et le ciel luit d'une couleur argentée.

La rivière coule, rien ne l'arrête.

Comme la vie, l'amour, l'espoir, le temps.

Mais pas comme la peur. La peur, je m'en rends compte, peut être maîtrisée. Parfois, il faut vivre avec, parce que c'est difficile de la chasser totalement. Mais on peut la combattre avec l'amour, l'espoir et le temps. Elle peut être surmontée et domptée grâce à la vérité.

Demain, je serai chez moi.

Pour notre dernier jour en kayak, le ciel crève, et la pluie s'abat sur nous.

Évidemment.

On a beau être devenus l'incarnation du stoïcisme, c'est une journée pourrie. Il fait froid et humide. C'est dur de pagayer. On déjeune sous nos kayaks, et on perd une heure à devoir attendre que passe un terrible orage.

Personne n'a envie de repartir sous la pluie pour les derniers rapides. Même sans la foudre, la situation est terrifiante. Après les rapides, on a du mal à pagayer dans l'eau agitée qui mène au lac, notre destination finale.

Jin vomit par-dessus bord. Ally, pourtant devenue sacrément bonne kayakeuse, est couverte de sueur. Ses bras tremblent. Moi aussi, je me sens mal. Autour de nous, les autres sont tout autant à la lutte. Même Tavik a l'air épuisé.

Alors, je me mets à chanter. Je commence avec *Les Pirates de Penzance*, un morceau de Gilbert et Sullivan, pour que le rythme nous donne du courage. Ça devient plus facile de pagayer. Les autres m'acclament. Je continue avec du Mozart, puis un peu de Wagner. La musique que j'aime.

Celle de maman. Gilbert et Sullivan, ce n'est pas ce qu'elle préfère, mais le reste, oui. J'emplis le ciel et le lac de ma musique. Je chante *Le Chœur des esclaves* de Verdi, puis *Libiamo*, issu de *La Traviata*, puis je reprends du Gilbert et Sullivan, *Les Gondoliers*, cette fois. Au début, je chantais pour nous donner du courage, puis cela m'amuse, et aussi, en plein milieu de ce lac sous la pluie, même frigorifiée et épuisée, cela me procure de la joie. Je chante jusqu'au camp. Je termine sous les applaudissements et je reçois des accolades de Jin, Ally et Seth.

Par miracle, la nuit n'est pas encore tombée. Au moment où on tire les kayaks sur la rive, le soleil surgit et nous offre finalement deux heures de lumière et un peu de chaleur bienvenues. On rassemble du bois à brûler et on construit nos abris aussi vite que possible, puis on s'installe autour de notre feu anémique pour notre ultime dîner tous ensemble.

– Je ne vais pas regretter le riz et les haricots, déclare Jin, et tout le monde acquiesce en gémissant.

– Qu'est-ce que tu vas manger en premier en rentrant chez toi ? lui demande Henry.

– Un cheeseburger ! répond-elle en souriant. Et des brownies. D'énormes brownies.

– Moi, des sushis ! dit Seth. Et des petits pains à la cannelle.

– J'ai envie d'un repas indien, dit Ally, dont les yeux brillent malgré son absence de maquillage. (Elle a l'air pleine de confiance.) Et puis, d'un sundae au chocolat. Ou alors d'un petit déjeuner monstrueux : saucisses, pancakes, œufs…

– Moi, un steak et des œufs, dit Harvey en hochant vigoureusement la tête. Et toi, Tavik ?

– Des *nachos*, ou alors un *burrito* géant, une bière, et une tarte aux pommes avec de la glace à la vanille, répond-il sans hésiter. C'était un sujet qui revenait souvent, en prison. C'était déjà le repas dont je rêvais.

– Et tu l'as mangé en sortant de prison ? je lui demande.

– Oh, oui !

– Il y a un restaurant italien en bas de ma rue, déclare Melissa. Ils font toutes les pâtes eux-mêmes. Je commanderai les *agnolotti* au potiron avec de la crème, une *bruschetta*, un *tiramisu* et un *tartuffo*. Celui avec du chocolat noir au centre et des framboises.

Je suis sidérée par ces délires d'anticipation.

– Et toi ? demande Melissa.

– Moi, je viendrais bien avec toi, dis-je. Mais je crois que je prendrais une pizza.

– À quoi ? demande Ally avec une voix gourmande.

– Tomates séchées, olives vertes, jambon cru… Et ensuite une glace au caramel. Mais avant ça, je veux une douche, suivie d'un très long bain chaud. En fait, si je pouvais manger dans mon bain, ça serait parfait. Je voudrais passer quatre jours à me gaver dans un bain. Il faudrait juste qu'on m'amène à manger pour que je n'aie pas à sortir de l'eau.

– Je me porte volontaire, dit Tavik. Surtout si tu chantes dans ton bain.

On continue longtemps à délirer à propos de tout ce qui nous a manqué depuis trois semaines. Puis la conversation dévie sur ce qu'on va regretter de Peak Wilderness. Pas mal de choses, en fait.

Pat et Bonnie se confient eux aussi et, comme ça arrive souvent maintenant, le tour de table s'instaure de lui-même.

Comme le premier soir, chacun prend la parole à son tour. Chacun explique là où il en est par rapport au début du séjour, et ce qu'il retire de cette aventure. Contrairement au premier soir, je n'ai plus peur de tous ces gens, je n'ai plus l'impression d'être différente d'eux, ni d'avoir été dirigée vers le mauvais camp. J'ai autant de raisons que les autres d'être ici.

J'ai vu chacun de nous se heurter à ses propres murailles. J'ai vu chacun lutter, avoir envie de capituler, et persévérer même après avoir dit qu'il renonçait. Pour certains, ces passages ont été dramatiques, pour d'autres, un peu plus en douceur. Mais les rigueurs du séjour, les défis de la vie en groupe, les défis physiques, la nature elle-même, tout cela nous a permis de changer, de devenir plus forts. Peut-être même que ce qui est pour moi de la psychologie pourrie orchestrée par Pat et Bonnie en a aidé certains. Je dis bien peut-être.

Après une longue conversation très drôle, très profonde, et non sans larmes, après avoir échangé nos adresses, on remet du bois dans le feu et on chante jusque tard dans la nuit.

Bonnie me prend à part pour me demander si je compte porter plainte contre Paix. Je réponds en soupirant :

– Je préférerais ne plus jamais penser à lui.

– Je m'en doute. Beaucoup font ce choix. Je ne te cache pas que la démarche est difficile. Elle implique de revivre tout ça, cela prend du temps, de l'énergie, et puis il faut bien dire que la justice…

– N'est pas toujours tendre envers les femmes qui dénoncent ce genre de choses, c'est ça ? (Elle acquiesce. Puis elle attend ma réponse. Je finis par dire :) Pourtant, si je m'abstiens, il s'en tire. Et il peut recommencer, et même faire pire, avec d'autres. Ce qui signifie que j'ai… une responsabilité.

Je suis en train de mesurer le poids de mes paroles.

– Exactement, dit Bonnie.

– Donc je dois choisir entre mon confort personnel et l'intérêt général.

– Tu ne seras pas seule dans ta démarche. Tu as des témoins. Peak Wilderness te soutiendra. Pat et moi, on sera là pour toi, aussi.

Elle m'explique comment contacter la direction de Peak Wilderness si je décide de poursuivre Paix, puis on revient toutes les deux près du feu.

Tavik me rejoint et colle sa main, son épaule et sa cuisse contre moi jusqu'à ce que le groupe se sépare pour aller se coucher. Lui et moi, on reste près du feu.

– Viens passer la nuit avec moi, me dit-il tout bas.

Je souris en plissant les yeux.

– Je ne te ferai rien, insiste-t-il.

– Ce n'est pas vrai.

– Viens quand même. C'est notre dernière chance. J'ai construit un bel et grand abri.

– Pourquoi ai-je tout à coup l'impression que tu es le grand méchant loup ? (Et là, il sourit comme le grand méchant loup.) Ce n'est pas notre dernière chance. Tu as mon numéro de téléphone.

– J'habite loin.

– Ouais, mais on pourrait…

Il me regarde en secouant la tête.

– Ingrid, ne dis pas de conneries, dit-il tristement.

Il a raison. C'est vrai qu'il y a quelque chose de fort entre nous, mais ce n'est pas de l'amour. Pas l'amour tel qu'on l'entend en général, en tout cas. Ce qu'il y a entre nous n'est ni superficiel ni purement physique, pourtant, en dehors de cet endroit et de ce moment, rien ne sera jamais plus possible. Si ça doit se passer, c'est là et maintenant.

– D'accord, je réponds. J'ai besoin de quelques minutes seule, et puis je te rejoins.

Il part en direction de son abri. J'éteins le feu mourant, puis je vais jusqu'au lac, je retire mes chaussures et mes chaussettes, et je reste un moment pieds nus dans l'eau glacée.

« Chère maman… » je compose dans ma tête, puis je m'arrête.

Je sais pourquoi elle m'a envoyée ici. Pour me confronter à la difficulté. Pour tester mon courage, sachant qu'il allait être mis à rude épreuve. Pour que je me retrouve au tapis, puis que je me relève, que je découvre que c'est possible. Pour que je sache ce que c'est que survivre, pour m'obliger à faire mes choix en connaissance de cause, et à être prête à les assumer. Mais aussi pour que je puisse pleurer. Elle m'a envoyée ici pour que je me débarrasse d'elle. Cela peut paraître bizarre, mais ça a du sens.

Et pourtant, je ne suis pas encore prête à partir à Londres. Rien n'est fini.

Mais je réserve ça pour demain.

Sous le ciel immense tapissé d'étoiles, je me sens terrorisée et fière. Prête, aussi.

Je rejoins Tavik.

34. *LE RETOUR*

On lève le camp au petit matin et on traverse le lac en kayak jusqu'à l'avant-poste de Peak Wilderness, où Duncan nous attend avec les affaires qu'il nous a confisquées à l'aller. C'est son antre, où il est sans cesse de garde. On a droit à une douche chaude avec du savon, du shampooing et du démêlant ! Puis on enfile des vêtements propres et on se dirige vers le champ où on a atterri trois semaines plus tôt. Et on monte à bord du petit avion qui nous ramène à la civilisation.

Comme prévu, il y a de l'argent dans mon portefeuille. Je prends un taxi entre l'aéroport et la maison.

À mon arrivée, je reste immobile devant le relais de poste, ma clef à la main.

Malgré mes vêtements propres et mes cheveux démêlés, je me sens sale.

Ici, rien n'a changé.

Mais moi, j'ai changé. Si j'ai survécu à tout ça, je suis capable de rentrer chez moi. Et pourtant, j'ai du mal à respirer.

Ma clef dans la serrure…

Je la tourne…

Clic.

Je pousse la porte.

Je fais quelques pas sur les tomettes de l'entrée. Je respire l'odeur de la maison.

Je referme doucement la porte et je pose mon sac.

Silence. Mon Dieu, ce silence.

– Il y a quelqu'un ? je lance, et l'écho de ma voix me répond.

J'entends des pas à l'étage, puis dans l'escalier, et je vois quelqu'un apparaître.

Ce n'est pas maman.

C'est Andreas.

Il s'arrête au milieu de l'escalier et me fait un immense sourire.

– Ingrid !

Mon cœur s'emballe. J'ai envie de courir vers lui et de me blottir dans ses bras. Mais ni lui ni moi, on ne bouge. Il a beau sourire, il me regarde avec suspicion et inquiétude.

– Oui, c'est Ingrid, dis-je en m'éclaircissant la voix. Tu connais quelqu'un d'autre qui a la clef de la maison, toi ?

Ma plaisanterie tombe à plat.

– Et toi ? me rétorque Andreas.

– Non, je n'en connais pas, dis-je avec courage. (Je soutiens son regard, malgré ma voix qui se brise quand je déclare :) Je n'en connais plus.

– Ingrid, ma chérie…

Il descend juste de deux marches, comme s'il craignait de m'effrayer.

– On n'est plus que tous les deux, maintenant. Mais ça va aller, dis-je.

– Non, ça ne va pas forcément aller de soi. Rien de tout ça n'est très normal.

– Non, mais… ça va aller quand même. Je ne suis pas encore très en forme, mais ça va aller. Je suis désolée d'avoir rendu la situation encore plus difficile…

– Ingrid, chut…

– Je te remercie de ne pas m'avoir envoyée à l'hôpital psychiatrique ou un truc du genre. À certains moments, tu as vraiment dû penser que j'étais folle.

– Jamais, affirme-t-il.

Je me crispe, mais ça n'empêche pas mon visage de se renfrogner, mes mains de se poser sur ma poitrine, et la cascade de larmes de menacer. Ça n'empêche pas Andreas de courir vers moi et de me serrer fort contre lui.

Pour la première fois, j'accepte la réalité.

La réalité, que ma mère n'est plus là.

Depuis le Jour de l'an.

Que je ne lui parlerai plus jamais, que je ne lui montrerai pas les lettres que j'ai écrites, que je ne la reverrai jamais.

Elle avait dû sacrément réfléchir après son suicide raté aux médicaments. Elle avait dû regretter de s'en être sortie. Puis elle avait tenu bon. Elle avait attendu les papiers de l'adoption, un dernier été, un automne, un dernier Noël.

Dans le garage, au monoxyde de carbone, cette

fois, elle n'avait pas raté son coup. Andreas et moi l'avions trouvée ensemble.

En revenant dans le relais de poste, nous avions découvert une lettre sur la méridienne de la véranda, ainsi que les confirmations d'inscription pour Peak Wilderness et Ayerton.

Je ne les avais même pas regardées.

Il y avait aussi trente pulls et sweat-shirts à capuche dans des couleurs et des tissus différents, des tonnes de chaussettes et de sous-vêtements, des pyjamas, une collection de littérature classique en grand format, y compris *Guerre et Paix*, cinq ouvrages sur le meilleur moyen de savoir pour quel métier on est fait, trois sur la manière de gérer son temps, comment prendre de bonnes habitudes de travail, et plein de petits carnets. Avec des couvertures en soie, en cuir, avec une clef. Tous beaux. Cent carnets. Comme si maman savait qu'après son départ, j'aurais besoin d'écrire, peut-être toute ma vie durant.

Dans le congélateur du sous-sol, il y avait aussi plein de plats préparés avec leur date de fabrication et leur contenu. Pour Andreas, vingt paires de chaussons, une magnifique veste en cuir, les albums photo des voyages qu'ils avaient faits ensemble et dix paires de lunettes de lecture. Car il passait son temps à les perdre ou à les casser.

Elle avait aussi laissé ses instructions.

« Je souhaite que tu honores notre contrat, avait-elle écrit sous sa signature en bas du formulaire de Peak Wilderness. Tu vas devoir être plus forte que moi, et meilleure, bien sûr. »

J'étais incapable de prendre la mesure de son culot – et de son geste.

Alors je passai les mois qui suivirent à faire comme si elle était encore en vie. À ignorer farouchement sa mort. Je verrouillai une porte mentale, et refusai obstinément de l'ouvrir.

Il n'y eut pas d'avis de décès. Je n'assistai ni à la crémation ni à la cérémonie qu'elle avait organisée à l'avance. J'ignorai la magnifique urne en cloisonné qu'Andreas rapporta un jour à la maison et rangea dans le buffet avec la vaisselle de fête.

Je cessai tout simplement d'entrer dans la salle à manger.

J'arrêtai d'aller à l'école, aussi. Je terminai l'année uniquement parce que Andreas me laissa suivre les cours par correspondance. Je n'avais aucune idée de ce que mes camarades pensaient. La seule personne que je voyais encore, c'était Juno qui, deux fois par semaine, venait me raconter les derniers ragots. Andreas lui avait sans doute expliqué la situation, parce qu'elle ne me parlait jamais de maman. Elle se contentait de chercher à me distraire.

Jour après jour, Andreas et moi nous laissions porter par la situation.

Un soir, on décongela des lasagnes, mais aucun de nous ne put les manger.

Andreas fit don de tous les plats surgelés à un refuge pour femmes battues et il se mit à cuisiner. Chaque soir, il dîna avec moi, chaque matin, il prit son petit déjeuner avec moi. Il m'aida à boucler le programme de physique, et pour tout ce dont je pouvais avoir besoin.

Et sans vraiment m'y encourager ni s'engager lui-même dans cette voie, il me laissa faire comme si.

Quand je perdis vraiment pied et que je détruisis le garage, il comprit. Et il m'aida à finir le boulot sans un mot.

– Tu n'es pas obligée d'y aller, me dit-il en me voyant préparer mon sac pour Peak Wilderness.

– Maman y tient, dis-je, mâchoires serrées.

J'aurais eu l'impression de la contrarier si j'agissais autrement. C'était peut-être aussi une façon de faire comme si elle était encore en vie. Même si ça pouvait paraître stupide, pour moi, ça avait du sens. Cela me donnait un combat à mener… Donc j'y allai.

– Ingrid… ça risque d'être vraiment trop dur pour toi.

– Non, ça va aller.

– Je serai là à ton retour. Et pour toujours.

Les enfants normaux n'ont pas besoin de ce genre d'assurance, mais Andreas savait que moi, si.

Et comme promis, il est là, prêt à me rattraper si je tombe, à m'aider à combler mon chagrin en retard.

Je remarque pour la première fois combien lui aussi, la tristesse l'a rongé. Il a des cercles noirs autour des yeux, plein de cheveux blancs sur les tempes, les épaules voûtées…

– Moi, je n'ai pas été là pour toi, dis-je d'une voix rauque, alors que mes larmes menacent.

– Ingrid, c'est moi, l'adulte. C'est mon rôle d'être là pour toi, et non le contraire.

– Et toi, qui est là pour toi ? C'est pas juste.

– Ne t'inquiète pas. Si tu vas mieux, alors moi aussi.

Je glousse.

– J'ai l'air d'aller mieux ?

Il éclate de rire et me fait un beau sourire.

35. POUR TOUJOURS

Chère maman,

Pour l'instant, je vais continuer à t'écrire. Peut-être pour toujours. Peut-être que c'est ce que tu souhaites. Pour quelqu'un qui a voulu mourir, tu as incroyablement tout programmé après ta mort. Tu aurais mieux fait de rester pour t'assurer que tout se passe comme tu en avais envie. Car maintenant, on est libres.

Je vais continuer à t'écrire parce que pour l'instant, je ne suis pas prête à vivre sans toi. Je suis en colère, je suis malheureuse, je ne comprendrai jamais ton geste. Tu me manques. Tu me manqueras toujours.

Au sujet de Peak Wilderness : je sais que tu as fait ça pour m'endurcir, mais aussi pour m'empêcher de mourir de chagrin. Pour que j'aie un combat à mener, une cible à ma colère. Même si Peak Wilderness n'était pas ce que tu croyais, ça a marché.

Mais ce programme… Je pense quand même que je ne méritais pas ça. Je ne t'apprends rien, je te l'ai déjà écrit. Quoique.

Peak Wilderness a eu un effet positif sur moi, mais ça aurait pu me détruire à jamais. Encore plus que je ne le suis déjà, si tant est que ce soit possible.

J'aurais aimé qu'avant ton départ, on te demande de conserver ton papier-toilette usagé dans un sac en plastique et de dormir sur un sol humide en compagnie d'un pervers qui pue et qui ronfle. J'aurais également aimé que tu voies ces couchers de soleil, que tu nages sous les étoiles dans un lac gelé, que tu t'asseyes devant un feu de camp (pour faire rôtir tes sous-vêtements), que tu affrontes tes faiblesses pour y trouver de la force, que tu manges des insectes en guise de dîner, que tu apprennes à monter une tente, à faire un feu, à construire un abri, à porter un kayak, à marcher dans la nature sauvage.

Si le purgatoire existe, il se pourrait que ce soit Peak Wilderness.

Où es-tu, maintenant ?

J'espère que tu es quelque part. Et mieux. Peut-être avec des petits oiseaux bleus qui chantent.

Bref.

J'ai été à deux doigts de perdre ma virginité avec un ex-détenu, et j'ai beaucoup ri, aussi.

À mon retour, Andreas m'a annoncé qu'un garçon du nom d'Isaac était passé à la maison. Mon cœur a bondi. Je croyais qu'il m'avait oubliée, en tout cas qu'il avait renoncé à moi.

– Je l'ai invité à entrer, m'a dit Andreas.

– Quoi ?

– Je voulais le mettre à l'épreuve. Alors, je lui ai offert un café.

– Et ?

– Je lui ai fait un expresso très, très fort. Pour voir s'il allait le boire.

– C'est l'une de tes méthodes ?

– Oui. J'en ai d'autres pour la suite.

J'ai ri.

– Je crois vraiment que c'est quelqu'un de bien. Alors, si ce garçon te plaît…

Et là, j'ai de nouveau ri, mais de façon gênée. Car « me plaire », concernant Isaac, est un faible mot.

– Cela fait longtemps que je n'ai pas eu de ses nouvelles, ai-je repris. Qu'est-ce qu'il t'a dit ?

– En dehors des formules de politesse ? Que peut-être tu aurais envie de le voir à ton retour, et que je pouvais peut-être… t'y encourager. Il m'a laissé son numéro de téléphone.

– J'ai son numéro de téléphone.

– Celui de l'endroit où il travaille cet été…

J'ai souri. En me rendant compte que je retenais mon souffle. Puis il a ajouté :

– Juno passe l'été à Paris, n'est-ce pas ? Tu pourrais peut-être aller la rejoindre, puis je pourrais te retrouver en Europe afin de t'aider à t'installer à Londres. Peut-être ce garçon peut-il attendre ?

J'ai de nouveau ri. Et pleuré. Je me suis imaginé voir le Louvre, la tour Eiffel, fréquenter les cafés, les boutiques et les auberges de jeunesse avec Juno, tenter d'utiliser notre mauvais français pour séduire de jeunes et beaux Parisiens.

Mais j'avais besoin de rester avec Andreas jusqu'à la fin de l'été, de l'aider à cultiver le jardin, car il a planté un potager à la place du garage, de passer ce moment dans notre maison pleine de souvenirs de toi, de ce qui reste de toi, qui me servira à bâtir ma vie.

Andreas a loué un appartement à Londres. Il va aller y vivre pour ne pas me laisser seule là-bas. Je sais déjà que j'aurai l'impression de te voir à chaque coin de rue, que je me souviendrai de toi dans tous ces lieux que nous avons visités ensemble, car tu es partout en moi.

Un jour, tu m'as dit qu'en travaillant dur je pourrais réussir tout ce que je voulais, et je t'ai crue.

J'ai choisi de continuer à y croire, même si tu y as renoncé.

Pour toujours.

Ingrid

ÉPILOGUE

Pendant l'été, Isaac s'occupe d'enfants dans un théâtre indépendant.

J'enfile une jupe en jean, mon débardeur bleu ciel préféré et mes chaussures de randonnée de Peak Wilderness. Elles ont beau avoir été lavées, elles restent hideuses, mais elles sont tellement symboliques de ce que j'ai vécu… Une sorte de trophée.

J'y vais sans réfléchir, et sans le prévenir de ma visite.

Je suis nerveuse, mais je n'ai plus l'impression d'être une petite fille.

Vis-à-vis d'Isaac, j'ai cessé d'avoir des regrets.

J'arrive à la fin de la journée, au moment où les portes du théâtre s'ouvrent, puis j'attends au pied des marches qu'Isaac, au milieu d'un groupe d'enfants, coche soigneusement leur nom sur une liste à mesure que leurs parents ou leur baby-sitter les récupèrent.

Il est trop occupé pour remarquer ma présence, ce qui me va, parce qu'à le regarder, après tous ces mois passés à l'éviter, je me sens mal à l'aise.

Il est grand. Les poils de ses bras ont éclairci

avec le soleil. Il porte un short en jean, un T-shirt noir Mickey et des sandales. Il a l'air adorable avec les gamins, il est très attentif. La dernière petite fille le regarde avec de grands yeux bleus pleins d'admiration. Je commence à trembler.

Il baisse les yeux une dernière fois sur sa liste quand mes jambes se remettent en route et montent les marches. Là, il distingue enfin du mouvement et se fige sur place en me voyant.

L'instant d'après, il est face à moi.

– Ingrid !

– Bonjour, Isaac, je réussis à prononcer. Andreas m'a dit que… tu étais passé à la maison.

– Oui, je…

Il rougit.

– Je suis venue te dire que… je me suis vraiment comportée comme une idiote. Je te pardonne de ne pas avoir officiellement rompu avec Autumn avant qu'on s'embrasse en coulisses pendant la pièce. En réalité, je n'ai même pas à te pardonner. Et on n'a pas besoin non plus de revenir là-dessus… à moins que tu en aies envie.

– D'accord.

– J'ai également envie que tu sois quelque part dans ma vie, je ne sais pas de quelle manière. On pourrait être amis, ou… je ne sais pas.

Il hausse un sourcil.

– Ou tu ne sais pas ?

– J'aime bien l'idée de ne pas savoir, au début, dis-je en essayant de rester calme malgré les sauts périlleux que fait mon estomac. (J'ai envie de paraître honnête et courageuse, et non d'avoir l'air d'une folle.) Je tiens toujours à toi. Je n'ai jamais cessé de penser à toi. Mais peut-être que tu as déjà une petite amie. Et puis, je pars à Londres. Mais j'ai quelque chose à te raconter. Si jamais tu en as envie.

– Je suis libre.

– Ça pourrait prendre le reste de l'été, je l'avertis. Mon histoire est très longue.

– J'ai tout le temps.

– Très bien.

Rien ne sort plus de ma bouche. Je parviens juste à le regarder. Malgré l'agitation de la ville autour de nous, les voitures, les bus, les vélos, les enfants qui jouent dans le parc, les oiseaux qui chantent, le soleil et ses rayons dorés de fin d'après-midi, pour moi, il y a juste Isaac sur les marches avec un air si gêné et pourtant si doux.

– Tu m'as manqué, dit-il dans ce silence trop long. (Je retiens mon souffle et fixe un point derrière son épaule.) Personne ne m'a jamais fait souffrir autant que toi.

– Je suis désolée.

– Tu m'as mis en colère, mais tu m'as permis de réfléchir, aussi. Et de changer. Ce qui n'est pas une mauvaise chose.

– Ce qui n'est pas une chose facile, Isaac.

– Peut-être. Pourtant, je croyais avoir réussi.

– Pourquoi tu parles au passé ? je lui demande en levant une main pour l'empêcher de répondre. Attends que je te raconte. Tu ne peux pas savoir comment tu vas réagir. Je sais que je n'ai pas su te parler à certains moments. Mais je n'ai plus aussi peur qu'avant. (Je me sens contrainte de regarder mes pieds, ou de regarder ailleurs, tout sauf Isaac, suspendu à mes lèvres.) Non, ce n'est pas vrai. Je crois que j'ai peur, mais je vais le faire quand même.

Il sourit et me dit :

– Peut-être que ta peur diminuera si je t'énonce trois points.

– Lesquels ?

– Un : j'adore Londres.

– OK...

– Deux : je n'ai pas de petite amie.

– D'accord, dis-je en essayant de garder mon calme alors que j'ai envie de sauter partout. Et le troisième ?

– Trois : j'ai vraiment, vraiment envie de t'embrasser.

– Oh ! Ici ? Maintenant ?

– Les enfants sont partis, nous avons le théâtre pour nous. Mais j'ignore si ça correspond à ton désir de ne rien précipiter.

– Mon désir est... négociable.

– On peut commencer par en discuter, insiste-t-il d'un air malicieux. Longuement, s'il le faut.

– Non, dis-je en riant.

– Non au baiser ?

– Pas besoin d'en discuter longuement.

– Génial, dit-il en s'approchant de moi. On compte jusqu'à trois ?

Je souris et je lui réponds, mais cette fois, pas avec des mots.

Remerciements

Écrire un livre est une activité essentiellement solitaire, mais l'écrire bien, puis le faire vivre dans le monde, cela exige la confiance, le travail et la créativité de beaucoup de gens. Je dois à ces gens mes remerciements enthousiastes et ma profonde gratitude.

À mon agent, Emmanuelle Morgen, qui possède une détermination et un dévouement incroyables, qui est une personne plus patiente que je ne le serai jamais, et qui me pousse toujours à aller plus loin.

À Leila Sales et Lynne Missen, une équipe de rêve en termes d'éditrices, dont l'intuition, l'instinct et l'engagement total envers ce livre l'ont rendu bien meilleur. Merci d'avoir été si faciles d'accès et si attentives, aussi.

À Laura Stiers, la préparatrice de copie, pour son attention formidable à chaque détail, ce qui a évité à Ingrid d'aller à l'école pubique en lieu et place de l'école publique.

À Janet Pascal pour son regard sur les épreuves et pour m'avoir fait part de ses connaissances sur l'opéra.

À Theresa Evangelista, pour avoir imaginé une couverture (cf. couverture de la version originale américaine) aussi puissante et singulière.

Aux services publicité, ventes et marketing de chez Viking, même si je n'ai pas tous les noms, et tout particulièrement à Vikki VanSickle (publicité), à Liza Morrison (chef des ventes) et leurs équipes de Penguin Random House Canada. Le travail que vous faites est essentiel, et j'ai de la chance de vous avoir.

À tous les représentants qui vont visiter les librairies avec leur catalogue. Je sais que vous avez aussi d'autres livres à promouvoir, alors merci d'avance pour le temps que vous consacrerez au mien.

À mon agent des droits étrangers, Whitney Lee, pour avoir fait du si bon travail.

À mes merveilleux éditeurs étrangers, Carlsen Forlag au Danemark, Piemme en Italie, Gallimard en France. Je suis impatiente de voir vos éditions de *Toute la beauté du monde n'a pas disparu*.

À Shaylyn Saville, pour les infos sur le kayaking et le camping, ainsi qu'à Sue Saville, qui m'a envoyé de splendides photos des voyages de Shay.

À Gillian Stecyk, qui m'a aidée à rassembler des informations sur la façon dont on travaille sa voix, certains morceaux de musique, des chanteurs d'opéra et, plus globalement, l'univers de l'opéra.

À Stephanie Saville, ma précieuse informatrice sur les adolescents à risque et les cures de désintoxication, une personne d'une grande sagesse.

À Brian Younge et à mon cousin Richard Younge pour les détails sur les petits avions et les atterrissages non réglementaires.

À Amanda Almeida pour la façon dont on monte une pièce de théâtre au lycée de nos jours.

À Alexander Galant, pour avoir inventé le nom d'Ayerton, l'école de musique.

Aux proches qui m'ont donné leur avis, ou qui m'ont proposé des événements à différents stades, Bev Rosenbaum, Maureen McGowan, Jon Clinch, Caroline Leavitt, Adrienne Kress, Caitlin Sweet, Elizabeth Letts, Michael Wacholtz, Elyne Quan et Madelyn Burt.

À ma grande communauté de compagnons d'écriture, y compris les gens mentionnés ci-dessus, qui ont rendu cette activité moins solitaire, et ont souvent été un soutien discret : Karen Dionne, Sachin Waikar, Keith Kronin, Renee Rosen, Lauren Baratz-Logsted, Joanne Levy, Eileen Cook, Martha Warboy, sans oublier les membres du groupe Torkidlit, ainsi que les nombreux amis que je me suis faits sur Backspace.org.

À Mike Kleinberg pour son aide en 1990, ainsi que Christine Thompson et les autres professeurs de la Holy Trinity School – quand vous aurez lu ce livre, vous saurez pourquoi.

À la regrettée Patricia Kern, dont les anecdotes sur le monde de l'opéra racontées au fil des ans ont pénétré jusqu'au cœur de mes os et y sont restées, et dont la passion, l'éloquence et le sens de l'humour m'ont toujours inspirée.

À Cindy et Gary Ullman pour m'avoir si souvent

emmenée à l'opéra quand j'étais plus jeune, pour m'avoir permis de découvrir le monde, pour m'avoir envoyée faire du camping, et pour avoir cru en moi, même s'ils ne comprenaient pas toujours ce que je faisais.

Aux nombreux membres formidables des familles Ullman, Saville, Younge et Wacholtz, lecteurs si enthousiastes, toujours prêts à me soutenir.

À Michael, mon mari, qui a été mon soutien le plus passionné et le plus fidèle, supporter à certains moments, botteur de fesses à d'autres. Et à mes deux filles T et S, si intelligentes, si drôles et si adorables qui, avec Michael, m'apportent tout leur amour et s'occupent de la maison quand j'ai trop de travail. Vous êtes les amours de ma vie.

Merci.

DANIELLE YOUNGE-ULLMAN a été actrice professionnelle pendant dix ans après avoir étudié l'anglais et le théâtre. Période durant laquelle elle a exercé beaucoup de petits métiers, sur la scène ou dans le domaine du cinéma indépendant. Elle est aujourd'hui romancière et auteure d'une pièce de théâtre. Elle vit dans une vieille maison à Toronto avec son mari et leurs deux filles.

Pour en savoir plus, suivez-la sur Twitter @DanielleYUllman et rendez-vous sur son site Internet : danielleyoungeullman.com

ON LIT
PLUS
FORT.
COM

L'ACTUALITÉ DES ROMANS
GALLIMARD JEUNESSE

Le papier de cet ouvrage est composé de fibres naturelles, renouvelables, recyclables et fabriquées à partir de bois provenant de forêts gérées durablement.

Maquette : Françoise Pham
Photo de l'auteur © David Leyes

ISBN : 978-2-07-513150-6
Loi n° 49-956 du 16 juillet 1949
sur les publications destinées à la jeunesse
Dépôt légal : août 2019
N° d'édition : 355345 - N° d'impression : 238898
Imprimé en France par Maury Imprimeur – 45330 Malesherbes